JN097382

GRIDMAN UNIVERSE
グリッドマン ユニバース
水沢 夢 |イラスト| bun150
原作:グリッドマン ユニバース
Written by Yume Mizusawa / Illustration by bun150
Original Work by GRIDMAN UNIVERSE

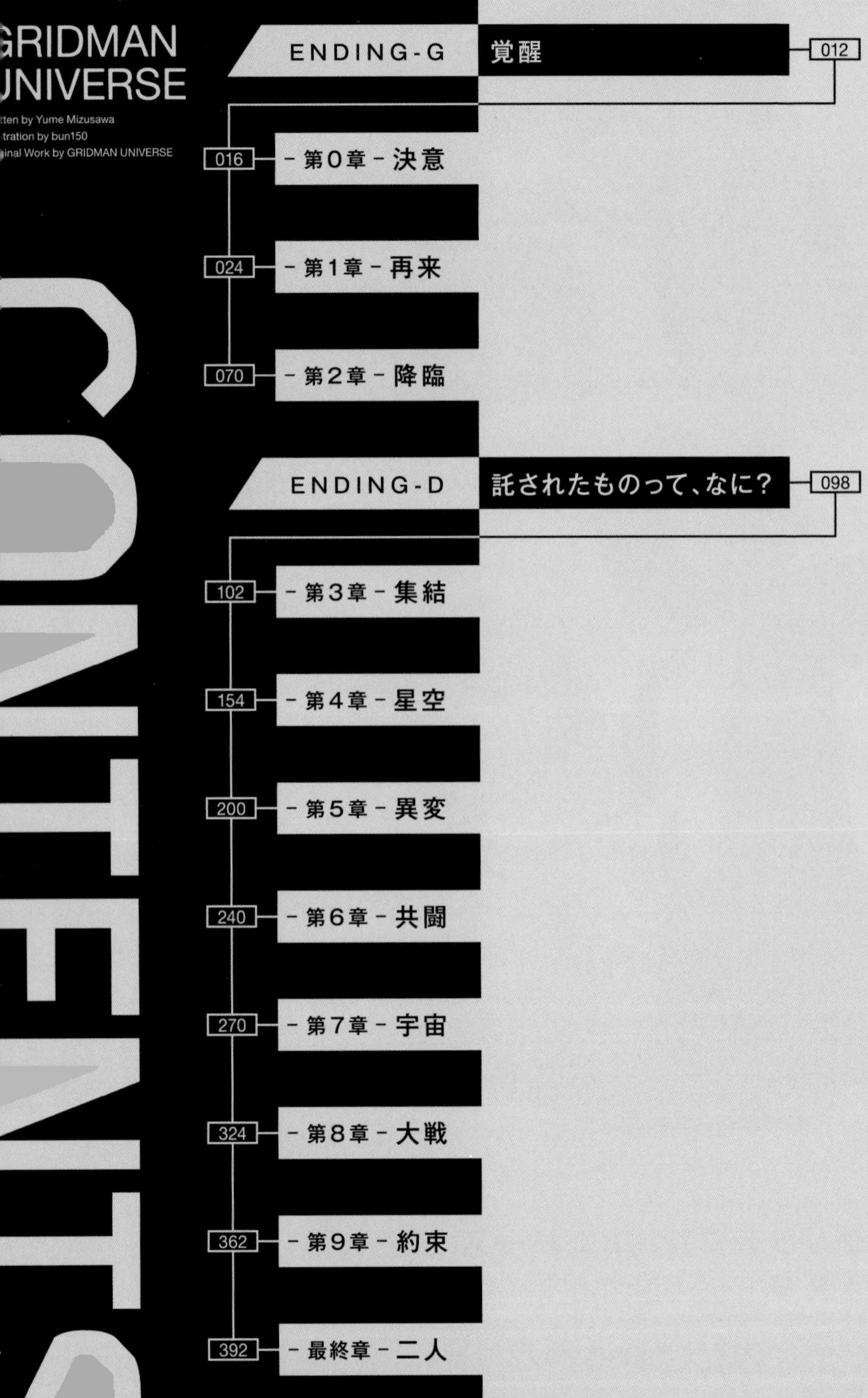

GRIDMAN
UNIVERSE

tten by Yume Mizusawa
tration by bun150
inal Work by GRIDMAN UNIVERSE

# CONTENTS

# GRIDMAN UNIVERSE

グリッドマン ユニバース

水沢夢

|イラスト|bun150

|原作|グリッドマン ユニバース

Written by Yume Mizusawa

Illustration by bun150

Original Work by GRIDMAN UNIVERSE

## グリッドマン

再び裕太たちの世界に現れたハイパーエージェント。裕太や仲間たちとともに怪獣と戦う。

## 響 裕太［ひびき ゆうた］

ツツジ台高校に通う少年。アクセスフラッシュでグリッドマンと一体化する。

## 内海 将［うつみ しょう］

裕太の友人。アニメや特撮が趣味。「グリッドマン同盟」として裕太をサポートする。

## 宝多 六花［たからだ りっか］

グリッドマン同盟の一員。かつてツツジ台であったことを話にして伝えたいと願う。

## サムライ・キャリバー

新世紀中学生の一人。不器用な男だが、心根は優しい。グリッドマンキャリバーに姿を変える。

## ボラー

新世紀中学生の一人。歯に衣着せない毒舌の持ち主。バスターボラーに姿を変える。

## マックス

責任感と優しさを兼ね備えた新世紀中学生のリーダー。バトルトラクトマックスに姿を変える。

## ヴィット

新世紀中学生の一人。落ち着いた佇まいのクールな男。スカイヴィッターに姿を変える。

# GRIDMAN UNIVERSE CHARACTER

## レックス

ダイナダイバーで怪獣と戦った青年。現在は新世紀中学生で、ダイナレックスに姿を変える。

## 麻中 蓬［あさなか よもぎ］

フジヨキ台高校に通う高校生。かつてダイナソルジャーを操縦し怪獣と戦っていた。

## 南 夢芽［みなみ ゆめ］

蓬と交際している同じ高校の少女。ダイナウイングを操縦していた。

## 山中 暦［やまなか こよみ］

現在就活中の無職の青年。ダイナストライカーを操縦していた。

## 飛鳥川ちせ［あすかがわ ちせ］

中学校を自主休学中の、暦の従妹。黄金の竜怪獣ゴルドバーンと友達。

## ナイト

グリッドナイト同盟の一員。グリッドナイトに変身して怪獣と戦う。

## 2代目

グリッドナイト同盟の一員。ナイトたちの戦いをサポートする。

ENDING-G

# 覚醒

この世界にはかつて、神がいた。

卑怯者で、臆病で、ずるくて、弱虫な——神さまがいた。

神であるその少女——新条アカネは箱庭の世界に君臨し、自ら創りだした怪獣で箱庭を何度も壊しては治し、それを繰り返してきた。
気に入らない箱庭の住人は怪獣に殺させ、気に入らないものは躊躇なく破壊させる。
全ては自分が思うがままの、理想の世界を維持するため。
いつしか箱庭自体が——神さまの心そのものが、怪獣そのものへと変わっていった。

しかしその理想郷に、異分子が入り込んだ。

記憶を失った超人——ハイパーエージェント・グリッドマンが世界に紛れ込み、神さまの創った怪獣を次々に倒していったのだ。

グリッドマンと合体して戦う、やはり記憶を失った少年・響裕太。

ヒーロー作品を愛する、裕太の親友・内海将（うつみしょう）。

そしてグリッドマンが力の根源とする中古パソコン・ジャンクを自宅のリサイクルショップに持つ、宝多六花（たからだりっか）。

三人の少年少女は戦いへの考え方、熱意、スタンスの違いなどはありつつも、グリッドマン同盟の名の下に活動。新世紀中学生を名乗るグリッドマンの仲間たちと力を合わせ、怪獣との戦いの日々を送っていた。

対抗策を考えた。心を持った進化する怪獣を創った。搦（から）め手を使った。最強の怪獣を繰り出した。正攻法を諦め、怪獣の力で裕太たちを夢の世界に閉じ込めた。

考えうる、あらゆる手を尽くしてなお、神はことごとく敗北を繰り返した。

ついには神の少女が創った心持つ怪獣が、グリッドマンに姿の似た超人・グリッドナイトへと変身して事実上反旗を翻す。

自分の思い通りになるはずの世界は、神にとって何もかもうまくいかなくなっていった。

やがてその理想郷は、神の少女が心の均衡を崩したことに端を発し、徐々に崩壊を始める。

そんな時、二つの事実が判明した。

一つは、響裕太が記憶を失っていたのではなく、記憶を失ったグリッドマンの一部が宿り、彼そのものとなって日々を過ごしていたこと。

そしてもう一つは、とある少女を拐(かどわ)かして神として仕立て、望むがままの世界を与えてきた黒衣の怪人が、全ての元凶だったこと。

グリッドマンを倒して分裂させ、記憶を失わせた張本人でもあるその怪人――アレクシス・ケリヴと、記憶とともに本当の姿を取り戻したグリッドマンが、最後の戦いを繰り広げた。

〈グリッドォォォ……！　フィクサービ――――ムッ!!〉

夢幻(むげん)の光が、無限の生命を照らす。

絶えず哄笑(こうしょう)を浮かべていた黒い悪魔は、初めて破滅の悲鳴を上げた。

〈うぐあああああああああああああああああ!!〉

〈フィクサービームとは、この世界を修復する力！　この世界を創った、新条(しんじょう)アカネの心を救う力だ!!〉

グリッドマンの力だけではない。

六花(りっか)や内海(うつみ)の言葉が、新条アカネの凍りついた心を解かしていった。

そして偽りの楽園は悪魔の思惑もろとも、終わりの時を迎える。

〈これが……生命ある者の力だ――――っ!!〉

グリッドマンの渾身(こんしん)の拳(こぶし)が、アレクシス・ケリヴを撃ち抜く。

〈これが……限りある生命の……力、か……〉

不死の虚無から人間の情動を求め続けた黒い悪魔は、最後に人間の心の強さを知り、光の中に崩れていった。

世界が、光で満ちていく。

再生の光が――フィクサービームが地球を包み込んでゆく。

箱庭に過ぎなかったツツジ台を中心に、新たな世界が構成されていった。

そして神の少女は固く閉ざされた扉を開き、自分が本来在るべき場所へと還っていったのだった。

これは、終わりを迎えた神の物語であり――

明日誰かの周りで起きるかもしれない事件の、始まりだったのかもしれない。

# 第0章 決意

窓の外に夜の帳が下り始め、喧騒がぽつぽつと去っていった放課後の教室。

一人の男子高校生が、自分の席でメモ帳へ熱心にシャーペンを走らせていた。

小柄な体軀に、柔らかな赤毛。穏やかな面差し。

そのどこにでもいるようなごく普通の男子は、かつてグリッドマンという超人と一体化し、怪獣から街を、世界を守るために戦った少年——響裕太だった。


アレクシス・ケリヴを、グリッドマンが死闘の果てに封印してから、およそ七か月後。

裕太は二年に進級し、穏やかで平凡な日々を送っていた。

そう、平凡で……変化が無くて……無さすぎて……あってほしいのに無くて——

最近、けっこう焦っている。

裕太は衝動的にある物——いや、ある者を、ポケットサイズのメモ帳に描いていた。
どうして急にそんなことをしたのか、自分でもよくわからない。あるいは、日々の焦燥がそうさせた可能性もある。

「悪(わり)い、遅くなった。ウチのクラス企画、揉(も)めちゃって揉めちゃって……」

残っているのは裕太だけとなった教室に入ってきたのは、内海将(うつみしょう)。

裕太の親友であり、グリッドマンの戦いをサポートした、『グリッドマン同盟』の一員だ。

彼も、ちょっとだけお腹回りがシェイプアップされた（と自分で思っている）以外、七か月前とほとんど何も変わっていない。眼鏡をかけていることぐらいしか目立った特徴のない、ごく普通の少年だ。

進級してクラスは別々になってしまったが、裕太との交流に変わりはない。

内海は裕太の席の前に立つや、黒板を振り返って尋ねた。

「裕太のクラスは脱出ゲームか？」

「うん」

脱出ゲームという大文字には決定を示す赤チョークのラインが引かれ、その下に『人間掃除機からの脱出！』と書かれている。企画は定番で、テーマで攻めている印象だ。

正の字が八までカウントされているので、クラスの三割程度が賛成したようだが、他の案にも得票は細かく分かれたらしい。学園祭のクラス企画というものは、すんなりと決まらないのが常だ。

それは内海のクラスも同じで、企画を何にするかの話し合いが長引き、裕太との待ち合わせ時間に遅れてしまったのだ。

内海が声をかけている間も、裕太は熱心に作業を続けている。

「なに描いてんの？」

「グリッドマン、だけど」

「え」

内海はやや驚いた様子で、確認するような口ぶりで尋ねた。

「裕太はグリッドマンのこと、憶えてないんでしょ？」

響裕太は、グリッドマンや怪獣のことを何も憶えていない。

その裕太が唐突にグリッドマンを描き始めたのだから、何かを思い出したのか、と内海が勘違いしても無理はない。

「んー……そうだけど。何となく、こんなかなって」

「……遠からず」

想像で描いたにしては、輪郭がそれっぽくなっていた。似ているかと言われれば、全くそんなことはないが。

「で、話って何？」

理由を深掘りしようとはせず、内海は話題を変える。

裕太は助走をするようにか細く首肯した。

「――――俺、六花に告白しようと思う」

そして、世間話の延長のようにそう宣言した。

内海のようにいつ誰が入って来るとも限らない教室で、なかなか肝が据わっている。

だからこそ、内海は嘆息を禁じ得ない。

「遅い」

「え……」

「何ていうか、ピーク過ぎてる」

一大決心をしたのは喜ばしいことだが、遅すぎる。

裕太の記憶が無い期間――――彼にグリッドマンが宿っていたおよそ二か月間に何があったのかは、内海と六花が説明をしている。

とはいえ、仔細に全てを語ったかと言えばそうでもない。内海が知っていて、裕太が知らないことがまだまだある。

たとえば、裕太が六花に恋心を抱いていると……その気持ちは自分が宿って尚変わることはなかったと、グリッドマンがこの世界を去り際にしれっとバラしてしまったこと。

それを聞いた時六花がどんな反応をしたかも、内海は知っている。

そういった諸々を踏まえて『遅い』のだが、当の裕太(ゆうた)も時機を逸していることは気にしていた。

「だよねぇ」

裕太は頬杖(ほおづえ)をつき、窓ガラスに映る顔を呆(あき)れながら見つめる。同じ呆れ顔で見つめ返され、思わず溜息(ためいき)がこぼれた。

六花(りっか)への告白の機を逃し続けていることは、裕太自身が一番自覚している。

「俺の記憶が無くなってた間、六花との距離が縮まったみたいなんだけどなぁ」

「その、グリッドマンの影響でね」

内海(うつみ)は裕太がシャーペンと消しゴムを交互に走らせているメモ紙を指差した。

裕太は自分の知らない間に、六花との親密度が上がっていた。

そんなこと、何だったら『あの日』目覚めてすぐ——どんなに遅くても、去年中には十分に自覚できたはず。

もちろん、裕太にも事情がある。知らない間に微妙に変化していた人間関係に慣れるのにも、けっこう時間がかかった。

しかしそれら全てを勘案(かんあん)しても、ただひたすら『遅い』。

裕太もわかっているからこそ言い知れぬ焦燥に駆られ、今は何となく、グリッドマンを描き殴っているのだ。

内海には控え目な太鼓判をもらったがそれでも納得がいかず、裕太は再びメモ帳に消しゴムをかけた。

「あ」

と、勢い余ってメモ帳がビリッと破けてしまった。

メモ帳の紙が藁(わら)半紙のように摩擦(まさつ)で破れるくらい劣化するなど、いったいどれほど描いては消し、を繰り返したのだろう。

「あーもう、同じところに何度も描くから……」

そう言って呆れながら、内海はスマホを取りだしていた。

元々裕太の恋心は知っていたが、積極的に干渉しようとはせず、彼なりのスタンスで見守ってきた。

けれど裕太がやる気になったというなら、背中を押すくらいはしてあげたい。

「やっぱり、今さらすぎるかなぁ……」

「いや、そんなことはない！」

内海が差し出したスマホの画面を、まじまじと見つめる裕太。

「何これ？　占い？」

『トキメキ星雲』という、サイト名かアプリ名か……とにかく胡散臭(うさんくさ)い題字の下で、ヴェールをふかぶか被った胡散臭い見た目の占い師が、水晶玉に胡散臭く両手をかざしていた。

その物々しい雰囲気とは裏腹に、訪問者数のカウンターは三桁。信憑性が疑問視される。

何より裕太は、内海にスマホで占いを見る習慣があると知って驚いた。一年の頃の彼はむしろ占いの類いは信じていないというか、軽く馬鹿にしているフシさえあった覚えがある。

知り合いか誰かの影響で、宗旨変えでもしたのだろうか。

「どうせ時機を逃しているなら、学園祭終わりを狙うんだ。『大きなイベントを乗り越えたタイミング』だ！」

「大きなイベント……？」

「そ」

まるで自分で導き出した助言のように、占い結果を自信たっぷりに読み上げる内海。裕太は声に戸惑いを含ませながら、その言葉を復誦した。

占いの言いなりになるのはどうかと思うが、アドバイス自体は非常にまっとうだ。

実際、学園祭の後にはカップルが増えるという。

夏休みを一人で過ごしたという焦燥を抱えたまま日々を過ごし、クリスマスの足音が聞こえてくる時期……そろそろとりあえず誰かとつき合っておきたいと思う頃にあるイベントが、学園祭だからだ。

もっとも去年の学園祭は、裕太の知らない間に終わっていたのだが……。

内海はスマホを見て、占いサイトの訪問者数カウンターが６６６であることに不吉なものを感じ、隠すようにポケットに仕舞う。

「んでさ、ウチのクラスの企画は演劇なんだけど……その台本を六花さんと俺で担当することになっちゃったわ」

裕太に伝えるのはちょっとだけ引け目があるのか、内海はついでというには不自然な唐突さでそう打ち明けた。

「演劇の台本……内海と六花が？」

「そしたらもう、題材なんて一つしかないでしょ」

裕太の２年Ｂ組から少し離れた、２年Ｆ組の教室。

裕太が告白すると決心した当人である、艶やかな黒髪の少女・宝多六花。彼女は自分の席で、その芯の強そうな目を気怠げにしていた。

腕に横顔を預け、机の上で開いたノートＰＣの画面を前に、自信なさげにこぼす。

「上手くいくか、これ……？」

２年Ｆ組のクラス企画。

ノートＰＣのテキストエディタには、演劇の題名が大文字でこう表示されていた。

『グリッドマン物語』――と。

# 第1章 再来

学園祭が終わった後、六花に告白する——。

内海の助言もあり、裕太の目標は決まった。

しかし今は六月……十月の学園祭までは、まだ時間がある。ならばそれまでに、やれることをやっておきたい。

六花を誘って出かけるのが、そのうちの一つ。告白までの段階を踏んでおきたいのだ。

裏を返せば現状、第一段階に踏みだすことすら満足にできていないのだが……。


その日裕太は、少し早めに登校した。

チラシを握り締めて向かった先は、校舎内のピロティで朝練中の演劇部。そのチラシには演劇部が近日、街の小劇場で自主公演をするという案内が書かれている。

『孤独なスニーカー』なる演目名だ。

校内の掲示板に「ご自由にお取りください」とあったのを偶然見かけて、持ち帰っていたのだ。

数名の部員たちが台本を手に話し合ったり、発声練習をしている。

テーブルに二人で座って小休憩している演劇部員の一人がちょうど、一年の時に同じクラスだった男子だ。裕太は意を決して近づき、手にしたチラシを見せながら尋ねた。

「あ……の。これって、チケットとかあります？」

しかしほぼ絡みの無かった男子なので、つい余所余所しい口調になってしまう。

「あ、はーい」

「全然当日でも入れますけど、用意しますね」

当の男子にもやはり距離を感じる敬語で、チケットは不要だと暗に念を押される。

「あ、じゃあ……二枚」

それでも裕太はVサインで二を示し、チケットを用意してもらった。

冷静になって考えれば、高校演劇部が自主公演する演劇のチケットというのは、あっても友達か親類のためが主だろう。初手で敬語が飛び出すほど絡みの無い生徒がいきなり訪ねてきて欲しがるのは、ちょっと怪しいかもしれない。チラシにも、「チケットは演劇部員まで」などという案内はもちろん記載されていない。

それでも嫌な顔一つせずに対応してくれる、人当たりのいい部員なのは幸いだった。チケットという名の証文を手にすることに意味があるのだから。

チラシも、渡された二枚のチケットも粗いカラーコピーの手作り感溢れるものだったが、今の裕太にとってはプラチナチケットだ。
軽い昂揚感とともに、その場を後にする。

内海のクラス企画が演劇で、内海と六花がその台本を担当すると聞いてから、裕太は色々考えを巡らせた。六花を遊びに誘うのに、演劇の参考になるところだったら怪しまれない——もとい自然だろう、と。

だから同じ学校の演劇部の公演は、渡りに船だった。

「よし誘うぞ今日六花誘うぞ絶対自然にごくごく自然に手段としてはすごく自然に——」

試合前にポジティブな言葉を唱えて自らに暗示をかける格闘家さながらに、裕太が独りごちつつ校舎の階段を降りていると、階下から女子の話し声が聞こえてきた。

「うそうそうそ～!?」

「うるさいうるさいっ」

裕太はとっさに屈んで身を隠し、手摺りからそっと顔を覗かせて様子を窺う。

女子が四人、踊り場いっぱいに広がって談笑している。男子一人で横を通り過ぎるのが気まずい陣形だ。

2—Fのロゴが入った黄色いクラスTシャツを着ているので、六花のクラスの女子たちのようだ。

何やらただ事ではない内緒話をしているようなので、つい耳をそばだててしまう裕太だったが——

「六花、彼氏できたん!?」

すぐに、その浅はかな行動を後悔した。

「…………!!」

喉元(のどもと)まで迫(せ)り上がった声を噛(か)み殺す裕太。

「声大きいっ！」

「ああっ！」

声量を注意している女子の声も、結局大きい。みんな嬉しそうで、声が弾んでいた。

落ち着け。

六花ほど可愛い女子になら、彼氏が「いるはずだ」「できるのが当然だ」という前提で周りの女子が物事を話すからややこしい。今まで何度、この手の噂を耳にしては一喜一憂してきたことか。

自分は六花に告白すると決意した。

もう、この程度のゴシップに惑わされたりはしない。

「えーなんか、男のアパート入ってくの見たんだって!!」

「社会人!?」

「大学生かもっ!?」

生々しい目撃情報が、裕太の決意を微塵に粉砕する。

彼氏――男――アパート――大学生に社会人――――聞きたくないワードが徒党を組んで襲いかかってきた。

「嘘でしょ」

脚が震えて力が入らず、裕太は思わず階段にへたり込んでしまった。

ヤバいヤバい、という黄色い声が踊り場に反響する。

…………ヤバい。マジで。

■

この日、裕太たちの通うツツジ台高校では、春期球技大会が開催されていた。

春、と付くのは、球技大会が春と夏、年に二度行われるからだ。もちろん体育祭も、これとは別に開催される。

ではツツジ台高校がスポーツに力を入れている学校かというとそんなことは全くなく、ごく普通の都立高だ。

校則も緩くて、自由、自立をモットーとしている。明確に打ち出されているのは『アルバイト禁止』ぐらいだ。

制服も標準のものがあるが、着用義務があるのは各行事の式典の時だけ。女子の大半は個々に制服をアレンジして着ている。

裕太や内海(うつみ)、六花(りっか)もそれぞれ、一年の時とは制服の着方、アレンジの仕方を変えていた。

今のところ生徒の自主性に重きを置いた校風はきちんと機能していて、生徒たちも年間の行事を楽しんでいる。

デザインの違うクラスごとのTシャツを作るのが伝統になっていて、球技大会や、一部の生徒は学園祭準備、学園祭当日などでもそのTシャツを着用するため、クラスの連帯感に一役買っているようだった。

体育館では二面のコート全てにその色とりどりのクラスTシャツを着た生徒たちが入り交じり、二年の各クラスごとのバレーボールの試合が行われている。青いクラスTシャツを着ているのが裕太の2年B組、黄色いクラスTシャツを着ているのが内海、六花の2年F組だ。

出番までコート外に座っている裕太は、不安を抱き締めるように膝(ひざ)を抱えていた。

女子コートの方へ視線を向けると、ちょうど六花がコートの中で試合開始を待っていた。

ネットで別れた向こう側で、六花はクラスメイトと雑談して笑っている。

暗澹とした気持ちがそのまま口許に顕れている、今の自分とは対照的だ。向こう側がはっきりと見える網目のごく普通のネットが、自分と六花を遠く隔てる鋼鉄の扉のようにさえ思えてくる。

もちろん六花が何を話しているかは聞こえない。耳に入ってくるのは、周囲の男子の話し声と、シューズの擦れ音、そしてバレーボールが跳ねる音だけだ。

むしろ何故か、バレーボールの弾む音が際立って聞こえるようにさえ思える。

ダン。

バレーボールの弾む音が、断続的に木霊してゆく。

ダン。ダン。

このバウンド音を聞いていると、妙に不安を駆り立てられる。

極力意識を向けないように努めるも、その不安は裕太の中で渦を巻き、別の音と重なって響き始めた。

『六花に彼氏ができた』——

女子たちの噂話がリフレインしてゆく。

（……カレシ……）

膝を抱く腕に力が入る。

それまで耳の奥で鳴り続けていた音が、

——————ダン。

直接、裕太の顔面で弾けた。

「どぇっ!!」

余所見をしていた裕太は、暴投されたサーブが自分に向かって飛んできていることに気づかなかったのだ。

見事にひっくり返った裕太の周りで、生徒たちが騒ぎ出す。

「えっ！　裕太、大丈夫かよ!?」

体育館のキャットウォークで談笑していた内海が、階下にいる裕太を案じる。騒ぎに反応した女子コート内でも、六花が心配そうに裕太を見ていた。

「……えっ、びっくりした……」

「血ぃ出てんじゃん！」

近くの男子に指摘されて顔を確認すると、手の甲に生温かいものがべっとりとつく。

「ん、ホントだ……うわっ」

裕太はどこか現実感に乏しい表情で、手の甲の朱を見つめていた。

その間にも、周りの生徒たちは騒ぎを大きくしていく。

「先生ー！　響くん血ぃ出た!!」

「いや……だ、大丈夫だから」

本当に問題ないのだが、流血に反応してどんどん騒ぎが大きくなっていく。裕太は慌ててその場を離れ、保健室へと向かった。

鼻血の処置でベッドに横にはなれない。裕太は保健医の指示に従い、止血をしながらソファーに座ってぼーっと天井を眺めていた。

備え付けのソファーの座り心地があの店のものと似ていて、裕太はふと、およそ七か月前にあったことを思い返した。

■

あの日。

響裕太を眠りから覚ましたのは、肌寒さと、聞き馴染みのある二つの声だった。

「寒いと思ったら、降って来ちまったなぁ～……」

「……雪――」

光に導かれるように瞼（まぶた）を開くと、そこには知らない天井があった。

身体を起こした裕太は、毛布が掛けられていることに気づく。

寝ぼけ眼（まなこ）のまま辺りを見ると、家電製品や家具、雑貨などがひしめいている空間だった。やはり知らない場所にいるようだ。

しかし自分の傍（そば）にいたのは、よく知る人物だった。

友人の内海将（うつみしょう）と、そして――

「あ。響くん、目覚ました」

クラスメイトの、宝多六花（たからだりっか）。

この時見た彼女の微笑（ほほえ）みの優しさを、裕太は忘れることはないだろう。

おぼろげだった意識が一気に冴（さ）え、胸が早鐘を打ち始める。

裕太は周囲を観察するふりをしながら、六花から視線を逸（そ）らす。

自分は二人掛けソファーに、内海と六花は、喫茶スペースのカウンター席に腰を下ろしている。

「……えっと……ここ、どこ?」

「私ん家（ち）」

「えっ！」

動揺する裕太を前に、内海は眉根を顰めて溜息をついた。

「……さて。何から話したもんすかね」

「やっぱ、言うの？」

少々異論ありげに、六花が問いかける。

「まあ、伝えなきゃでしょ。てか俺らも、今の裕太がどんなか、知っとかなきゃだし」

「そっか……そうだよね」

…………『俺ら』……内海と六花のこと？

様々な違和感に先んじて裕太の胸中を焦がしたのは、内海と六花の二人がやけに親しげに話していることだった。

内海は険しい顔で思案した後、試すような口調で裕太に問いかけた。

「裕太。グリッドマンって――知ってる？」

「何それ……流行ってるの？」

裕太がそう返すと、内海は一瞬きょとんとした。

やがて、吹き出すのを堪えるようにして肩を震わせ、

「とりま一度、全部言うわ。本当のこと」

そう前置きして語り出した。

何故裕太がここで寝ていたのか——何があったのか。

内海は言葉を選んでいるのか、説明は途切れ途切れだったが……都度、六花がフォローをしながら話を繋いでいた。

神さまのこと。怪獣のこと。グリッドマンのこと——。

荒唐無稽で、突拍子もなくて、現実離れした話だった。

ところが不思議と、疑う気持ちが湧いてこなかった。

一番最初に今が十一月であることを聞かされて絶句し、そこで驚きのキャパを使いきったのかもしれない。

裕太の体感では、つい数日前に二学期の始業式があったばかり。九月も頭の方なのだ。

なのに今は十一月……前から楽しみにしていた校外学習の川下りも、学園祭も、知らない間に終わってしまっている。

中間テストもスキップ機能を使ったように飛んでいたのはありがたいが、とても釣り合いは取れない。

「十一月……って」

裕太が念のためポケットからスマホを取り出すと、ロック画面に表示された日時は十一月六日。

本当にほぼ丸々二か月が、知らない間に経過している。

スマホの時計をいじるくらいなら——行動の是非は置いておいて——寝ている間に裕太の指で指紋認証を解除すればできなくはないが、ニュースサイトの日付まで十一月になっているのは、学生が仕掛けるドッキリにしてはスケールが大きすぎる。

それで裕太の心は観念してしまったのかもしれないし——何より、話をしている内海や六花の顔を見ているうちに、「あ、これは本当のことなんだ」と他人事のように受け容れていってしまっていた。

自分に語っているその思い出は、二人にとっても掛け替えのないものなのだと、一言受け止めるごとに実感していった。

「またまた」とか、「冗談でしょ?」とか、一度でも茶化すように疑ってしまったら、内海と六花はそこで笑って口を噤んで、その先を二度と話してくれないように思えたのだ。

ひと通り話が終わった後、裕太の反応を待つように、内海と六花は黙りこくる。

考えに考えて、裕太は一つの結論を出した。

「——つまり俺、記憶喪失ってこと?」

「だな。結局そこに落ち着くか」

「落ち着いてるかぁ……？」

腕組みして頷く内海を、六花が訝しむ。

だけど二か月間昏睡状態だったとか、行方不明だったとかではないのだ。

都立ツツジ台高校1年E組・響裕太は、ちゃんと登校して、授業を受けて行事をこなして普通に二か月過ごしたのに、今、その間のことが全くわからない状態だ。

結局のところ現在の裕太の状態を説明するなら、「この二か月の間の記憶を失っている」というのが一番近い。

正直、不安がないと言えば嘘になる。

が、裕太は自分でも驚くほど落ち着いていた。

壁際に視線を送ると、テーブル一脚分ぐらい、床の色が薄く日焼けしていない部分がある。

あそこに話に出た大きな中古パソコン『ジャンク』があって、自分と内海、六花でそれを囲んで……怪獣との戦いの日々を過ごした。

すごいことに巻き込まれたようだが、その実感を得られるものは何もない。

どちらかと言うと、大切なものを失っていないという安堵の方が大きかった。

それは、内海と親友であること。

そして何より——六花を好きなこと。

宝石のように輝く大切なものが、自分の中で変わらずに残っている。消えずに息づいている。それだけで十分だった。

むしろちょっとだけ、六花との距離が近づいている気がするし、ラッキーだと思おう。

内海と二人、ジャンクショップ『絢』を出た時。

出入り口で六花に呼び止められ、裕太は振り返った。

「……結局さ。響くん、記憶が無くなった日のこと……憶えてる？」

「それって……？」

「響くんが、グリッドマンになる前の日。私の家の前で倒れた、それよりちょい前のこと」

六花の瞳に映る自分が、揺れる虹彩に溶け合ってゆく。裕太は音を立てて息を呑んだ。

「――――えっと、ごめん……何だっけ……」

「……もし記憶喪失のふりだったら、最悪だからね」

穏やかな口調の糾弾を最後に、六花は家の中へと入って行った。

その質問が何を意味していたのかは……今もまだ、わからない。

二か月ぶりに目覚めたあの日、内海と六花に全てを話してもらって、受け止めて……自分なりに呑み込んで。

それ以来裕太は、「グリッドマン」や「怪獣」についての話題を二人に振ることはほとんどなく、普通に日々を過ごした。

そうして自分が記憶を失っていた期間と同じ二か月が過ぎ、新しい年を迎えた。

さらにもう二か月が過ぎ、進級して高校二年生になった。ここで、世界を揺るがす大事件が起きた。

――六花と別のクラスになってしまったのだ。

内海は六花と同じクラスだった。二年生に上がる時点で、文系理系いずれを志望するかによってクラスが分かれるのは、裕太にとって大きな誤算だった。つまり、三年になっても六花と同じクラスになるチャンスはもう無い。

自分一人が置いて行かれたような気持ちになり、その夜はなかなか寝付けなかった。

けれど、だからこそ六花に告白するならこのタイミングしかないと思った。ここで想いを伝えなければ、六花と話す機会は失われていく一方だ。

六花に告白しようと、一世一代の決心をしたのだが――結局できなかった。

告白するという決意と、告白できなかったという挫折の繰り返しの日々だ。

ついには六花の家で目を覚ましたあの日から、半年以上が経過してしまっていた。

「ありがとうございました」

鼻血が止まったのを確認した裕太は、保健医に礼を言って保健室を後にした。歩きながら、今一度鼻を気にしてさする。

今から体育館に戻っても、自分の出るはずだった試合は終わっているだろう。決して運動が得意な方ではないが、こんな形で終わってしまったのは少々不本意だ。

去年の夏の球技大会の記憶がないのだから、尚のことだ。

廊下を歩いていると、前方に試合を終えた六花が通りかかった。いつメンのなみことはっすも一緒だ。

はっすは二年になって裕太と同じ文系の２年Ｂ組になっているが、今も三人でいるのをよく見る。

「ごめん、先行っててー」

「あいー」

手を振りながらそう返したなみこ、そしてはっすと別れ、六花は裕太の元へと歩み寄った。

「大丈夫だった？　さっき、鼻血すごい出てたけど……」

「うん、全然。痛くなかったし」

強がりではなく、バレーボールが顔面を強打しても全く痛いとは思わなかった。

それも当然だろう。骨折をした時に、小さな擦り傷の痛みの方を気にする人間などいない。六花に彼氏がいるかもしれないと知った心の激痛に比べれば、バレーボールだろうと砲丸だろうと直撃しても大したことはない——ということだ。

裕太は、そう結論づけた。

「ホントに？」

強がってるんじゃないの？　みたいな悪戯っぽいニュアンスで念を押されたので、裕太も強調しておく。

「うん、大丈夫だって。そんな大騒ぎするほどでもない、っていうか」

「それなら、いいけど……」

六花に心配してもらえるのは嬉しいが、大袈裟にしても仕方がない。

しかしその優しさと、廊下を押し包んだ静寂が、裕太の決心を後押しした。

「あのさ」

「うん」

「六花って今……クラス演劇の台本書いてる、って聞いた」

「うん、書いてるよ、内海くんと。グリッドマン題材に」

弾むような口調で内海と一緒に作業していることを強調されて、裕太の胸に僅かばかりの靄がかかった。

「……。俺も……何か、手伝うよ。クラス違うけどさ」

何も憶えてないけど、自分がそのグリッドマンだったたっていうなら、きっと手伝えることはあるはずだよ――。

もし渋られたら無根拠にそう言おうと思っていた裕太だが、

「あ、ホントに？　じゃあ……感想聞きたいし。ちょっと読んでもらおうかな」

六花はあっさりと了承してくれた。

「ぜひぜひっ」

「ありがと、助かる」

――ここだ。このタイミングだ。

裕太はずっと後ろに組んでいた手を、ポケットに差し入れる。

「あとっ」

「……？」

朝から大事に持っていた二枚のチケットと、折り畳んでいたチラシを広げて、六花へと見せた。

「これ……何か参考になればって思って」

自然な笑顔、自然な口調――リハーサルどおりに誘う。

「……一緒に、行かない？　演劇」

大々的な舞台などを観賞しに行こうと誘ったら身構えられるかもしれないが、自校の演劇部の公演ならハードルは低い。

今朝、裕太が呪文のように唱えていたとおり、確かな勝算あってのお誘いだった。

六花はしげしげとチラシを見つめ、日時のところで、あ、と申し訳なさそうにこぼす。

「……私、この日無理だ。内海くんと行ってきなよ」

「そっか……うん」

気づいてみれば当たり前の可能性ではあるのだが、六花にその日予定がある、とまでは考えが至らなかった。裕太は小さく肩を落とす。

「六花ぁ〜」

廊下の曲がり角からはっすが顔を出し、六花を呼びつけた。

「写真撮るから来いってー!」

「……ふふ」

同じく顔を出したなみこが、妙に含みのある笑みを浮かべてこちらを見てきたので、裕太は思わず身体を震わせた。

「今行くー。……じゃあ」

「あ、うん」

努めて自然に微笑んで、六花を見送る裕太。

「ついでに一年のサッカー見に行こ～」

なみこのはしゃぎ声が遠ざかっていくと、裕太は大きく嘆息した。

そうそう思った通りに事が運ぶはずはないのだが、それでも決意し行動した先から躓くのは、なかなか堪える。

前途は多難だった。

■

球技大会から少し経った休日。

裕太は内海と一緒に、ジャンクショップ『絢』を訪れていた。

約束通り、六花のクラス企画の台本を手伝うためだ。

三人でこの店に集まるのも、かなり久しぶりのことだ。

六花はPCチェアに座り、内海はとりあえず立ったままで、喫茶スペースのカウンター席に座る裕太へ劇の台本を手渡す。

「とりあえずさ、読んでみて」

「うん」

六花に促され、裕太は台本をめくった。

ダブルクリップで留められた紙束はかなりの厚みがあり、なかなかの大作を予感させる。ただ厚みの一部は密に作られたあらすじと設定でもあるようで、最初にそれらが書き綴られていた。

「記憶喪失の少年。パソコンの中のヒーロー。突如出現する――」

「え、声に出して読むか」

朗読を始めた裕太に、六花が困惑しながらツッコむ。

「まずい？」

「や、別に」

裕太にわりと天然なところがあることは、六花も内海も熟知している。

六花は諦めた様子で、言葉を濁した。

「突如出現する怪獣。破壊される街。記憶喪失の少年は、パソコンの中に飲みこまれて……!?　グリッドマンと一体になり……あ、これ俺のことか」

「そそ」

内海の適当な相づちで納得し、裕太は朗読を続ける。

「えー、グリッドマンと一体となり、怪獣を倒す……全ては、一人の少女が起こした出来事。この世界は一人の少女によって創られ、壊され、修復された」

最近ではすっかり記憶から薄れていたが、今自分が口にしているのは確かに、七か月前に目覚めてすぐに内海と六花から聞かされた出来事だった。

「しかし、その少女も利用されているに過ぎなかった。外の世界から来た、恐ろしい者に。その少女はグリッドマンを倒すために、次々と怪獣を生み出した。心を持った怪獣まで。少女は自分の歪(ゆが)んだ心が利用されていることを知り、絶望し――自身が怪獣となってしまう。それを救ったのはグリッドマンと、彼女が創った心を持つ怪獣、そして……」

……少女の歪んだ心が利用された――

歪んだ心……つまり、少なからずその『少女』にも非があったということだろうか。ここまで踏み込んだことは聞かされていなかったので、初めて知った。

裕太が読み終わった台本を内海に手渡した、その時。

〈裕太――――〉

誰かに名前を呼ばれた気がして、裕太は思わず背後を振り返った。

そこには壁しかない。裕太が七か月前に目を覚ました時には四角い日焼けしていない跡があった一画だが、今はそれもすっかり目立たなくなっている。新しい商品が置かれることもなく、そこだけぽっかりと空いていた。

「どした？」

内海が怪訝な顔で見つめてくる。

「……や」

内海や六花に聞こえていた様子はない。空耳だろうか。

「で、感想は？」

「……えと」

六花にコメントを求められ、裕太は慎重に言葉を選ぶ。そして検討に検討を重ねた結果、

「……奇抜な話………」

「まあ、客観的に見るとね」

当たり障りのない感想に、内海が苦笑する。

「だって、実際にあった話まとめたら、こうだもんー」

「あ、でも——新条アカネって子に対する思いは、良かったと思う」

「ホントにっ!?　私、そこが一番伝えたいトコなんすよー」

咄嗟に、感じたままを口にした裕太だが、それが思いのほか六花を喜ばせた。

ともすれば他者にクールな印象を与える六花の凛々しい顔つきが、時折子供のようにぱあっと華やぐこのような瞬間が、裕太は好きだった。

「でもみんなにダメ出しされた所が、その新条アカネなんだよ……」

ビー玉を指で弄びながら、内海が不服そうに打ち明ける。

「そうなの？」

内海がどうしてビー玉を持ち歩いているのかは知らないが、思い返せば、裕太に二か月の間にあったことを説明している時も、彼は途中からこのビー玉を手にしていた。

何か特別な、思い入れのある品なのかもしれない。

「リアリティが無いんだってさ」

ダメ出しされた理由を率直に打ち明ける六花。

「クラス全員から好かれるアイドルなのに怪獣好きで、この世界を創った神さま。ま……確かに設定盛りすぎだわな」

自嘲するように補足する内海を余所に、裕太はもう一度台本を受け取って読み直していった。

「でも嘘じゃないじゃん。アカネはいたんだから」

「まあまあ、そうなんだけど。グリッドマンが元凶のアレクシス・ケリヴを封印して、新条アカネがこの世界から去った後――それを覚えてるのは、俺と六花さんだけ。世の中の人、全員が裕太と同じ状況なのよ」

「へぇー」

台本の方に意識を寄せていて、裕太の返事も漫ろなものになる。

確かに記憶喪失の裕太では結局世の中の人と同じかもしれないが、少なくとも裕太はこの台本に書かれた物語の当事者で、事実として受け止めている。

「だからさ。お話にして、伝えるのがいいかなって思ったの」

六花の言葉に、熱がこもる。

きっとこの世界であったことを形に……物語にして伝えるのは、二人にとって大切なことなのだろう。

その上で、内海はクラスメイトの意見を概ね受け容れていて、六花はそれに不満がある。おおよその立場は把握した。

六花はなおも不満をこぼす。

「ていうか、リアリティとか別にどうでもよくない？」

そもそも――リアリティとは何だろうか。

怪獣と、それと戦うヒーローが存在する世界観の劇で、登場人物にだけリアリティを求めなくてもいいのでは……と思ってしまう。その意味では……いや、その意味でも、裕太は六花寄りの意見だ。

裕太が思案しているうちに、内海と六花の喧々諤々とした言い合いが始まった。

「やっぱここは、バトル中心の台本に書き直した方がいいって」

「何もやっぱじゃないし。内海くん、戦いたいだけじゃん」

「戦いだって大事な要素でしょ」

「わかるよ？　わかるけどさ。そんなドカーンとか、ガオーとか、ヒーローショーじゃないんだから」

「人間ドラマみたいなことやりたいのかもしれないけどさ、もう単純に退屈なのよ」

「大体、これうちのクラスみんなでやるんだよ？　人溢(あぶ)れちゃうでしょ？」

「だったらまだ、エンタメとしてヒーローショーみたいなもんが必要でしょ」

企画の中心人物二人が、一歩も譲らず言い争っている。

ストーリーに重きを置くか、わかりやすい楽しさを重視するか。Aを取るか、Bを活かすか。

エンタメ作品の製作現場でお馴染(なじ)みの光景でもあった。

別のクラスの裕太は文字通り蚊帳(かや)の外で、その言い争いを横目に台本に目を通すことしかできなかった。

ちなみに六花と内海の二人がこの手の諍(いさか)いをするのは、初めてではない。

新条(しんじょう)アカネが自ら創造した最強の怪獣・メカグールギラスを以てグリッドマン同盟に宣戦布告した時、メカグールギラスとどう戦うか対策を立てる内海に対し、六花はアカネ自身にどう向き合うかで意見が割れた。

その時六花は、内海はただ戦いたいだけだ、と非難したのだ。

そんな対立があったことも、裕太は知らない。

ただ、遠慮無しに意見をぶつけ合っている内海と六花を見て、少し羨ましいと感じた。

これまでは何となく深く踏み込まないようにしてきた、空白の記憶——。

その事実、その物語を世界に残すことが内海と六花の希望なら、裕太もちゃんと知るべきだろうか。

（いや——）

裕太は台本を読み返しながら、メモ帳を入れていた胸ポケットにそっと手を触れる。

どうして衝動的にグリッドマンの絵を描き始めたのか、自分でも不思議だった。

本当は裕太自身すでに、もっと知りたいと思っているのかもしれない。

グリッドマンのことを。


「ふむーん」

と、裕太はいつの間にか、カウンターの中から六花のお母さん……六花ママが台本を覗き込んでいることに気がついた。

彼女はかつてジャンクの設置されていたこの、ジャンクショップ『絢』の店主。

店を拠点代わりに活動するグリッドマン同盟やその仲間たちを、事情も聞かずに懐深く見守ってくれた、温かな女性だ。

「君たち、変わんないねぇ」

「「…………」」

六花ママが嬉しそうに茶化すと、内海と六花は少し冷静になった。

「まぁ、でも……このままじゃ、またダメ出しされるわけだし」

「うん、なんとかしないとだね」

「そだな。もう一回書き直してみるか」

「うん」

そして、互いの意見に歩み寄りを見せる。

「あんら。君たち変わったわねぇ」

今度は逆に、少し残念そうに意見を反転させる六花ママ。

六花は表情を変えないまま、Vサインを送る。

「もう、高校二年生ですから」

■

六花の傍にいたい一心で安易に手伝うと言ってしまった裕太だったが、台本への感想を適切にまとめたり、改善案を出したりするのは、ものすごく難しいことだとわかった。

普段から小説を読んだり、舞台劇を観たりすることがないから、なおさらだ。

それを内海に正直に伝えると、自分の家に来るよう提案された。


内海の家に移動し、彼の自室へと案内される。

怪獣やヒーローグッズがいろいろ飾られている部屋だが、ベッドの上にはいわゆるスマート枕……電極パッドのついた電子制御式枕があって、健康に気を遣っているのが窺える。

そのベッドの上でちょこんと座って待つ裕太の前で、内海は机の上のモニターを目一杯こちらに向け、即席のミニシアターを準備し始めた。

「まず裕太は、本物のステージを学ぶべきだよ」

「本物？」

そう言って内海が掲げたＤＶＤのジャケットには複数人の、おそらく特撮ヒーローが描かれている。内海が大好きで、彼との日常会話の中にも頻出する「ウルトラシリーズ」だろう。裕太にはあまり区別がつかないが……。

カーテンを閉め、部屋の電気を消して準備万端。上映が開始された。

二人並んでベッドの上に陣取り、モニターを注視する。内海は特撮ヒーローのぬいぐるみを抱き締め、裕太は膝の上に顎を乗せ、それぞれ観賞用にリラックスしていた。

てっきりテレビで放送されているヒーロー番組を収めたＤＶＤを観るのかと思ったら、少し違った。

イベントホールのステージで、観客の前で行われるヒーローショーのようだった。

ヒーローと怪獣が、ステージ狭しと動き回り、戦いを繰り広げる。

司会のお姉さんが都度、観客席に向かって応援を呼びかけ、元気な声が飛び交う。

どの辺を参考にすればいいかわからず、裕太は横目で内海の様子を窺った。

「……、っ……」

内海は嗚咽(おえつ)を噛(か)み殺し、目許の涙を拭っていた。裕太もさすがに驚きを隠せない。

泣けるところがあっただろうか。

しかもＤＶＤを買ったなら既に何度か視聴済みのはずだが、それでも泣いているのだから、筋金入りだ。

絶対的な窮地にあっても決して諦めないヒーローたち。

やがて観客の声援が奇跡を起こし、別世界の伝説のヒーローが救援に現れた。

そしてヒーローたちも絆の力で更なる力を得て、黒幕をやっつける。

ヒーローショーにおける普遍的な展開だった。内海はこういう王道を愛しているのだろう。

観賞を終えて部屋の電気を点(つ)けた内海が、得意げに語る。

「こういうことよ、ステージってのは！　どうよ!?」

「勉強になります」

もっとも裕太が学べたのは、今観たようなものをクラス演劇でやるのは相当ハードルが高いのではないか——ということぐらいだ。

演者は何回も連続でバク転とかしていたし、段差から華麗に飛び降りたりしていた。後ろに大型のスクリーンがあって、絶えずピカピカ光っていた。ヒーローも怪獣もたくさん登場していた。

六花がこういった内容になるのを危惧していたのも無理はない。内海の言うエンタメ重視路線、どのぐらいこの『本物』に寄せる算段なのだろう。

……もしかして当日内海のクラスに劇を観に行ったら、六花が「会場のみんな〜」とか呼びかけてくれるのだろうか。

そんなことを考えながらふと部屋の壁時計に目をやると、次の予定時刻が迫っていた。今日は、ツツジ台高校演劇部の公演を観に行く日でもあるのだ。

「そろそろ時間だから、行こうか」

「おう……てか今日芝居見に行くなら、俺じゃなくて六花誘えよ」

痛いところを突く内海。

「……まあ、いいじゃないの」

少し言葉に窮した裕太の、その沈黙の中に雄弁な答えがあった。

「………。お察しします」

内海もそれ以上は追及せず、男二人で言葉少なに街の小劇場へと向かった。

確かにチケット無しでも問題なさそうな客入りではあったが、地下にあるその劇場はなかなかいい雰囲気の場所だった。

演劇部の演目は、引きこもりの学生とその級友たちとの触れ合いを描いた、青春ドラマだった。

主人公は車椅子の少年。その気になればちゃんと歩けるほど病状は回復しているのに、人づき合いの苦手さから殻に閉じこもってしまっている。日々自室に引きこもり、コンピューターでハッキング行為をすることで憂さを晴らしていた。

しかし少年と同じ学校に通う三人の男女が、ハッキングのターゲットにされたことから、ハッカーの正体がその少年であることを突き止めた。そして彼と心を通わせ、外の世界へと連れ出してゆく。

孤独な少年の、再生の物語だ。

六花との口論で触れていたとおり、内海はこの人間ドラマを前にすぐに退屈になり、醒めた目で舞台を見ていた。彼の持論では、こういったドラマはヒーロー作品の話に組み込まれて初めて、人の心を打つのだ。

小さく鼻をすする音が聞こえ、内海は気怠げに横を向く。あり得ない光景を目の当たりにし、ぎょっとして仰け反った。

何と裕太は拭うことすら忘れ、滂沱と涙を流していたのだ。

戦慄し、表情筋を激しく震わせる内海。

こんなに感受性豊かな客に観てもらえて、舞台上の生徒たちも役者冥利に尽きるだろう。

なかなかの長尺だった演劇が終わり、劇場を後にする頃には、すっかり夜になっていた。対照的なテンションで帰り道を歩く、裕太と内海。

「あぁ～、結構よかったなぁ～」

「よくあんなに感動できるな……」

内海は裕太がヒーローショーを観た時のように歯に衣を着せず、ストレートに感想を口にした。

「いや、だってさぁ……！」

裕太は興奮冷めやらず、まだ語る気満々だったのだが――

「っ……ちょっと!!」

内海は歩く先にとんでもないものを目撃し、裕太を強引にブロック塀の陰まで引っ張っていった。そっと身を隠し、道の先にあるアパートを見るように促す。

「あそこ！」

「え？　なになに」

「しーっ！」

身を乗り出そうとした裕太は、もう一度内海に引っ張られた。二階建てアパートの二階に上がっていく人影が見える。

その後ろ姿が誰か、十数メートル離れた位置からでも裕太にはすぐにわかった。

アパートの一室の前に立ち止まり、インターホンを押しているのは……六花（りっか）だ。

程なくドアを開けて出てきた人物を見て、裕太は愕然（がくぜん）とする。

男だ。明らかに年上の、男が六花を迎え出ていた。

長身で、お洒落な丸眼鏡、お洒落パーマに最近の男アイドルがみんなやっているお洒落センター分け――なかなかのイケメンの部屋に、六花は躊躇（ためら）いなく入っていった。

『六花、彼氏できたん!?』という女子たちの黄色い声が、数日を経てまた裕太の脳内でループ再生される。

『えーなんか、男のアパート入ってくの見たんだって!!』

『社会人!?』

『大学生かもっ!?』

その時の女子たちの噂の内容とも符合した。してしまった。

こんなに離れているというのに……玄関のドアを閉める音が、六花と裕太とを完全に断絶するように響いた。

「え……今の……って……」

『……。私、この日、無理だ』

裕太は演劇に誘った時の六花の断り文句を思い出し、吐息を震わせる。

――男の家に行く日だから、無理だったの……!?

「六花さん……こんな時間に」

男二人で出かけてきた帰りに、これはきつい。見てはいけないものを見てしまった、とばかりに頬をひくつかせる内海だが、裕太はそれどころではない。

「とと、友達の家かも、しれないし……？」

刃物を大上段に構えた殺人鬼を目の前にしたホラー映画の登場人物のように絶望的な顔で、懸命に言い訳を絞り出す。

「どう見ても、ひとり暮らしの部屋にしか見えない……」

さすがにこの小さなアパートに六花の友達一家が住んでいて、家族の男性が出迎えたというのは無理がある。裕太自身、それは十分に理解できている。理解できているが……。

「で、でも」

なおも逃避の言葉を探す裕太を見て、内海はやるせない表情になる。

スラングめいた言葉を使えば、「脳が破壊された」のだろう。親友の脳が破壊される瞬間に立ち会ってしまった。

内海はこれ以上ないほどバツの悪そうな表情で、このままでは数日分のまばたきノルマを今夜クリアしそうな裕太の目を、左の手の平で塞いだ。

「なかったことにしよう」

そして右手を後頭部にやって彼の小さな頭を掴み、シャカシャカと勢いよくシェイクし始めた。前後左右、入念にかき混ぜる。

突如脳に到来した激震を、裕太は甘んじて受け入れた。

「なかった。何も見てない」

むしろ自分から迎えに行き、そう復唱した。

「よし、全部忘れたな！」

「うん。もう記憶喪失しました」

「さすがっす」

記憶喪失で裕太の右に出るものはいない。これで一安心だ。

「…………っ」

……と思って手を離すと、裕太の目許にたっぷりと雫が生まれていた。内海は思わず突っ込む。

「ダメじゃねえか!!」

「だってぇ…………!!」

縋るように内海へと振り向く裕太。

「まぁ、酷だよな。まさか六花さんが――」

その背後に、こちらへと向かって歩いてくる人影を認め、裕太は思わず凝視する。

「……?」

「や、でも言うほど意外でもないっていうか――」

普段の六花へのイメージが窺い知れる内海の失言が、裕太の耳を素通りしていく。

近づいてくる人影は――文字通り人の形をしただけの、影だった。

未だに涙で視界がぼやけているのとは関係なく、その影は不気味に蠢き――そして、忽然と消えた。

「うわあああああああああああっ!?」

裕太は思わず尻餅をついた。

「なに!? どしたの!?」

「な、何かいたぁ!!」

「ちょ、うるさい!」

騒ぎを聞きつけて六花が外の様子を見に出て来ようものなら、それこそ終わりだ。内海は必死に声のボリュームを落とすよう諌(いさ)める。

「あそこっ……あそこに……!!」

「どこ?」

裕太が指差す背後を振り返る内海だったが、すでにそこには何もない。

「あ、あれ、いない」

仄(ほの)かな街灯の明かりが、道路を照らしているだけだった。

「ええ……?」

「……裕太。頭、おかしくなったんだな……」

親友の脳が本当に壊れてしまったのだと悟り、内海はこれまでで一番優しい声音(こわね)でそう言った。

■

次の日の放課後。裕太と内海、六花の三人は、廊下の自習スペースに集まって演劇台本の作業をしていた。

基本的に六花がパソコンで台本を書き、詰まるところがあったら二人に意見を求めるスタイルだ。

六花は左手で頬杖をつきながら、右手でキーボードを操作している。タイプ自体は軽やかだが、書くことに迷って止まる時間の方が長い。

それに六花は、対面に座っている裕太の顔が気になって仕方がないようだ。

「幽霊見たの？」

「………うん」

墨で塗ったような大きな隈を目の下にたくわえ、裕太は苦笑いを浮かべた。

「なにその顔、呪い？」

「や、ホント幽霊がさ……」

「頭打ったせいでしょ。球技大会で……」

言って内海は、球技大会にアパートの目撃事件と、裕太の頭が立て続けにダメージを受けている事実に気づいた。

「いたんだって！　なんかこう、ボヤボヤ〜ッとしてて」

「ふーん」

昨日の夜何を食べたかという話題でももう少し食いつくだろう、というぐらいのつれない返事をする六花。内海も同様だ。

「夏だし、オカルトの一つや二つあるでしょ」

求めていたリアクションとはほど遠く、裕太は困り果てる。

六花も内海も随分と達観している。おそらく信じていないせいもあるが、「そういうこともあるでしょ」ぐらいの気持ちも入っていそうだ。

本物の怪獣を見てきた二人であれば、今さら幽霊なんて、ぐらいの心持ちなのかもしれないが……怪獣（それ）はそれ、幽霊（これ）はこれ、ではないだろうか。

「いやそういう……」

「昨日、どうだった？」

なおも話を続けようとする裕太を遮って、六花が尋ねる。

「え？」

「——みたんでしょ？」

試すような眼差しを向けられ、裕太は凍り付く。

昨夜、六花がアパートに入っていくのを見てたこと、気づかれていた……!?

あの場に居合わせたのは偶然だったと、説明しなければ。

いやそれより、見られていることに気づいていて男の部屋に入っていくって、そんな――

どうだった？　って、そんな――

「っは……ゃ、見たっていうか、見てないっていうか」

「えっ？　行かなかったの、演劇？」

「あそっちか！」

早とちりだったことに早めに気づけて、ほっと胸を撫で下ろす裕太。

「み、観た観た、観たよ！　えっと――」

「ん？」

裕太が演劇の感想を脳内で執筆している間に、内海は廊下が妙に騒がしいことに気づいた。

「なんだろ？」

六花も振り返ると、生徒たちが次々と廊下を駆けていく。足早に向かう先は、屋上のようだ。

言い知れぬ予感に突き動かされ、内海と六花が立ち上がる。

裕太もそれに続き、三人は屋上へと向かった。

「見えた！」

「うそ……あっ、あー!!」

屋上はすでに大勢の生徒たちがひしめき、騒ぎになっていた。皆一様に、街の向こうを指差したり、スマホを向けたりしている。

何とか空いているスペースを見つけ、手摺(てす)りに駆け寄る内海たち。

激しい衝撃が校舎を襲ったのは、その直後だった。

その何かが街を緩慢に歩いただけで、車道に停まっていた車両が次々と跳ね飛ばされ、宙を舞う。

木の葉も同然に舞い上げられた無数の車両は、轟音(ごうおん)と共にツツジ台高校のグラウンドにも落下していった。

普通車どころではない。トラックも、大型バスも区別なく雨粒の扱いで、高校のグラウンドを瞬く間に廃車置き場の様相へと変えていく。根元から引き抜かれた電柱が、移設したかのように校舎前に突き刺さっていった。

衝撃で校舎のガラスが砕け、生徒たちは震動で立っていることもできずに倒れていく。

さらに、グラウンドに落下した車の一部は、落下した勢いそのままに転がり跳ねて校舎に激突し、夥(おびただ)しい数の瓦礫(がれき)や石つぶてを空高く噴き上げていった。

それらが防ぐ屋根のない屋上に降り注ぎ、生徒たちは悲鳴を上げながら身を丸めた。

その死のつぶてが一人の生徒にも直撃しなかったのは、奇跡的な偶然としか言いようがない。しかし数センチ先に即死を突きつけられた生徒たちは、上げた悲鳴すらも嗄(か)らして震えていた。

「っ……！　あれって……!!」

恐怖に戦慄く生徒たちの中、六花が険しい面持ちで空の向こうを睨む。

内海は火と黒煙に覆われた街の中に、我が物顔で歩む巨影を認めた。

世界の誰も覚えていなくても、六花と内海はそれを何度となく見てきた。

人智を絶する破壊を、それがもたらす阿鼻叫喚を、幾度となく目にしてきた。

もはや二人が書いた物語の中にしか存在しないはずの、その巨影は——自らの存在を天地に誇示するように、身体に奔るラインを妖しく輝かせた。

内海は、絶望的な確信とともに叫ぶ。

「——怪獣だ!!」

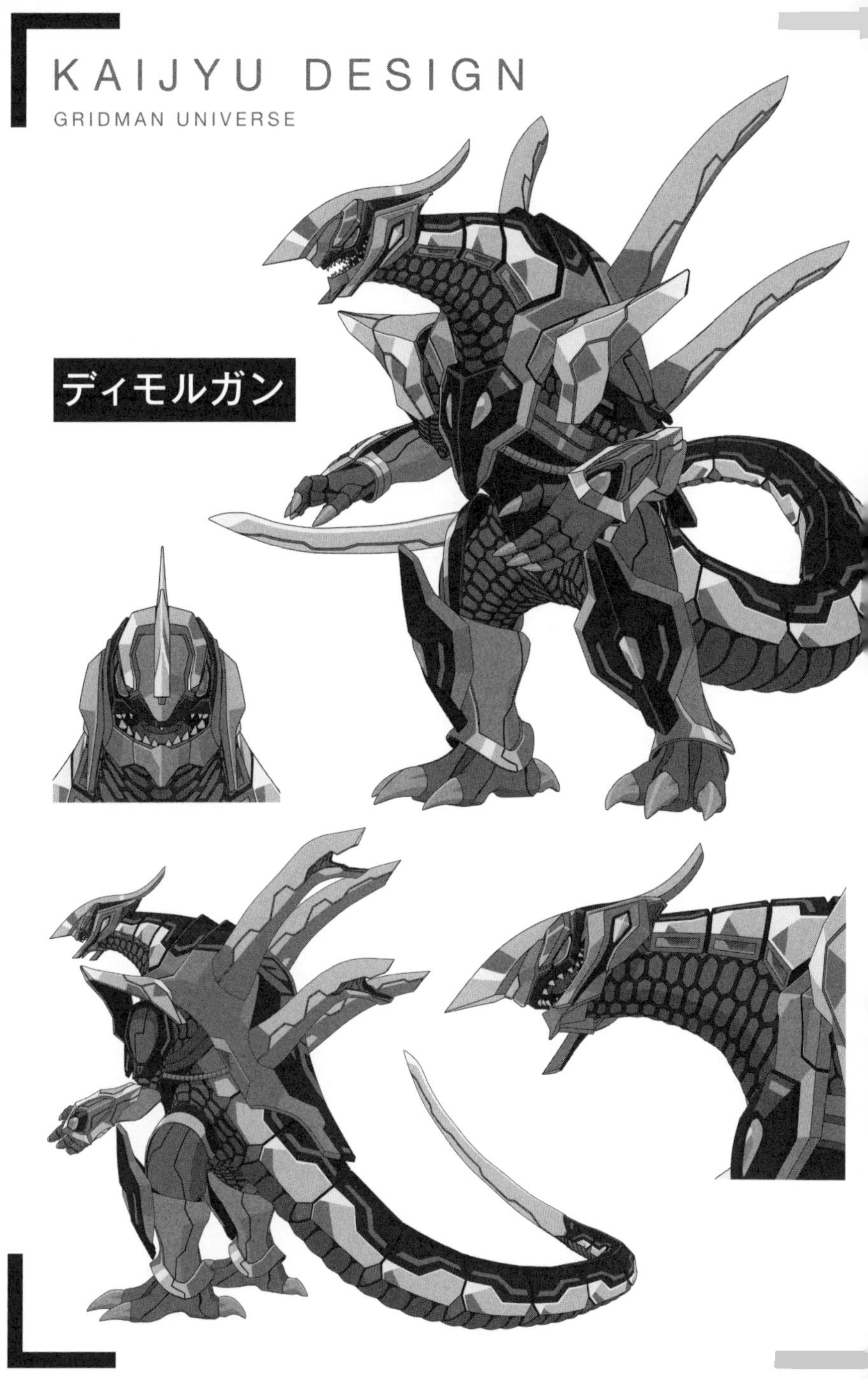
KAIJYU DESIGN
GRIDMAN UNIVERSE
ディモルガン

自らが街に立ち昇らせた炎を突き抜け、怪獣がその全貌を露わにする。

巨大な二足歩行恐竜が鎧をまとったような、異様なフォルム。マゼンタ色やライムグリーンなどが混在した、渾沌の体現のような体色。

頭や尾、背ビレなどには、刀剣のように鋭い部位が形成されている。

再びツツジ台に現れた、形を得た災害――怪獣【ディモルガン】。

背中に屹立したその長いヒレ状の部位を展開し、中から触手を伸ばす。それを無造作に手近なビルに巻き付けたかと思えば、軽々と引き抜いて放り投げた。

一万トンを超える物体が数十メートルの高さから落下する質量の暴力に、街そのものが悲鳴を上げる。

「あれが、怪獣――」

初めて見る怪獣の脅威に、裕太は目を見開く。

ツツジ台高校の眼前の街中で、無惨な破壊が繰り広げられていた。

この街にはかつて、あんな恐ろしい存在が何度も現れていたのか。

〈裕太……裕太————〉

「!!」

裕太を立ち上がらせたのは、彼方からの呼び声だった。

「グ・リ・ッ・ド・マ・ン・が、聞・こ・え・た」

「えっ？」

唐突に裕太がそう口にしたので、内海は困惑する。

「あの台本では、俺がグリッドマンなんだよな!?」

「なに言ってん……」

内海が言い終わるのを待たず、裕太は駆け出していた。

遠ざかっていく背中の悲壮な既視感に、六花と内海は同時に声を上げる。

「響くんっ!?」

「裕太っ！　……あいつ、まさかジャンクにっ!!」

六花がはっと息を呑む。

裕太は校門から飛びだし、瓦礫に塗れた歩道を走った。

（俺、グリッドマンじゃないのに……何かできるのか!?）

俺がグリッドマンだよな。

俺はグリッドマンじゃない。

友人へ言い放った覚悟と内心の不安が相克し、裕太は唇を噛みしめる。

「なんでまた響くんがっ⁉」

「裕太！　待ってって‼」

六花と内海もすぐに後を追いかけたが、その背中との距離は縮まらない。

その間にも、怪獣による街の蹂躙は続く。今度は、左腕に装着した手甲型の部位から光線を発射し、建物を薙ぎ払っていた。

甘かった。話に聞いて裕太が想像していた怪獣など、文字通りの絵空事でしかなかった。

いくらこの世界の神さまとはいえ、同年代の女の子が創ったという存在。どこか愛嬌のある、知性を備えた生物を想像していた。

演劇の台本で、「心を持った怪獣」という存在がわざわざ区別されていた理由もわかった。

感情の入る余地を根こそぎ拒絶した、生物とすら呼べない恐ろしい存在。

破壊が無軌道に動き回るだけの現象。

それが怪獣なのだと……裕太は走りながら、大地の揺れを受け止める全身で理解した。

破壊の規模が尋常ではない。懸命に走る裕太を嘲笑うかのように、怪獣の光線で巻き上げられたビルの屋上駐車場から乗用車が一台、真っ直ぐに落下してきた。それは咄嗟(とっさ)に見上げた裕太の視界を、瞬く間に覆い隠す。

「うっ……わあああああああああ～～～～～～っ!!」

裕太が為(な)す術(すべ)無く押し潰されようとする、まさにその瞬間。

横合いから、裕太の身長ほどもある鉄の矢が次々と飛来。勢いよく車体に突き刺さり、落下する車を弾き飛ばした。

彼方の轟音(ごうおん)を背に、恐る恐る振り返る裕太。

煙が吹き晴れ、長身の青年が姿を現す。

「……よっ、と」

ファッション雑誌の一ページをそのまま切り取ったような甘い微笑(ほほえ)みを浮かべながら、青年は手にした巨大な弩(いしゆみ)を構え直した。

新世紀中学生の一員――ヴィット。

彼の放った必殺必中の弓型武器・ブリッツボウガンが、降り注ぐ巨大な鉄塊を段ボール箱も同然に弾き飛ばしてのけたのだ。

「……?」

ヴィットが微笑みかけても、記憶の無い裕太にはそもそも彼が何者か、何をしたかも理解ができない。

一方、同じように道中で瓦礫の雨に押し潰されかけた内海と六花は、突如飛び込んできた影によって空高く跳躍し、難を逃れていた。そして、裕太の傍へと着地する。

煙に咳き込みながら、六花はやっとのことで、自分を肩に担いでいる影が誰かに気づいた。

目の下に大きな隈があり、無精髭の目立つ、仏頂面で猫背なスーツ姿の不審な男。

しかしその実態は、こうして幾度となく内海や六花の危機を救った剣士――

「……キャリバーさん!?」

そのキャリバーに担がれたまま、内海も自分たちを守るように仁王立ちする巨漢を視認する。

「マックスさん！　それに……!!」

内海の言葉を継ぐように、目の前でツインテールが真っ直ぐにたなびく。

「よう！　会いたかっただろ？」

小学生のような体軀でありながら態度は巨大、そしてその傲岸さに見合った力を持つ、頼れる戦士――ボラーが、ニヒルに口端を吊り上げた。

ボラーと何だかんだといって一番親交の深かった内海は、ずり落ちた眼鏡にも構わず満面の笑みを浮かべる。

マックスは棘つきのナックル状の武装――ドラゴントゥーススパイクを右腕に装着し、ボラーはサバイバルナイフ型の短刀・スクラップメーカーダガーを手にしている。

この二人もすでに、裕太と六花、内海の危機を払い除けてくれていたのだ。

スーツ姿の四人の揃い踏みを見て、裕太も合点がいく。

「もしかして……あの人たちが、新世紀中学生!!」

グリッドマン、グリッドマン同盟と力を合わせて怪獣に立ち向かった、頼もしい仲間たちだ。

当時の記憶が無い裕太は、その再会の喜びを分かち合うことができない。

けれど内海や六花が無事で、嬉しそうにしている。それだけで十分だった。

眼下の束(つか)の間(ま)の歓喜を踏み砕くかのように、ディモルガンは伸ばした四本の触手を乱舞させる。

車両は止(と)め処(ど)なく吹き飛び、車道が抉(えぐ)れて瓦礫が噴き上がる。

裕太たちの元へと殺到する瓦礫の嵐を前に、マックスが躍り出た。

ドラゴントゥーススパイクを盾のように展開させ、石のつぶてから裕太たちを防護する。

「……私たちだけでは、守りきれないぞ……!!」

しかしその圧倒的な物量を前に、さしものマックスも苦悶の声を上げた。

「〜〜〜〜〜〜〜っ!!」

悲鳴も衝撃音に呑(の)み込まれていく。六花の悲痛な顔を目の当たりにした裕太は、決然と踵(きびす)を返し、再び走りだした。

切らした息を置き去りに、走って、走って——裕太はようやくジャンクショップ『絢(あや)』へと辿り着き、店内へと滑り込んだ。

店の奥の壁際、ぽっかりと空いていた空間。数日前に見た時には何もなかったその場所に、中古パソコン・ジャンクが、裕太を待ち望むようにして出現していた。

「……これが……っ、ジャンク……！　ここから、声が……」

なおも息を荒らげながら画面を見つめると、裕太の声が起動キーであったかのように、ジャンクの画面が点灯した。

画面の中に、紅い身体に銀色の装甲をまとった超人が映し出される。

「これが、グリッドマン――」

かつてこの店で初めて響裕太と顔を合わせた時の姿と違い、グリッドマンはアレクシス・ケリヴとの戦いで見せた『本当の姿』で画面の中に存在していた。

〈私はハイパーエージェント――グリッドマン!!〉

「喋った……！　ホントに、グリッドマンなんだ」

グリッドマンは困惑するように周囲を見渡す。

〈原因はわからないが……この世界のバランスが崩れようとしている〉

裕太はディスプレイのフレームに摑みかかり、

「説明は後で！　いま暴れてる怪獣を止めたいんだ!!」

必死の形相でグリッドマンに訴えかけた。

〈裕太……再び私と戦ってくれるのか？〉

「前の時の記憶は無いけど……戦う！　俺にできることがあるなら!!」

裕太の勇気に呼応するように、ディスプレイを掴んでいた左手首へと、幾層もの光が形を変えながら重なり合っていく。その光はブレスレットの形を取っていった。

グリッドマンと繋がるためのブレスレット型デバイス――プライマルアクセプターが、今再び響裕太の左手首に装着されたのだ。

〈アクセスフラッシュと叫んで、そのプライマルアクセプターのボタンを押すんだ!!〉

裕太の脳裏に、今もなお怪獣の暴威に晒されている六花や内海が過る。

「わかった!!」

決意を湛えた顔つきでジャンクの前に立つと、裕太は画面の中のグリッドマンに示すように左腕を構えた。

「アクセス……！　フラァ――――ッシュ!!」

そしてその左腕に勢いよく右腕をクロスさせ、プライマルアクセプターのボタンを押す。

響裕太が初めて、自らの意志でアクセスフラッシュをした瞬間だった。

裕太の全身が光の矢となってジャンクへと吸い込まれ――光瞬くベージュ色に彩られた内部の異空間で、グリッドマンと邂逅する。

〈裕太に適応するのは、この姿だったな〉

そう言ってグリッドマンは己に白銀の装甲・テクタリオンアーマーを加積させ、別の姿へと変化した。

全身に装飾と装甲が増え、光のラインが奔るこの姿は【プライマルファイター】――ツツジ台での怪獣との戦いで、グリッドマンがもっとも多くとった姿だ。

静かに目を閉じ、世界そのものに身を任せるように大の字になって宙を揺蕩う裕太。

その身体はグリッドマンと重なり合っていき、一体化。

グリッドマンは雄々しく左腕を衝き上げながら巨大化、パサルートと呼ばれる光の道へ突入していく。

次の瞬間、構えた拳でそのままディモルガンの顎を打ち据え、グリッドマンは街中へと実体化した。たまらず大の字に倒れるディモルガン。

「き、来たか……」

グリッドマンの出現にいち早く気付いたキャリバーが、感慨深げに呟く。

内海と六花、そしてマックスたちと共に、キャリバーは離れたビルの屋上へと退避していた。グリッドマンの戦いを安全に見届けることができる位置だ。

「グリッドマン……やっぱり、また裕太なのか……？」

内海は静かに声を震わせた。

『次に来る時は、裕太じゃなくて俺に宿れよ。そうじゃないと、別れが悲しくなるからさ』

アレクシス・ケリヴとの戦いの後。内海が別れ際にそう伝えると、グリッドマンは『わかった』と応えた。

激動の二か月間を共に駆け抜けた戦友への精一杯の手向けの言葉であり、グリッドマンもそれを汲んで返してくれたのだろう。

けれどそれはある意味、内海の本心でもあった。

怪獣との戦いで裕太がどれだけ危険な目に遭ったか、内海は一番そばで見続けてきた。

鮮血の海に倒れ、自分がどれだけ呼びかけても目を覚まさなかった裕太の姿を、今でも夢に見ることがある。代わってやれるなら代わりたいと思ったことも、一度や二度ではない。

もし万一また怪獣が現れるようなことがあったら、今度は自分が戦う。裕太を二度と辛い目に遭わせたくない。そう誓っていたのに――。

また裕太が戦うことになるという不安が心中で渦巻き、内海は拳を握り締める。

彼の隣で戦いを見守る六花も、目眩にも似た胸の痛みで表情を曇らせていた。

すかさず起き上がったディモルガンはグリッドマンに組み付き、大地を揺るがす肉弾戦が開始される。

〈てやあっ!!〉

殴り、蹴り、ディモルガンの頭に手をついて倒立し、突進をいなすと同時に背後へと回るグリッドマン。

しかしディモルガンは強引に反転してグリッドマンに食らいつくと、自身の損傷も省みぬ零距離で口から光線を吐き、グリッドマンの鼻先で爆裂させた。

〈ぐあああああああっ!!〉

たまらず吹き飛ぶグリッドマンに、触手で追い打ちをかける。

〈グリッドライト……セイバ――ッ!!〉

体勢を立て直したグリッドマンの左腕のグランアクセプターから閃光が帯状に伸び、光の刃が形作られる。

形成した光の剣で応戦、触手を捌ききるグリッドマン。だが何とディモルガンはその鈍重そうな巨体でジャンプすると、グリッドマンに飛び蹴りを食らわせた。

〈うあああああああああああ――――――――っ!!〉

背後のビル、そして大型の歩道橋を薙ぎ倒しながら吹き飛び、舞い上げた車両をその身に浴びながら、力無く倒れ伏すグリッドマン。

額のパワーシグナルが点滅を始め、戦闘可能時間の限界を訴える。

〈俺じゃ、やっぱり無理なのか……!!〉

あまりのパワーダウンの早さに責任を感じ、弱音を吐く裕太。

〈いや、そんなことはない……!!〉

グリッドマンは全身を苛む痛苦など微塵も声に乗せず、懸命に励ます。


「裕太っ!!」

グリッドマンの窮地を目の当たりにし、内海が叫ぶ。

「グリッドマン、まだ馴染んでないのか」

「今の裕太くんとは、初めてだからね」

ボラーやヴィットの声にも、焦りが交じり始めた。

怪獣が強いのか、グリッドマンが本調子ではないのか……少なくともグリッドマンの戦いを何度も見てきた内海の目には、グリッドマンの動きが精彩を欠いているように映った。

それにグリッドマン自身が何らかの制限を受けている時——たとえば力の源であるジャンクの調整不足など——は、【イニシャルファイター】と呼ばれる全身が青い不完全な姿を取る。

内海や六花が初めて見たグリッドマンの姿がそれだった。

だが今のグリッドマンは、形態だけなら万全だ。となるとボラーの言ったとおり、今の裕太と同調しきれず本調子に至っていないという推察が的を射ているのだろう。

それでもグリッドマンには、力を合わせて戦う仲間がいる。

ここに集まっている新世紀中学生の面々は、アシストウェポンと呼ばれる支援メカに変身し、グリッドマンの戦力を強化することができるのだ。

「私たちも、ジャンクへ急ぐぞ」

新世紀中学生のまとめ役であるマックスが早速、メンバーたちへと呼びかけた。

「いや」

それには及ばない、とキャリバーが制する。

剣士としての感覚の鋭さゆえか。

またしてもキャリバーが、それの到来に真っ先に気づいたのだ。


天空が光り輝き、巨大な何かが一直線に落下してくる。

竜だ。翼を携えた、巨大な赤い竜だ。

それはグリッドマンとディモルガンのちょうど中間に降着して土砂を舞い上げると、威嚇するように吠え声を上げた。


「怪獣がもう一体!?」

まさかの怪獣の増援に愕然とする内海だが、ボラーは逆に声を弾ませた。

「おっ、新人くんが手伝ってくれるみたいだな」

「新人？」

困惑しながら尋ねる六花に、キャリバーが力強く応える。

「――俺たちの、味方だ」

言われてよく見れば、確かに全体のシルエットこそ怪獣のようだが、その統一感のある装飾や武装は、カオスの権化のような怪獣たちの見た目とは一線を画する。

内海たちがよく知る新世紀中学生が変身した姿、アシストウェポン各機に近い。


〈手を貸すぜ、大将！〉

まるで人間同士のコミュニケーションも同然に、当たり前に人語を話す赤い竜。

実に気っ風のいい呼びかけに、グリッドマンも頼もしげに応じた。

〈来てくれたのか、ダイナレックス!!〉

この赤い竜こそは、別の世界で数々の怪獣と戦いを繰り広げた歴戦の強竜。

その名も――ダイナレックス。

〈ダイナレックス……？　敵、じゃないのか〉

グリッドマンと合体している裕太も、この竜が敵ではなく救援者であると理解した。戸惑い声の中に、少しの安堵が交じる。

〈俺が何者か……！　今、答えを見せてやるぜっ！　うぉらあっ!!〉

自分の立場は、行動で語る。何とも伊達な返しとともに、ダイナレックスは大地を蹴った。

それはかつてのダイナレックスの操縦者の一人——とある青年の声だった。

〈あいっ！　あい！　あーいっ!!〉

ディモルガンに突進し、拍子でも取るように小気味よく頭突きを食らわせていくダイナレックス。

〈でえいっ！〉

ディモルガンを踏み台に跳躍し、空中で旋転。翼に備えられた二門の砲口を照準する。

先ほどディモルガンも予想外の動きでグリッドマンを翻弄したが、ダイナレックスは機動性が桁違いだった。

〈くらえっ！　なんとかビームッ!!〉

本来ペネトレーターガンという名前があり、とある青年もそう呼んでいたはずの二連光線砲をあえてそう呼称し、怪獣へ撃ち放つダイナレックス。

直撃を確認して地面に着地するダイナレックスへ、着弾の爆煙を突き破って怪獣が突進してきた。

〈おっ!?　ぬぬぬ……ええいっ……!!〉

ディモルガンと組み合うダイナレックスを助けるべく、グリッドマンが疾走する。

跳躍して空から攻撃を狙うグリッドマンに、ディモルガンは油断なく触手を殺到させた。

しかしグリッドマンは空中でアクロバティックに五体を捻り、そのことごとくを回避。

〈でええええいっ!!〉

逆にカウンターを打って、ディモルガンの頭頂を膝で蹴り潰した。

頭の損傷でふらつきながらも、右腕の手甲から光線を発射するディモルガン。しかしグリッドマンの前にすかさずダイナレックスがかばい出て、翼でグリッドマンを包み込むようにして防護した。

火炎の中佇む両雄の様はまるで、守護竜とともに立つ戦士。幻想的なまでの荘厳さを感じさせた。

決して意思を持たぬはずの怪獣が、あたかも気圧されたように後退る。

グリッドマンは両腕を交差させて予備動作に入り、構えた左腕にエネルギーを集束させ。

ダイナレックスは、大きく開いた口に火炎を練り上げてゆく。

両者はともに必殺技の体勢を取り、呼吸を合わせていった。

〈グリッドォォォ……!!〉

〈必焼大火炎っ!!〉

たじろいでいる怪獣目掛け、二つの最強技が同時に発射される。

〈ビィィ――――――――――――――――――――ムッッ!!〉

〈レックス………ロアァァ―――――――――――――――ッッ!!〉

光の奔流(ほんりゅう)と灼熱(しゃくねつ)の火炎が、一直線に突き進む。

二大戦士の必殺技が同時に炸裂(さくれつ)し、ついにディモルガンは爆散したのだった。

爆煙が静まるのを待たず、グリッドマンは跳躍。ダイナレックスの背に飛び乗った。

グリッドマンを乗せたまま空高く飛翔するダイナレックス。

〈最後の仕上げだ！　頼むぜえ、グリッドマン!!〉

その声に応えるように、グリッドマンは胸の装甲を展開。

『本来の姿のグリッドマン』の胸に備わった三つの青いエンブレム・トライジャスターを露出させ、そこから眼下の街へ目掛けて光線を撃ち放った。

〈フィクサービーム――!!〉

だがこの光線は、破壊のための技ではない。

グリッドマンの得意技であり――かつて崩壊したツツジ台とともに新条(しんじょう)アカネの心をも修復した、癒やしの光だ。

「フィクサービームで、街が治ってく……」

戦いを見届けた内海(うつみ)が、熱に浮かされたように呟(つぶや)いた。

彼らの眼前で光のシャワーが降り注ぎ、見るも無惨に崩壊した街並みは瞬く間に修復されていった。瓦礫(がれき)が消え、崩れた建物は本来の姿に。車道から跳ね飛ばされた車も、元の位置に整然と並ぶ。

今ここで起こっていた戦いが夢か幻であったかのように、街の全てが元通りに戻っていった——。

■

裕太(ゆうた)がグリッドマンとの合体を解除し、ジャンクから飛び出す頃には、六花(りっか)と内海、そして四人の新世紀中学生全員が、ジャンクショップ『絢(あや)』に集っていた。

「響(ひびき)くん……」

「俺、やっぱうまく戦えなかったみたいだ」

六花に呼びかけられ、裕太は消沈した面持ちでそう呟いた。

「そんなことないって、俺たち助かったんだから！」

〈その通りだ。君が私と共に戦ってくれたおかげで、勝つことができた〉

内海やジャンクの画面に映るグリッドマンの慰めの言葉にも、裕太は納得ができずに俯(うつむ)く。

「……でも、前の俺だったなら……きっと……」

裕太はただ、記憶が無いだけなのだ。グリッドマンは、鮮やかに圧倒的に怪獣を撃破したことの方がむしろ少ない。その戦いは、常に苦戦の連続だった。

今回の裕太も、ボラーたちの言う通り少し合体が馴染んでいなかった程度のもので、ちゃんと戦えていた。

だがそれをうまく伝えられる者は、この場にはいなかった。

沈鬱な空気が店内を支配し始めた、その時。

ジャンクからもう一本の光の矢が飛び出してきて、裕太に激突した。

「っだぁっ!?」

光に押し倒され、床に倒れる裕太。

ぎょっとする六花と内海の前で、光は人の形を取った。

「うう……。…………!?」

裕太は恐怖で苦悶の声を呑み込む。自分の鼻先に、ガラの悪い男の顔が出現していたのだ。

「お前かぁ……？　グリッドマンと一緒に戦ったのは……」

ドスの利いた声で詰め寄られ、裕太は声を震わせる。

「……はひ」

黒スーツに、薄い桃色に染まったサングラス、瘦軀の長身。おまけに頰には傷がある。どう見てもその筋の人だ。

スーツの襟に龍が刻まれたバッジがついているが、あれは組の代紋だろうか。

道の向こうから歩いてくるのを視認した瞬間、間違いなく目を合わせないよう努める手合いだ。ゆるやかなカーブで避けるのではなく、直角で必要以上に横に退（ど）いてやり過ごすだろう。

「名前は？」

「ひっ……ひび……」

そんな輩（ヤカラ）に馬乗りになられて因縁を付けられ、裕太は縮み上がった。

「あぁん？」

「ひっ、響（ひびき）、裕太、で……す……っ」

震えながら名乗ると、男は黙り込んだ。先ほどとは別種の、耐え難い沈黙が店内を支配する。

だがそれは一瞬だった。

「～～～～いい名前だなっ!!」

「!!」

男は歯を剝（む）いて満面に笑みを浮かべると、馴れ馴れしく裕太の肩を抱いて健闘を讃えた。

「いやぁ、助かったぜ。ありがとな！　グリッドマンはお前が協力しないと、実体になって戦えないからなー!!」

「はぁ……」

「それにフィクサービームはグリッドマンしか使えないから、お前が居てくれて――」

　何とか話が通じる人間だと判明したので、裕太はさっきからずっと我慢していたことを訴えることにした。

「あのぉ！」

「ん？」

「重いです……」

「おお！　悪ーりぃ!!」

裕太の下腹部を座布団代わりにしていた男は、言われてようやく気づいて立ち上がった。

ボラーは男を親指で示しながら、半笑いで内海に説明した。

「こいつ、五〇〇〇年前に死んでミイラになって生き返って……で、今ダイナレックスよ。すごくね？」

「おお、全然わかんない」

経歴を並べられても内海にはさっぱりだが、ビルの屋上でボラーが言っていた「新人くん」という説明と合わせ、この青年がさきほどの赤い竜・ダイナレックスに変身してグリッドマンと一緒に戦ったということは理解できたようだ。

果たして青年はジャケットの乱れを直しながら、答え合わせのように所属を明かした。

「俺はガウ………新世紀中学生のレックスだ」

かつて『竜人』ダイナゼノン、そしてその巨大ロボットが変形する『強竜』ダイナレックスを駆って、世界を脅かす怪獣と戦った者たちがいた。

そのうちの一人にして、五〇〇〇年前に死んで現代に蘇った怪獣使いの青年が、ガウマ。

サングラスをかけて服装が変わった以外、このレックスという青年はガウマに瓜二つだった。むしろ、自分で言い間違いかけていた。

だが今は自分をレックスと名乗っていること、操縦ではなくダイナレックスに変身していることで、かつてのガウマとは決定的に何かが違うことも感じさせる。

「よろしくな。裕太!!」

レックスが気さくに笑うと、裕太が組の代紋と勘違いした龍のバッジが電灯に照らされて輝く。

「……はい!!」

落ち込んでいた裕太もレックスの人となりに絆され、やっと素直に微笑むことができた。

しかし裕太のその笑顔が、逆に六花の表情を陰らせていく。愁眉が緩むことはなく、むしろ深さを増していた。

それに気づいているのは、複雑な面持ちで六花の隣に立つ、内海だけだった。

いつの間にか店内にやって来ていた六花ママが、テレビを点けてニュースを見ている。

『現在のネリマ市の様子をご覧いただきました。火の出ている様子、煙の出ている様子もありません……車の通行も平常通りとなっています。詳しい情報につきましては、現時点ではわかっておりません』

怪獣の映像も、それに破壊された街の様子も撮られているのに、その痕跡が今は一切残っていない。アナウンサーもどう報道していいかわからず、とりあえず警戒を呼びかけるしかない様子だった。

「どうしてまた、怪獣が出てきたんだろう。もうアカネはいないのに……」

憔悴した声で六花が呟く。

「また誰かの仕業……なのかな」

「どうだろな」

内海も不安げに言うと、ボラーがとぼけてみせた。

「怪獣が現れた以上……警戒しつつ、しばらく様子を見るしかなさそうだな」

マックスがそう結論づける。

今わかっているのは、怪獣がこの世界に再び出現したこと。

グリッドマンと、新たな仲間を迎えた新世紀中学生が駆けつけてくれたこと。

そして、響裕太が再びグリッドマンになってしまったこと――それだけだった。

■

その場を解散して、ジャンクショップ『絢(あや)』を後にした裕太と内海。

二人は少し疲れた足取りで、それぞれの自宅までの道のりを連れだっていた。

歩み入った高架下のトンネルが、二人を包んでいた黄昏(たそがれ)色を曇らせる。その出口に差しかかったところで、内海は不意に足を止める。

「六花、気にしてたっぽいな。また裕太がグリッドマンになったこと」

裕太と二人だけの今だから言える懸念を、内海は包み隠さず打ち明けた。

振り返った裕太は未だトンネルの半ばで、差している影も相まってやけに儚(はかな)げに見えた。

「裕太がまた危険な目に遭うかもしれないし、また記憶も失うかもしれないし……」

しかしこれは六花の思いを代弁する体(てい)での、内海の本心でもあった。

「俺には前のグリッドマンの記憶は無いけど……」

裕太は左手のプライマルアクセプターにそっと触れる。

「たぶん、俺にしかできないことなら、俺がやるべきなんだよ」

「…………」

裕太のその言葉で内海はある確信を抱き、そして噛(か)み締めた。

ずっと考えていたのだ。何故グリッドマンは、裕太に宿ったのだろうと。

特別なものなど何一つ無い、普通の少年。裕太と自分は、何が違うのかと。

かつての戦いの日々で、裕太はグリッドマン自身だった。彼と過ごした日々の記憶は全て、グリッドマンのものとなった。

けれど記憶がそうでも、意思は？　グリッドマンが裕太と同化していた時の自発的な行動は、果たしてどちらの意思なのだろうか――と。

特に虫も殺さぬ穏やかな性格の裕太が、こと怪獣との戦いにおいてはいつも勇敢な一面を見せるのは、戦士としてのグリッドマンの意思だったのではないかとも考えた。

事実、その怪獣との戦いの日々の中で、裕太は何度となく口にしていた。

「俺にしかできない、俺のやるべきことをやる」――と。

シンプルで平凡な目標だが、それは実行するには極めて難しく、重い信念だ。

内海は二か月の間に起こったことをあらかた裕太に説明したが、その時の裕太がどんな信念の元で戦っていたか――そんな仔細までは伝えていない。

その信念を今また、裕太自身の言葉として聞いた。行動として、見届けた。

つい数時間前。街に怪獣が現れたあの瞬間。

きっとグリッドマンが来てくれると信じて、誰よりも先にジャンクを目指して走り出すことが、内海にはできなかった。

あれほどもう二度と裕太を危険に晒したくない、自分が代わってやりたいと願っていたというのに。

それをしたのは、裕太だった。怪獣との戦いの記憶を失い、グリッドマンになった自分がしてきたこと全てを忘却したはずの、ただの平凡な少年が——自分にできることがあると信じて、弾かれたように飛び出していた。

たとえ幻聴のような呼び声が裕太を後押ししたとしても、内海にはそれよりもずっと強く決断を促せたものが……グリッドマンの戦いを見守ってきた記憶が、鮮やかに残っているのに。

それが自分と、裕太の違いなのだろう。

裕太は選ばれるべくしてグリッドマンに選ばれた。

裕太とグリッドマンが引き合うのは、必然だったのだ。

内海の口許が、柔らかに緩んでいく。気負いや憂苦が解きほぐれ、霧散するのを感じていた。

「内海はどう思う?」

「心配なんてしてやらねえ」

内海は吐き捨てるように言ってポケットに手を遣ると、裕太へと握り拳(こぶし)を差し出した。

響(ひびき)裕太はこれからまた、グリッドマンになって戦う。それは、裕太にしかできないこと。

だったら内海将(しょう)も、自分にしかできないことをするだけだ。

「……でも……一緒にいてやるよ」

自分が傍にいること――それが、裕太の支えになると強く信じる。
一年の時の、あの頃のように。
グリッドマン同盟として――。

内海は微笑みとともに手を開き、握っていたビー玉を裕太へと手渡す。影の中に割り入った何の変哲もないビー玉は、裕太の手の平の上で黄昏を吸い込み、虹彩をくゆらせた。

「……ありがとう」

「裕太が告白してフラられるとこ、見たいしなっ!!」

裕太の真っ直ぐな感謝が照れくさくて、内海はつい軽口を加えてしまった。

笑い飛ばすものと思っていたら、裕太は見る見るうちに顔を曇らせ、仕舞いには両手で顔を覆って嗚咽を漏らし始めた。

「………っ」

「あぁ、ウソウソウソッ！　冗談だってゴメンゴメン!!」

照れ隠しが殊の外クリティカルになり、内海は泡を食って撤回。肩を抱いて必死に慰める。

怪獣に立ち向かう勇気を持っているのに、恋には奥手で臆病な、普通の男子高校生。

その大切な友達と肩を並べて、内海はトンネルを出る。

同じ長さの影を引きながら、二人は遠く伸びる道を歩いていった。

ENDING-D

# 託されたものって、なに？

その世界に、神はいなかった。

ただ怪獣と、それを操る『怪獣使い』という異端が存在していた。

五〇〇〇年前に死んで現代に蘇った怪獣使い――怪獣優生思想は、怪獣のための世界を創造するべく活動を開始。怪獣を操り、街を破壊させた。

しかし同じ怪獣使いの青年ガウマは、かつての同胞たちの暗躍を止めるべく、大切な人に託されていた巨大ロボット【ダイナゼノン】を起動する。

フジヨキ台高等学校に通う普通の高校一年生男子、麻中蓬（あさなかよもぎ）。

蓬のクラスメイトで、男子と待ち合わせの約束をしてはそれをすっぽかすことを繰り返していたミステリアスな雰囲気の少女、南夢芽（みなみゆめ）。

無職の三十三歳男性、山中暦（やまなかこよみ）。

ガウマは数奇な運命により巡り逢ったこの三人と一緒にダイナゼノンを操縦し、怪獣を撃破した。

そして暦の従妹（いとこ）で仲間意識の強い女子中学生・飛鳥川（あすかがわ）ちせを加えた五人は、ちせの発案で『ガウマ隊』を名乗り、怪獣と戦う日々を送ることとなる。

ダイナゼノンの操縦の特訓をしたり、バイトがあってその特訓ができなかったり。

ガウマ隊のみんなで遊びにいったり。不和が生まれ、そして仲直りしたり。

かつての友人や、家族のことで苦悩したり。

ごく当たり前の日々の中で、蓬たちはダイナゼノンで戦い続けた。

気負いも飾り気もない、弱くも強い普通の人間たちの心を乗せて、ダイナゼノンは戦い続けた。

その中でただ、怪獣の活動だけが激化していったのだった。

やがて激しさを増す戦いの中、かつてグリッドマンと一緒に戦った者と同じ姿をした紫の超人・グリッドナイトが蓬たちの世界に現れる。

グリッドナイトに変身するナイトと名乗る青年、彼とともに活動する2代目の二人からなる『グリッドナイト同盟』。

さらにちせの情動から生まれた怪獣・ゴルドバーンも仲間に加わり、ガウマ隊は次々に怪獣優生思想の操る怪獣を退けていった。

しかし怪獣の力によって世の理(ことわり)に逆らい復活し、生き存(なが)えていたガウマにとって、怪獣を倒してその繋がりを拒絶することは、残された生命を削っていくに等しい行為だった。

怪獣優生思想のシズムが自らの体内に秘していた最強の怪獣【ガギュラ】を止めるため、ガウマは最後の力を振り絞り、ダイナゼノンへと搭乗する。

それぞれの決意を胸に起ち上がったダイナゼノン、グリッドナイト、ゴルドバーン。

そして四人の怪獣優生思想を取り込み強さを増したガギュラとの戦いは、熾烈(しれつ)を極めた。

最後は怪獣使いとしての資質を発露させた蓬(よもぎ)が逆転の嚆矢(こうし)となり、ガウマたちは怪獣ガギュラを倒した。

全ての怪獣は、世界から消えたのだ。

蓬はその一瞬シズムと意識を繋ぎ、最後の会話を交わす。

「怪獣の力さえあれば、時間や空間、生きることや死ぬことからも解放される。もう少しで無上の自由に辿(たど)り着けたのに……後悔はないの？」

「俺には、まだわからない。これから嬉しいこととか、苦しいこととかを繰り返して生きていきたいから――」

最後まで決してわかり合うことはなく、全ての怪獣使いもまた世界から消えていった。

そう――蓬たちが役目を終えたダイナゼノンを降りた時、そこにはあるべき人の姿がなかったのだった。

特別な存在になれるかもしれなかった少年は、自由という名の特別を拒んだ。

掛け替えのない不自由を選択し、大切な少女の手を取って、日常へと還っていった。

自分たちを非日常へと誘った青年も含めた、全ての異端が消えた世界へ——。

# 第3章 集結

怪獣が暴れた夜でも、お腹は空く。

その日の宝多家の夜ご飯は、ロールキャベツだった。

「「いただきまーす」」「いただき、ます」

男たちの元気な声が、リビングに響きわたる。

ボラーが、レックスが、キャリバーが、食卓に用意された夕飯を一斉に食べ始めた。

ヴィットは食卓についているものの、飲み物を口に運んでいるだけで食事には手をつけていない。周りと行動をしいて合わせようとはしない、彼らしいマイペースっぷりだ。

つまり新世紀中学生一同は当然のように全員、宝多家に居残っている――。

「……え。全員ウチ泊まるんですか」

六花は卓の前で立ち尽くしたまま、眼前の光景に目を白黒させる。

「また怪獣出るかもしれないじゃん」

ボラーが口いっぱいにご飯を頬張りながら釈明する。育ち盛りの子供を見ているようで微笑ましい。

確かにまた出るかもしれないが……怪獣がいつ何時現れるか知れないのは、去年の時も同じだったはず。しかし、当時の新世紀中学生の面々は気づいたら店の喫茶スペースにたむろしてはいたが、ちゃんとそれぞれ住む場所、活動の拠点を用意しているフシはあった。

それが今回はないらしい。横着してません？　と、六花は視線だけで訴える。

「い、異変の正体を、突き止めるまでだ」

キャリバーがロールキャベツをふーふーしながらそう補足する。

むしろそれは今晩だけでなく、当分この家に逗留するという意思表示なのでは……。

「もちろんお店も手伝いますし」

いけしゃあしゃあと提案するヴィットを、ボラーがジト目で睨む。皆の記憶が正しければ、ヴィットは四人の中で一番店番が適当だった。客が来てものらりくらり応対してスマホをポチポチやっている、何でもかんでもＳＮＳに晒される現代では危険なタイプの従業員だ。

「お兄ちゃんの部屋も空いてるし、賑やかでいいじゃない、ねぇ～？」

もっとも六花が難色を示したところで、家主が好意的なのでどうしようもない。

六花ママがウキウキで追加のロールキャベツを運んで来た。

丼飯をかき込みながら、レックスが六花ママに気持ちよく礼を言う。

「いやぁすんません、こんなごちそうになっちゃって!!」

「いいのよん♪」

清々しいほどストレートにお礼を言ってくる新顔の青年に、六花ママも嬉しそうだ。

ガウマは人の善意を一度は固辞する慎み深さがあるが、結局全力で乗っかるのが常だった。

こんなに嬉しそうに美味しそうに食べてくれるなら、誰でもたんとご飯を振る舞いたくなってしまうだろう。そんな微笑ましい魅力が、レックスとなった今でも変わらず彼にはあった。

呆然として食卓になかなかつけずにいる六花の傍に、にゅっ、と巨漢が歩み寄った。

「先にお風呂、いただきました」

全身からほかほかと湯気を立ち上らせる、湯上がりマックスさんだ。

「ぅわーぉ」

とうとう絶句する六花。

みんながご飯を食べている間にお風呂を済ませてくる、順番を渋滞させないためのマックスの気遣いだった。

気を遣うならもっと他にあるような気がしてならないが、もう観念するしかないようだ。

そういえば、六花の知る中でマックスだけ髪型を短く変えてイメチェンしているのが地味に気になるのだが……聞くとしたら今だったのだろうか。

■

▼

六花と一つ屋根の下で色男五人が当分のあいだ寝食を共にしようとしていることなど露知らず、裕太は自宅で風呂に浸かり、疲れた身体を癒やしていた。

フィクサービームで街は治っても、学校から店まで全力疾走した自分の身体は自分で回復させるしかないのだ。

「グリッドマン、か……」

裕太は湯に浸かり、ビー玉を眺めながらそう呟いた。

入浴に際しプライマルアクセプターは外しても、内海から託されたビー玉は湯船に持ち込んでいた。

このビー玉を通して何かを見ていると、不思議な気持ちになってくる。

長湯もあいまってぼうっとしてきた裕太はふと、物音がした気がして浴室のドアを振り返った。そのまま凝視していると、ドアの磨りガラスの向こうに小さな人影が見える。

「ん……？」

気になって立ち上がろうとした瞬間——子供のもののような小さな手形が二つ、叩きつけるようにして磨りガラスにくっきりと浮かび上がった。

「うおわああああああああああああっ!?」

ホラー映画さながらの心霊現象に、裕太は声なき声で絶叫する。

気がつくと、手形は消えていたが——

「あ」

——驚きのあまり、ビー玉を湯船に取り落としてしまった。

入浴剤で濁った湯の中から小さな球を拾い出す作業は、それなりに困難を極めたのだった。

■
▼

次の日の放課後。

今度は校舎外にある休憩スペースで、裕太と内海、六花は台本作業を進めることにした。植え込みの木がちょうど屋根の代わりになっていて、涼しくて過ごしやすい。

さらに今日は、六花の友人のなみことはっすも台本読みを手伝っている。

改稿した台本を二セット印刷し、内海となみこが目を通しているところだった。

そんな内海に、裕太は昨夜の出来事を横から熱っぽく語って聞かせている。

「また幽霊？」

「今度は風呂場でさあ!!」

「まぁ、水場は出やすいって言うし」

相変わらず、内海は心霊現象に対してドライだった。水場の話なのに。

「怖いこと言わないでよ！　風呂なんて、毎日使うんだから……!!」

これから毎晩、あの心霊現象に怯えながら風呂に入るのかと思うと、気が滅入る。

シャンプーをする時とか、背後が怖くて目を瞑れないではないか。

「ねぇ聞いてる!?」

必死に訴えても、内海は生返事すらせずに台本を凝視していた。

裕太は左手首のプライマルアクセプターへと、縋るように視線を落とす。

……昨日は外して入浴したが……。防水だろうか、これ。

「なるほどねぇ～」

演劇台本に目を通しながら、なみこは得心したように頷いた。彼女の頭に顎を乗せて後ろから覗き込んでいたはっすも、ん、と小さく同意する。

「どう？　台本書き直してみたんだけど」

友人二人の反応に手応えを感じ、六花は声を弾ませた。

裕太の手伝いも加わり、内海と三人で吟味した改稿版だ。自信がある。

「うん。ダメだね」

その自信を知ってか知らずか、なみこはバッサリと切り捨てた。

「なぁんでぇ～」

「んでだよっ!!」

六花は落胆の、内海は抗議の声を同時に上げる。裕太の嘆きは一顧だにしなかった内海も、なみこの容赦のないダメ出しには即座に反応せざるを得なかった。

「前も言ったけど、リアリティがない。怪獣が出てくるっていうのもありえないし」

なみこの指摘は、一貫して設定の根幹を追求するものだった。

とはいえ怪獣が出る内容は、六花のクラス全員が快諾――とまではいかないまでも、了承はしたことだ。企画を決めた次のクラス打ち合わせで、大雑把にどんな話にするかを発表し、決を取ったのだから。

その時はなみこも「怪獣が出るってありえなくない？」などと反対意見を出しはしなかった。空気を読んでクラス全員の前では賛成にしただけだとしても、後で個人的に指摘する時間はいくらでもあった。もちろんクラスのみんなが大なり小なり思っていることであり、なみこがダメ出しの矢面に立っているだけだったにしても、全て書き上げてからそれを言いだすのはフェアではない。

ちゃんと構成書――プロットが通った話なのに、いざ完成物を提出するととてつもないダメ出しの憂き目に遭う。なぜプロットの段階で指摘してくれなかったのかと訴えれば、「やっぱり完成したものを見てみないとわからないですから」などと平気で言われる。

六花は今、プロの物書きの世界でもままある理不尽に直面していた。

だがリアリティを持ち出されれば、内海にも強い反論材料はある。

「いや、実際に怪獣出てきたじゃん！」

リアリティ云々（うんぬん）を論じるなら、むしろこの台本に書かれた内容こそ現実（リアル）だ。

なみこを始め、世界中の人が昨日、それを実感したはず。

ところが期待に反して、はっすが「何言ってんの？」と困惑を返してきた。なみこも不審そうに眉根を顰（しか）めて言う。

「だって怪獣なんて出てきたら、街とか壊れるでしょうよ」

「どこも壊れてないじゃん」

やや芝居っ気を出して周囲を見わたしながら、はっすが続ける。

「それはっ……グリッドマンが修復したんだって。フィクサービームでさ」

「ふぃくさーびーむ……？　で、修復……？」

内海が詳しく説明しても、なみこは余計にさっぱりという様子だった。

「あ、その『設定』はいいよ。優しい世界じゃん」

裕太と同じく別クラスから助言している立場だからか、はっすはフォロー寄りの言葉が目立つ。

「まぁ……うん。たしかに」

なみこもその意見には納得していた。

「でもホントに、こんなのクラス演劇でやれんのかねぇ……」

とはいえはっすも、やはりその点が気になるようだったが。

六花と内海は、思わず顔を見合わせた。

同じだ。七か月前と。

なみこもはっすも、昨日この学校に降りかかった惨事も、その元凶たる怪獣のことも、何一つ憶えていない。

演劇台本の中の設定と、自分たちが住んでいるこの街。

どちらにも怪獣が出現し、グリッドマンが倒した。どちらでも同じことが起こっている。

既視感で作られた世界で生活するような……虚構と現実の境界が薄れていくような、奇妙な感覚が六花たちに降りかかり始めていた。

■

▼

裕太と内海、六花は、先ほどのなみこたちの反応を思い返しながら、渡り廊下の屋上を歩いていた。

「昨日のグリッドマンと怪獣のこと、なんでみんな忘れちゃったんだろ」

裕太は初めて体験する不可思議に、首を傾げる。

「また異変が起こってるってことか……。期末も近いのに勘弁してほしいわ」

「ねー。台本作りだけでも手いっぱいなのに」

一方内海と六花にはもう、さして驚きはない。むしろ、今回もこうなったか、という諦観すら湧き始めた。世界が都合よく改竄されるこの怪現象は、二人が幾度となく経験してきたことだからだ。

仮にフィクサービームの影響ならば、街が治った瞬間に人々の記憶も消え、昨日見たようなニュースが報道されるわけはない。

少なくとも怪獣が街で暴れている写真や映像はテレビやネットに拡散していたのに、さっきのなみこたちの様子では、おそらくそれも全て無かったことになってしまった。

むしろ一晩経って人々が怪獣のことを忘れ、世界からその痕跡が消えているこの流れは、新条アカネによって繰り返されてきた『リセット』に近い。

「グリッドマンも、世界のバランスが崩れてるって言ってたし……怪獣を倒しただけじゃうおわぁ!!」

裕太は屋上の手摺りの外から覗き込む顔に気づいて、悲鳴を上げる。

手摺りにぶら下がっているのは、レックスだった。

レックスは壁を蹴ってひらりと身を舞わせ、手摺りを軽々と飛び越えて裕太たちの前に着地する。

「よお！　グリッドマン同盟」

「レックスさん……」

渡り廊下とはいえ、地上三階相当の高さの外壁に来賓用スリッパで上ってくるとは……。

「ひと通り街を見て回ったが――ここは、前に俺がいた世界と似ていた」

レックスは手摺り越しに街を見わたしながら、どこか感慨深げにそう呟いた。

「前に、いた世界……？」

世間話程度の気軽さで告げられた彼の来歴に、六花が困惑する。

「世界って、そんないくつもあります？」

当たり前のように別世界の存在を示唆され、裕太はにわかには呑み込めずにいた。

「あるっ!!」

「…………」

レックスが自信たっぷりに断言するのを聞き、六花はふっと顔を硬くする。

自分もその事実を、温かくも切ない記憶として知覚していることに気づいたのだ。

新条アカネ――。別世界からやって来て、そして還っていった友達の存在そのものが、世界がいくつもあることの何よりの証明なのだから。

「……ん……？　あっ!!」

そして内海も気づきを得て六花とは打って変わって嬉々として叫ぶ。

「あれだ！　マルチバースだ!!」

「？」

肩を掴まれ揺さぶられても、裕太にはよくわからない。

「つまり宇宙はひとつじゃなく、いくつもあるってわけ！」

「宇宙がいくつも？」

宇宙に星や、または銀河の単位がいくつもひしめいているのは六花も知っているが、宇宙そのものまでもが複数あると言われれば、さすがに首を傾げてしまう。

裕太の肩を掴んだまま、内海はドヤ顔で六花に振り返った。

「近年のシリーズじゃー常識よ～？」

マルチバース。

並行世界――可能世界――呼び名は数あれど、その本質はほぼ共通する。

似たような世界、宇宙が無数に存在するという説、多元宇宙論だ。

それは元々別個に存在していたのかもしれないし、ふとした出来事がきっかけで一つの世界が枝分かれして生まれたのかもしれない。

内海の好きな特撮作品でも、異なる宇宙それぞれにヒーローが存在し、何らかの事態に対処するため宇宙を超えて集結するという展開を描く時がある。

まさかそんなフィクションライクな事象が自分たちの住む世界……宇宙で起こるとは、内海も想像だにしなかったが。

（…………）

いや、むしろあり得るのか。自分たちの住む、この世界だからこそ。

嬉々として語っていた内海は、やおら唇を一文字に引き結んだ。

「……？」

首を傾げる六花の背後から、野太い声が響く。

「かつての戦いの後——」

声にぎょっとして六花が振り返ると、マックス、キャリバー、ボラー、ヴィットがやって来ていたのだった。

「うわぞろぞろと!?」


六花の提案で、一同は渡り廊下の屋上から移動することにした。

当たり前のように校内に入ってくるが、新世紀中学生の面々は教師や生徒に不審がられたことがあるし、キャリバーに至っては一度、警察に通報されて出禁めいた扱いを受けたことすらある。

人の往来のある場所で長話をするのは得策ではないと思ったのだ。

出禁と聞いてレックスが妙に親近感たっぷりの笑顔を浮かべていたのが気になるが、とりあえずみんなで敷地内のプールへとやって来た。

　マックスは、あらためて仕切り直すように語り出す。

「――かつての戦いの後、裕太たちが住むこの世界は、怪獣がいなくなったはずだ」

「それが、怪獣が居る、別の次元と重なり合い、こ、こちらに怪獣が、現れたのかもしれない……」

　キャリバーも持論を重ねる。

「俺たちのいる、怪獣がいない世界……」

　裕太は右手の平を自分たちのいる世界――地平に見立ててかざし、

「と、怪獣がいる世界……」

　その上に、別世界を表す左手の平をかざす。いわゆるレイヤー構造だ。

「あ……じゃあ、たくさんある世界が――こう、重なったってこと？」

　得心した六花は真面目な顔つきに変わると、裕太の両手の上下から、自分の両手でぎゅっと挟み込んだ。喩えの世界が層のように重なり、裕太と六花の手の平も重なる。

　温もりの不意打ちに、裕太は身体を僅かに震わせた。

「そ、その可能性がある」

　キャリバーが肯定しているが、裕太はそれどころではない。

　六花と距離が近い……触れ合いに躊躇いがない。ありがとう、マルチバース。

内海（うつみ）はピーク過ぎてると冷笑したが、ちゃんと六花（りっか）との距離は縮まっている。物理的距離だけなら、今はゼロだ。裕太（ゆうた）の鼓動のリズムに自信が交じる。

できることなら、しばらくこのマルチバースの話を長引かせたい。

「でも、なんで……」

平静を装って裕太が尋ねると、ヴィットは肩を竦（すく）めた。

「それがわかればいいんだけどね」

「そんで、次元の重なりがさらに進んで――」

声とともに背後からぬっ、と出現する黒手袋。説明を補足するためか、レックスがさらに六花の手を上下からサンドイッチした。

歓迎できないミルフィーユに、裕太は、何してくれてるんですか!?　と内心愕然（がくぜん）とする。

「消滅するかもしれないんだと！」

あまつさえ現象の終局を端的に表すため、レックスは重ねた手を振り抜いた。

レックスどころか、六花と裕太の重なった手もバラバラに外れてしまう。

裕太は、何してくれてるんですか!!　と目を見開く。

レックスを見て僅かに眉根を顰（しか）めながら、マックスが結論づけた。

「ビッグバンの逆転現象、ビッグクランチが次元単位で発生しているのかもしれない」

「……それって」

恐る恐る尋ねる内海。

空を映して輝くプールの水面に素足を遊ばせながら、ボラーが淡々と答えを紡ぐ。

「――この世の終わりってこと」

内海は言葉を失った。

ビッグバンという言葉なら知っている。創作物でよく出てくるし、科学の授業でも触れられたことがある。

しかしその逆、ビッグクランチというのは初耳だ。ウルトラシリーズでも出たことはなかったはず。

スマホで検索してみると、教科書に載っていないだけで普通に存在する用語ではあるようだった。確かに、どうやって世界が滅びるかの仮説など、学生に広く教えるような事柄でもないが。

ざっくり言えば、まんまビッグバンの反対を表す言葉で、本来絶え間なく続いているはずの宇宙の膨張が反転、超高密度の収縮を始め、ついにはあらゆる物質や次元が無に帰す、というものらしい。

もっともそれはあくまで仮説、数ある宇宙終焉(しゅうえん)の予測の一つに過ぎないものだ。

今、自分たちの世界にそれが起ころうとしていると急に言われても、現実味が湧いてくるはずもない。

ごく普通の高校生である内海たちにとって、差し当たって迫り来る危機といえば――。

■▼

「シュワッ!!」

裂帛の気合いと共に内海が振り抜いた金属バットが、あえなく空を切る。

マックスたちとのプールでの話し合いの後、どうにもモヤモヤが収まらなかった内海は、バッティングセンターに立ち寄ることにした。

しかし何度振っても快打は到来せず、響く音といえば背後のマットにボールが当たる乾いた音か、よくて凡当たりの奏でる何ともしょぼい音色だけ。

モヤモヤを消したい内海の思いとは裏腹、崩した小銭だけが瞬く間に鉄の箱の中に消えていった。

バッティングブースを出て、休憩用ベンチに座る内海。

そこにははっすが座っていて、内海に一瞥も投げずに彼のクラスの演劇台本に目を通していた。この自然さならば、自分のバッティングを密かに見つめられていたことに内海も気づいていないだろう。

内海はマックスたちと解散した後、予定の合ったはっすと一緒にこのバッティングセンターを訪れていたのだ。

一年の時から考えると珍しい組み合わせだが……こうして二人だけで出かけるのも、これが初めてではない。互いの些細な変化に気づき、忌憚なくものを言い合える仲になっていた。

はっすが内海のボディバッグのロゴを見て、「またＴＵＲＢＯだし、そのメーカーの回し者か？　先輩じゃなくてターボ社員か」などと悪態をつけば、内海もはっすが髪に入れた緑色のメッシュを指差して、「え、どうしたのそれ、合成用？　ＧＢで抜く用とか？」などと茶化してみる。

そしてそんな言葉の結びにそれぞれ「ま、様になってるけど」「似合ってますけどね？」などと付くようになったのも、一年の頃から変わったことだろう。

「台本、順調そうじゃん」

やはりはっすは、なみこよりはこの台本に対して好意的なようだ。彼女はアニメ好きで二・五次元舞台も嗜むため、荒唐無稽な設定に理解があるのだろう。

が、別のことでちくりと刺すのも忘れない。

「……テスト前なのに」

そう、普通の高校生である内海たちがもっとも憂慮するべき危機の一つ――それが、学校のテストだ。

ツツジ台高校は生徒の自由を重んじる校風ゆえか、年間行事が豊富だ。その帳尻合わせというわけでもないだろうが、テストも多い。

中間考査や期末考査はもちろん、課題テストや各種小テストなど、毎月何らかのテストが行われ、生徒たちの憂いの種となっている。

十月開催の学園祭の準備を六月下旬から始めるのは、一般的な高校からすれば早いと思えなくもないが……テストの多めな年間スケジュールに対応するためでもあるのだ。

行事の間を縫うようにして早めに学園祭の準備を進め、直前で時間が足りなくなって二進も三進もいかなくならないように。去年、数年ぶりに開催された台高祭、その準備でバタバタしたことからの教訓でもあった。

だというのに内海たちがテスト勉強より台本作りに集中しすぎているのは本末転倒で、はっすが懸念するのも無理はない。

「テストより先に、この世の終わりが来るかもしれない――けど」

雰囲気を作った芝居がかった声で、内海がほくそ笑む。

「なんそれ」

案の定、はっすには大した反応もされずに一蹴された。

けれどそんな他愛のないやりとりにも、どこか特別な温かみを感じる。内海は裕太や六花と話す時とは違う、はっすは六花やなみこと話す時とは違う、仄かな優しい空気を育てていた。

「……あ、時間だ」

はっすが時計で時間を確認し、立ち上がる。

「配信？」

「企業案件。テスト勉強してる場合じゃないんだわ」

「おいおい」

「お先ー」

苦笑しながら見送る内海。

はっすの趣味の動画配信も、なかなか堅調なようだ。一時期は、厳しい世界だからプロを目指すつもりはない、と言っていたのだが……今はどうなのだろう。

配信といえば去年、はっすが有名配信者と合コンすると浮き足立っていたことを思い出した。その数合わせに六花と、新条(しんじょう)アカネも付いていったことも。

裕太は六花が大学生と合コンするのが不安で、現場のカラオケ店まで尾行していった。

あの時は内海も憧れの新条アカネがクソしょうもない私大のチャラ男と合コンするのが許せず、尾行につき合ったのだった。

「…………」

遠い青春の日々を回顧しているかのような感傷に襲われ、内海は再び苦笑いを浮かべる。

自分の淡い憧れの日々は、別れの挨拶もできずに終わりを迎え――裕太は今も、あの日々の続きを歩んでいる。

自分は続きというより――

内海は思い出から視線を切るように振り返る。

と、バッティングブース外の自販機近くで、女の子が所在なさげに辺りを見回していた。

小学生……いや、中学生だろうか。

オフショル、ヘソ出し、腋出しの露出度高めな服に、シースルーのスカート。オーバーニーソックスをホットパンツからガーターベルトで吊って、ハーフブーツを履いている。

さらに左腕にはペイントかシールか、龍のような模様が描かれていた。

今ロックバンドのライブの帰りですと言われると頷いてしまいそうな、そこそこパンキッシュな出で立ちだった。素直にかっこいいと思ってしまう。

しかし格好以上に、女の子に既視感を覚えたのが気になった。

「！」

内海と目が合った女の子は、遠慮がちに話しかけてきた。

「あの、すみませんっ。迷子になっちゃって……」

「迷子……大変じゃん。よっし、お兄さんに任せな‼」

「あざまーす！」

快い返事に気を良くし、内海もすっかりやる気が出てきた。

女の子は嬉しそうに肩を揺らし、それに合わせて髪も揺れる。

そこで内海は、やっと既視感の正体に思い当たった。髪型だ。

この赤毛の女の子は、髪の毛を左右で二つに結んでいる。ツインテールだ。

内海がよく知る、キックでコミュニケーションを取ってくるあの金髪のちびっ子も、見事なツインテールをしている。

そのちびっ子と再会して程なくこうして声をかけられるとは、ツインテールに縁があるようだ。もっとも内海も、怪獣のツインテールは嫌いではないが。

「もーあの人、ぼけーっとしてるから……」

「ん……？」

少し話が嚙み合わないように思えて、内海は首を傾げる。

「えと、迷子って、君じゃなくて？」

「私は保護者です！」

女の子は胸を張り、当然とばかりにそう答えた。

■
▼

裕太は帰宅して即、風呂場に直行した。まだ夕飯までも時間がある。

もし幽霊が活動を始めるなら、夜。夕方ならギリ大丈夫だろうという、根拠のない当て推量に縋ったのだ。

おかげで、心安らかに入浴できている。

「この世の終わりか……」

昨夜何とか湯船の底から回収したビー玉を見つめながら、裕太はこれからのことに思いを馳せる。

（そうなる前に告白しといた方がいいかもしれないけどそもそも六花に彼氏いたらその時点でこの世の終わりだよな……）

内心、だいぶ早口で現状を憂いていると、

「……!?」

またも言い知れぬ悪寒に襲われ、裕太は咄嗟に浴室のドアを振り返った。

やはり、ドアの向こうに気配がする。昨夜はあの磨りガラスに手形が張り付くという心霊現象に見舞われ、安寧と安眠を奪われた。

結局防水かどうか気になって外してきてしまったが、やはりアクセプターを付けてくるべきだったか。ジャンクの前に行かなければ何もできないが、付けているだけでグリッドマンの加護があるかもしれないから。

ごくりと生唾を呑む裕太の目の前で、ガチャリとドアが開く。

一糸纏(まと)わぬ謎の男が、素知らぬ顔で風呂場に入ってくるところだった。

「うわああわあああああああああああああああああああああああああ!!」

男と裕太の絶叫がユニゾンし、風呂場に反響する。裕太は湯船で腰を抜かしかけた。

自宅で風呂に入っている時、幽霊を目撃するのと、見知らぬ全裸男が急襲してくるのとどちらが恐ろしいか選べと言われれば、かなり際どいところだ。

「え、誰っ!?」

「誰ェ!?」

そして同じ疑問を投げかけ合う。

「ここウチの風呂！」

唐突に居住者であると主張され、裕太も負けじと言い返す。

「いや、ウチの風呂ぉ!!」

「えぇ……!?」

ここを自分の家と勘違いしている――まさか、地縛霊か何かか。

つまり見知らぬ全裸男の幽霊という、二つの恐怖が合体した存在ということになる。

「おかぁーさ――――――――ん!!」

裕太が助けを叫ぶ声に、男の声も寸分違わず同調したのだった。

■
▼

ダメ出しされた以上、修正をしないわけにはいかない。

六花は喫茶店に立ち寄り、ノートPCを開いて台本の改稿作業をしていた。

四人掛け席の対面には、彼女が以前アパートを訪ねた大学生らしき男が座って文庫本を読んでいる。

特に会話をしたりはしていないが、自然な距離、自然な空気感だ。

裕太が目撃したらまた泣き出しそうな、ショッキングな光景だった。

締切が迫ったクリエイターが往々にしてそうであるように、六花も色々と執筆環境を変えたくなるぐらいには作業に煮詰まっていた。

険しい顔で文字を打っては消し、打っては消し、を繰り返す六花。

いつの間にか、後ろの席が賑やかだ。

カップルだろうか……対面ではなく横並びで座る高校生ぐらいの男女が、ちょっとした言い争いをしている。

「地図出してって。私の充電ないんだから」

「待ってって、俺のも電池切れそう」

騒がしいからというより、その二人のやり取りに興味が湧いて、六花は耳を傾けた。

「現在地わかんないと動けないじゃん」

少年のスマホを借りたいらしく、少女が手を伸ばし、ぐいぐいと身を寄せている。

少年は窘めつつ身を引くが、

「さっき見たけど地図壊れてたじゃん」

するとその分、さらに少女が身を寄せていく。

「もっかい確認してって、あ——」

「あ……」

結局、少年のスマホも電池が切れてしまったらしい。

少女は身の潔白を表すように平手を挙げ、あまつさえ少年に責任転嫁した。

「……蓬が悪いからね」

「ウソでしょ……」

本当に遠慮なくものを言い合える仲のようだ。微笑ましくて、六花はつい後ろを振り返り、声をかけてしまった。

「あの……どうしました？」

少年と少女は、同時に振り返る。

「地元で迷子になりまして……」

前髪の左をヘアピンで留めた童顔の少年が、申し訳なさそうにはにかんだ。

彼の隣にいる栗色の長髪の少女も、虚脱したようにのんびりとした目で見つめてくる。

六花は知る由も無いが、この瞬間、この世界に、あるチームのメンバー五人が全員集結したのだ。

■▼

ジャンクショップ『絢』には新たに、四人の男女がやって来ていた。

麻中蓬。南夢芽。山中暦。飛鳥川ちせ。

怪獣の脅威に立ち向かう巨大ロボット『ダイナゼノン』の操縦者（補欠含む）からなる『ガウマ隊』の面々である。

この四名、実は同じ時にそれぞれ別々の場所で裕太たちと出逢っていたのだ。

風呂場で謎の全裸男の襲撃を受けた裕太は血相を変えて飛び出し、脱衣所でスマホを引っ摑んだ。わけもわからず電話で助けを求めた相手は、内海だ。

内海に懸命に霊の存在を説明しても、例によってつれないあしらいを受けた。連日の心霊現象で精神が追いつめられていた裕太は彼とした約束を盾に取り、「一緒にいてくれるって言ったよね!?」と訴えたほどだ。

その時不意に、電話の向こうで女の子の声がした。女の子は内海のスマホを通じ、裕太の後ろで狼狽えている全裸男の声を聞き取ったようだった。

『何やってんすか、センパイ』

バッティングセンターで内海が迷子と思い声をかけた女の子は、裕太の入浴中に強襲してきた全裸男の従妹とのこと。彼女が捜していた本当の迷子こそ、この全裸男性だったのだ。

落ちついた裕太が男性に話を聞くと、彼は従妹の少女にバッティングセンターに行こうと誘われるのにも構わず、夕方の早い時間に風呂に入ろうとした。自宅の浴室のドアを開けたつもりだったのだが、自分でも気づかないうちに見知らぬ場所にやって来てしまっていたらしい。

そこで裕太はようやく彼が、マックスたちの話していたビッグクランチの影響を受けたのではと思い至った。そうなると途端にこの男性が不憫に思えてくる。着の身着のままどころか、一糸纏わぬ素っ裸で別世界にやって来てしまうなど、心細いどころの話ではない。

一方で従兄が忽然と姿を消したことに驚いた少女は、辺りを捜し回った。そして念のため、件のバッティングセンターも訪れたというわけだ。

彼女自身もまた、いつの間にか別世界へとやって来ていたことなど知る由もなく。

ところが、話はそれだけでは終わらなかった。

なんと六花が喫茶店で声をかけた後ろの席の高校生カップルが、内海の逢った女の子、そして裕太の遭遇した男性の共通の知り合いだったのだ。

地元にいるはずなのに迷子になったという二人の男女。

六花が自分のスマホで地図を見せても、やはり地元で合っているはずなのに、表示されている地名が違うという。彼らが「地図が壊れている」と言っていたのはこのことだった。

六花もそこで、先日の複数の宇宙の話題を思い出した。

裕太と手を重ねて喩えたように、今はたくさんある宇宙が重なり合っている状況——この人たちはもしかしたら、別の世界からの迷子なのかもしれない、と。

早速裕太と内海に連絡を取ったところ、二人とも同じような事情の人と出逢ったというではないか。

偶然と呼ぶには出来すぎている。裕太と六花、内海は、それぞれ知り合った人と一緒にジャンクショップ『絢』に集まることにした。

蓬たち四人は、そんな紆余曲折を経てこの世界で集合することができたのだ。

六花に店内に案内されるや、喫茶スペースのカウンターに立つ鉄マスクの大男が厳つい声で「いらっしゃいませ」と四人を出迎えてきたが、ちょっと「うおっ」となる程度で済むくらいには、蓬もハプニング耐性がついていた。夢芽に至っては無反応、無表情で「おじゃまします」と返すマイペースぶりだ。

軽く自己紹介をして雑談をし、自分たちの状況を話して共有し合おうとした、その時。

店の外から、誰かが走ってくる音が近づいてきた。

「はぁ、はぁ、はぁ……!!」

息を荒らげながら滑り込んできたのは、レックスだった。

「ガウマさん……」

「ガウマさんっ」

「ガウマさん」

「隊長……！」

「お前ら……」

蓬、夢芽、暦、ちせが、それぞれ名を呼びながら、顔色を一変させた。

しかしレックスもまた、乱れた呼吸の行方も定まらぬほど、動揺が色濃く顔に顕れている。

何故レックスのことを別の名前で呼ぶのか。裕太と六花、内海は小さな疑問符を浮かべながら、彼らの邂逅を見守っていた。

「ガウマさん――生きてたんですね」

幻に引き寄せられるような頼りない足取りで、誰よりも先んじてレックスの元へ歩み寄っていったのは、蓬だった。

「生きてるっていうか、今はダイナレックスで、新世紀中学……」

支えを失ったようにがくりと垂れた頭を、レックスの……ガウマの胸にもたせかける蓬。

「……あの時、ガウマさん……いなくなって……。もう二度と、逢えないのかなって……思って……!!」

「蓬……」

震えすぎてうまく言葉を継げない蓬を、レックスは心苦しそうに見下ろす。

久しぶりの再会を手を取り合って喜ぶには、彼らの別れはあまりにも突然で、そして実感を伴わないものだった。


怪獣優生思想のシズムが繰り出した最後の怪獣・ガギュラを倒し、ダイナゼノンの戦いは終わりを迎えた。

しかし、ダイナゼノンを降りた面々の中に、ガウマの姿はなかった。

残された生命を振り絞るようにしてダイナゼノンに搭乗したガウマが、最後の戦いの後どうなってしまったのか——それを知っているかもしれないナイトと2代目は、何も話そうとはしなかったし、蓬も聞くことができなかった。

使命を終えて旅立つのを蓬たちが見送れたのは、一緒に戦ったナイト、2代目、そして彼らが連れて行ったゴルドバーンと傷ついたダイナレックスだけ。

蓬たちからすれば、まるで最初から存在しなかったかのように——ガウマは、彼らの前から姿を消したのだった。


ガウマの胸にもたれたまま、小さく身を震わせる蓬。

夢芽と暦、ちせはもちろん、部外者である裕太、六花、内海、マックス……ジャンクの画面の中のグリッドマンさえもが、一言も発せずに二人を見守っていた。

しかし世の中にはたまに、そんな神聖な空気をものともしない、豪毅なまでのマイウェイを生きている人間も存在する。

「えー！　また人増えてる!!」

例えば今、店の奥から素っ頓狂な声を上げながら出て来た六花ママがそうだ。

「じゃーまあ、ちょうど良かった！　今日ね、皆で焼き肉にしようと思ってたのよ、ホラ！スペイン産、イベリコ豚〜」

買い物用のマイバッグからパック肉を取り出し、嬉しそうに見せびらかす六花ママ。

脂身がさらっとしていて肉質に甘みがあるイベリコ豚は焼き肉にピッタリだが、それは切ない再会を果たした二人の背後から喧伝すべき情報ではない。

「ママっ」

六花がさりげなく静止を促すが、六花ママはさらに袋の中身を見せようとする。

「ハイハイちゃんと牛もあるわよ」

「マ～マっ!!　……今じゃない」

「えっ？」

娘にかなりきつめに窘められ、六花ママはそこでようやく、自分がちょっとだけ場違いなことに気づいた。

「やっだ～。お邪魔でしたねごめんなさいね、私ったら、タイミングがね――」

恥ずかしさに耐えかねた六花が六花ママの背中を押し、店の奥へと追いやっていった。

「ああ、続けて続けて♪」

申し訳程度にそう言い残していく六花ママ。

呆気に取られていた蓬とレックスはどちらからともなく吹き出すと、

「続けるか？」

レックスがわざとらしく提案した。

「やめときましょう」

「やめとくか」

ここまで場の情緒を激変されてしまった後で、再会の切なさに浸り直すわけにもいかない。

センチメンタルに徹しきれないのも、自分たちの関係らしいような気がした。

夢芽と暦、ちせは、自分たちの郷愁もまとめて引き受けた蓬とレックスとのやり取りを、思い思いの笑顔で見つめるのだった。

■
▼

肉の焼ける心地よい音、そして匂いが、宝多家のダイニングとリビングを包む。空間そのものが食欲をそそるようだった。

今夜は同席していないボラーを除くキャリバー、マックス、ヴィット、レックスの新世紀中学生メンバーに加え、さらに蓬と夢芽、暦、ちせが加わった。六花に六花ママの家主組を入れると、ちょっとした打ち上げレベルの大所帯だ。

新世紀中学生メンバーがダイニングのテーブルに、新しく加わった蓬たち四人がリビングのテーブルにつき、六花ママがうきうきで見せびらかしたイベリコ豚を中心とした焼き肉が振る舞われている。

ちなみにヴィットだけ今日は食卓にもつかずリビングのソファーでスマホをいじっているが、彼はすでに外で夕食を済ませてきたためだ。もちろん宝多家の食費を慮ってのことではなく、何となく食べたかったから食べてきただけのマイペースぶりである。

「私たち、なんか迷いこんじゃったんですかね」

焼けた肉をホットプレートから箸で摘まみ取り、夢芽が現状を暦に尋ねる。

「宇宙が交ざってるんだって」

まだごく簡単に話を聞いただけなので、暦の答えもあやふやだ。

「あれらしいよ、えーっと」

こういう時意外と周りの話を聞いているヴィットが、説明を引き受けようとする。しかし、咄嗟に言葉が出てこない。

その先をキャリバーとマックスが同時に継いだ。

「「ビッグクランチ」」

「そう、ビッグクランチ」

他に説明する者がいるので問題ないとばかり、それだけ言ってスマホのポチポチに戻るヴィット。

一方ちせには、自分たちが今置かれている状況よりも気になっていることがあった。

ちょうどレックスが、自分たちの席で焼いた野菜を皿に載せて分けてくれに来た。思い切って聞いてみる。

「隊長、ナイトさんたちは？」

「別行動中だ。ゴルドバーンも、ナイトたちと一緒に居る！」

ちせの不安を取り払うように、にいっと笑うレックス。

「ゴルドバーン、元気にしてるんすね……!!」

お別れをした後の友達の現在を聞けて、ちせは安堵(あんど)の表情を浮かべる。

「やっぱビッグクランチ中って、家に帰れないのかな」

まだいまいち状況を理解しきれていない夢芽が、今度は蓬(よもぎ)にそう聞いた。

「みたいよ。うちらの住んでた所と似てるだけで、ここは別の世界なんだって」

ふぇー、と気のない返事を返す夢芽。

別の世界があること自体には、蓬も夢芽も驚きはしない。

怪獣の力で囚われた過去の世界は記憶で形作られた全くの別世界だったし、戦いが終わった後でナイトや2代目、ダイナレックスとゴルドバーンが別世界へと旅立っていくのを蓬たちは見送っている。

様々な体験をして逞(たくま)しくなった蓬たちにとって、今の状況は我を失うような重大なハプニングではない。自然、出てくる悩みも小ぢんまりとしたものだ。

「暦さんはお仕事とか、大丈夫なんですか?」

蓬はふと気になり、黙々と肉を食べている暦にさりげなく尋ねた。

最悪、学生の自分たちはしばらく学校を休んでも大丈夫だが、社会人はそうはいかない。

長らく無職だった暦が一念発起し、二十一社も面接に落ちた末ようやく今の会社に就職できたことを、蓬は聞いている。

ビッグクランチで欠勤しますという申請が受理されるとは思えないし、せっかく受かった会社での立場が危うくならないか心配だった、のだが。

「俺いま、就活中だから。うん、大丈夫」

躊躇という名のラグが絶無の、快いレスポンスが飛んできた。オールバックから半端に前髪が長い髪型に変わったのも、失職きっかけのようだ。

「大丈夫なんだ」

知り合いがいつの間にかいつもどおりの無職に戻っていて、蓬は反応に窮する。

何も大丈夫ではない気がするし、何だったらビッグクランチより深刻な問題に思えるが、本人がそう言うのならば大丈夫なのだろう。

和気藹々とした晩餐を前に、六花はまたも困惑していた。

「ん？　これって全員泊まるってこと!?」

「いやあ、かたじけないっ!!」

レックスが皆を代表してアルコール交じりの謝意を伝える。「えぇ……」と弱り果てる六花の傍に、ビール瓶を抱き締めた六花ママが滑り寄ってきた。

「民泊はじめようかしら♪」

身体をくねらせながらとんでもない提案をしてくる母親に、六花はげんなりする。本当にやりかねないし、向いている気さえする。

もっとも泊まる面子(メンツ)に女子が二人増えたのは、六花にとっても嬉しいのだが。

■▼

蓬たちが夕飯をご馳走になっている間、裕太(ゆうた)は内海(うつみ)とともに店の喫茶スペースでくつろいでいた。イベリコ豚推しの六花ママに「せっかくだから食べていったら？」と誘いを受けたが、丁重に固辞したためだ。二人ともそれぞれの自宅で、親が夕食を作って待ってくれている。

それに蓬たちと交流を深めたいという思いも無かったわけではないが、やむを得ない事情があるわけでもない自分が増えることで、六花に迷惑をかけたくなかった。

すぐに「やっぱり六花と一緒にご飯食べればよかったかな」と優柔不断さが鎌首をもたげたが、なけなしの意志力で調伏した。

告白が上手くいけば、六花と夕飯を一緒に食べる機会はいくらでもやってくるだろう。

その代わり演劇台本を直している内海を手伝うつもりで店に残り、ジャンクの中のグリッドマンと語らっていた。

この店でグリッドマンと気軽に話した日々を裕太は覚えていないが、気がついたら普通に話すのが習慣になっていた。

生真面目で堅物の印象が強いグリッドマンだが、意外と茶目っ気があり、聞き上手でもある。実際、以前の裕太は何度かグリッドマンにお悩み相談をしたこともあった。

たとえば六花が私大のチャラ男と合コンに行くと知って落ち込む裕太に、グリッドマンは「どんな巨大な敵にも逃げずに立ち向かう」ことの大切さを説いた。その言葉は裕太のみならず内海をも勇気づけ、無事に二人をストーキング行為へと導いたのだ。

今も他愛のない雑談を経て、学園祭の演劇の話題に移ったのだが、

〈演劇の台本?〉

「うん、内海と六花が書いてるんだけど、俺あんまり役に立てなくて……」

裕太は悩みを打ち明けるようにして現状を伝えた。

〈そうなのか……〉

ちょうど喫茶スペースのカウンターでは内海がその台本と睨めっこし、改稿のアイディアを練っている。時折、赤ペンを紙面に走らせていた。

内海の隣に座るボラーは、爪先をブラブラさせて彼の脛をソフトに蹴っている。猫が人に「構え、構え」とじゃれついているのを見るようだった。だが内海は原稿に集中しており、蹴られた脚を運動量保存の法則に則って浮かせる以外、さしたる反応は見せていない。

ボラーが焼き肉パーティに交ざらずここにいるのには、理由がある。

新世紀中学生は元々、裕太と六花、内海のことを本人に悟られることなく陰ながら護衛して

いた。四人のメンバーのうち三人がそれぞれ裕太たちを見守り、残った一人がこのジャンクショップ『絢』で店番をすることで日々ローテーションを組んでいた。

ボラーは内海のガードを一番多く担当しており、こうして彼の傍にいるのはその名残でもあった。

もっとも、キックに飽きて今度は内海の顔をボードに見立てて吸盤ダーツの狙いを定めようとしているあたり、本当にただ暇でじゃれついているだけかもしれないが。

「二人とも、試験前なのにすごい頑張ってて。学園祭で、グリッドマンの物語をみんなに伝えようとしてる」

真剣に台本を読んでいる内海を見て、物憂げにグリッドマンへ語る裕太。

〈私の、物語を？〉

「うん。グリッドマンと新条アカネさんと、六花と、内海と――」

〈裕太。君の物語は……〉

「あ、でも俺は、その当時の記憶って無いからなぁ……」

何かできるはずと意気込んで二人の手伝いに名乗りを上げた裕太だが、グリッドマンと怪獣との戦いの日々を何も覚えていないため、結局手伝えることがほとんどないのだ。

かといって六花が土台を作っているこの台本はかなり本格的で、文章の技術的な面でもできるアドバイスがない。

的外れな意見を伝えては、気遣いで「ありがとう、参考になった」と言ってもらっている気がしてならない。失った記憶に、初めて未練が湧いてきていた。

〈…………〉

それまで嬉しそうに、興味深そうに裕太の話を聞いていたグリッドマンが、不意に言葉を詰まらせる。

裕太は、その些細な変化には気がつかなかった。

■ ▼

夕飯後。成人組で賑やかな酒盛りが始まったので、六花はさっさとリビングを離れて入浴を済ませた。いまは洗面台の前にしゃがみ込んで、そのつやのある長い髪をドライヤーの風でなびかせている。

髪に負担をかけないよう低温モードで乾かすので、いつも時間がかかるのだ。

廊下を歩いてきた夢芽が洗面所の六花を見て驚き、反射的に扉の陰に隠れた。

「夢芽ちゃん、なんか探してる?」

六花はドライヤーを止めると、恐る恐る顔を覗かせる夢芽に、緊張させないよう努めて優しく声をかけた。

「あ、えと……」

「六花」

「あ、あの、六花さん……。充電ケーブルとか、余ってたら……」

他人の家の廊下を案内なく歩くのは、トイレを探しているからかもと察して遠回しな聞き方をしたのだが、充電ケーブルを求めて彷徨っていたようだ。

独特な感じの子だ。六花は軽く吹き出しそうになりながら、申し訳なさそうに答える。

「あー、人増えちゃったから、無いかもなあ」

蓬たちは皆、何の前触れもなく気づいたらこの別の世界に来てしまっていた。そのため最低限の私物しか所持しておらず、スマホの充電ケーブルもないという。

後で昔使っていた古い機種の充電ケーブルがないか探してみよう、と思う六花。

「なんか大勢で押しかけちゃったみたいで、すみません」

「ううん全然。もともと多かったし」

それにこの家に夢芽たちが集まったのは、六花が喫茶店で彼女たちに話しかけたのがきっかけなのだから。

「大変そうですね」

「夢芽ちゃんも大変な状況なのに、けっこう受け容れてない？」

「あーでも、私も蓬も、変な状況は初めてじゃないし」

他にも知り合いを伴って来ているのにあえて蓬と自分だけを強調する、何かに気づいて欲しげな口ぶり。六花は夢芽におずおずと顔を近づけると、言葉を選んで慎重に尋ね――

「違ったらゴメンなんだけど、蓬くんって」

「そうです付き合ってます」

ようとしたのだが、夢芽が食い気味にまくし立ててきた。

ポーカーフェイスを装ってはいるが小さく鼻が膨らんでおり、可愛らしい自慢っ気が面に顕れていた。

「あー……だよね～」

一応自分で聞いておいて妙にむず痒くなり、六花は熱っぽい溜息を零した。

「――私のモバイルバッテリーを貸そう」

「うわっ⁉」

マックスが廊下の奥からにゅっ、と姿を現し、軽く悲鳴を上げる六花。マックスは心なしか声を弾ませながら、大容量モバイルバッテリーを差し出してきた。

充電口は二つ。蓬と夢芽、二人一緒に充電できる心強い仕様だ。

「……ありがとうございます」

あまり表情の変わらない夢芽が微笑み、それを見て六花も顔を綻ばせる。

足りない道具を貸し合って補う。修学旅行のような雰囲気が、ちょっと楽しくなってきた。

それはこの家で民泊を目論む、母親の思うつぼかもしれないが。

▼

夢芽とちせの女子お泊まり組は、二階の六花の自室にお邪魔することとなった。

床に来客用の布団を敷き、三人でしばし歓談した後、六花は程なく眠りについたようだ。

一方夢芽とちせは旅行の夜めいた特別な高揚感からか、なかなか寝付けずにいた。今も六花の迷惑にならないよう、小声で会話している。

「ガウマ隊でお泊まりって、初じゃないですか？」

「だね」

撤退した怪獣を探しつつ警戒するため、ショッピングモール型パーキングエリア『海ほたる』で一夜を明かしたことはあるが、普通のお泊まりはこれが初めてだ。ちせの声が弾む。

「カタナ差してるお侍さんとか、鉄仮面の大男さんとか、あっちキャラ濃すぎですって。うちら無職が一人いるぐらいっすよ」

「あの人たち、今のガウマさんと同じ職場の人だよね？　だったら……」

「あー、ナイトさんもカタナ差してた。そいえば」

どちらかと言えば自分たちがキャラを比べるなら、裕太たち三人か、とちせは納得する。

話が途切れ、眠りにつくか——と思われたその時、夢芽は今一度、隣のちせに向き直った。

「………めっちゃいびき聞こえない？」

別室のいびきが波動となり、壁を伝わって夢芽たちに届いていたのだ。

「うわ聞こえる。まあセンパイすぐ寝るから関係ないか……」

「蓬は……まだ起きてるのかな」

壁を隔てた夢芽たちですらそうなのだから、震源地は輪をかけて大変なことになっていた。

さほど広くない一部屋に蓬、暦、レックス、キャリバー、マックス、ボラー、ヴィットの七人が横になっている。かつて六花の兄が使っていたこの空き部屋は今や、運動部の合宿のような男密度の空間に変貌していた。

その中で蓬一人だけが、虚脱したように天井を眺めている。

隣で寝ているキャリバーの寝相がやたらと悪く、気づいたら反転して数字の５のような体勢になっていたのだ。足を顔に向けられて身をよじるうち、蓬も何らかのアルファベットに近い体勢に追いやられていた。

そしてそのキャリバーもだが、何よりレックスのいびきが破壊的に大きい。

自分の部屋に彼が泊まった時は、本当にただ騒々しいばかりだったのに。耳に優しくないこの大音響が、今は蓬の一番繊細な記憶を刺激して止まなかった。

先刻しっかりと再会の言葉を交わせなかった後悔が、胸の内でふつふつと育ってゆく。

どうあっても寝付ける気がせず、蓬は静かに起き上がった。部屋の隅に寄せたテーブルの上から眼鏡を取って、一階のリビングへと向かう。


テーブルにつくと、カーテンの隙間から細く明かりが差し込んでいるのが目に入った。

その隙間から仰ぐ夜空には、月が煌々と照り輝いている。

透き通るように鮮やかな黄色。この光はいつも、蓬を思い出の中へと導いてゆく。

背後でぎしり、と軋み音が聞こえ、感傷に微睡んでいた蓬は我に返った。

「眠れないのか？」

レックスだった。誰よりもぐっすりに見えたが、どうやら蓬が床を立つ微かな音で目を覚ましたようだ。彼のことを考えているまさにその最中だったため、内心ドキリとする。

「ガウマさん……」

寝る前にコンタクトを外して眼鏡が必要な今の蓬と違い、かけてくる必要がなかったはずのサングラスを、レックスはあえて蓬の前で外して見せた。

再会してからちゃんと見ることができなかったその素顔に、蓬ははっと息を呑む。

「また、大変なことに巻きこまれたみたいだな」

「まぁ、このくらいのことなら、全然」

「さすが、俺の命の恩人だな」

対面に座るレックスから視線を切り、再びカーテンの隙間の奥の夜空を見上げる蓬。

沈黙が長引く前に、蓬は素直に心中を吐露する。

「……久しぶりすぎて、何話したらいいか、わかんないっす」

レックスも、ぎこちなく苦笑しながら同意した。

「あれだな……別れ際はちゃんとしたかったよな」

「そうっすね」

「俺も昔、心当たりあるわ」

蓬はすぐにぴんときた。

「お姫さまとのことですか」

「ま、そうな」

ダイナゼノンで怪獣と戦い始めた当初、『ガウマ』が変なところで秘密主義なせいでガウマ隊の間で不信感が生まれ、危うくバラバラになる危機を迎えたことがあった。

しかし怪獣との戦いの中、ガウマは蓬たちに本心を打ち明けた。

自分は大切な人に会いたいのだと。ダイナゼノンはきっと、その人を見つけ出すための力なのだろう、と。

そして頭を下げ、助力を求めてくれた。ガウマの誠実さに触れてわだかまりが解けた蓬たちは、その時初めて四人の心を一つにすることができたのだった。

その大切な人というのが、将来を誓い合った『姫』だということを、それからしばらく後に聞いた。五〇〇〇年前にガウマが死んだ後、姫も後を追うようにして生命を絶った。そう訴える声が聞こえたのだ、と。

ガウマは自分が生きた時代から五〇〇〇年後の未来で、過ぎ去った悲恋の残滓を求めて彷徨していた。

そのせいか兄貴肌を発揮し、蓬と夢芽にお節介を焼くこともあった。

怪獣優生思想を捕らえる名目でレジャープールに行った時も、唐突に蓬と夢芽に恋人同士という設定で通せ、などと無茶振りをしてきた。

後で思えばそれらも、わかりやすくてわざとらしいアシストだったのだろう。

実際、自分たち全員の関係はダイナゼノンでガウマが作ってくれたのだと、蓬はずっと思っている。

少しの言葉からも、思い出が溢れ出てくる。夜天を仰ぐ蓬の目許が、緩やかに月明かりを反射し始めた。

「……ガウマさんに言いたいこと、いっぱいあった気がしたのに……」

湧いては交じり合うさまざまな思いが、蓬の唇を震わせる。

「今日なら、いくらでも聞けるぞ」

思わず振り返る蓬。

今日店の中で再会した時には、大勢の前だったので何とか堰き止められていた感情。レックスの顔を目にすると、それらが堪えきれずに溢れ出てくる。

ガウマと初めて出逢った河川敷。彼がテントを張っていた高架下。一緒に過ごした場所に通りかかる度、もうそこにいないガウマの面影をふと探していた。

当然、言いたいことも、聞きたいことも山ほどあるのだ。

あのサングラス、何なんですか。

俺、夢芽とつき合ってます。

何で連絡くれなかったんですか。

具合悪そうだったの、もう大丈夫なんですか。

今どこで何してるんですか。

人として守らなきゃいけないものの三つ目って何なんですか。

どうしてサングラスかけてるんですか……。

今、堰を切ったようにそれらを話したら……話したいことを話しきってしまったら。

どうしてだろう……この人はまた、別れの挨拶もできずに自分たちの前から消えてしまうような気がする。

だから蓬は浮かんだ言葉全てを塗りつぶしてレックスに背を向けると、おどけるように笑った。

そして頬杖をついたふりをして、溢れ出る涙を拭う。

「いや、忘れちゃいました」

「そか」

レックスもそれを察し、それ以上その話題を続けようとはしなかった。

どんなに堪えても、夜の静寂の中では呑み込んだ嗚咽さえ響いて聞こえる。

レックスは静かに席を立って蓬に歩み寄り、彼の頭に優しく触れた。

「蓬もみんなも、元気そうでよかったよ」

「………。ガウマさんもね」

繕うことさえできない涙声で、蓬は今の精一杯の気持ちを伝える。

手の平に伝わる震えが止むまで、レックス——いや、ガウマは、蓬の代わりに月を見上げていた。

グリッドマンと行動を共にする、新世紀中学生の新メンバー・レックス。

麻中蓬たちの前では、彼は今もガウマ隊の隊長、ガウマなのだ。

それ以上、言葉を交わす必要はない。

月に優しく見つめられながら、二人はひとときの再会の喜びを分かち合うのだった。

# 第4章 星空

蓬たちがやって来た翌日。

二時間目の後の休み時間に、裕太は六花、内海と一緒に、校舎の外に集まっていた。

六花と内海は植え込みのブロックに座り、六花は腿の上にノートPCを載せて執筆をし、内海は台本を何度も読み直している。

二人の前に立つ裕太は、体育の授業後に着替えもせず直でここに来た。暑くてジャージのズボンを脱ぎ、タオルのように首からかけている。夏の訪れを少しずつ実感していた。

昨日グリッドマンに打ち明けたように、裕太はあまり役に立てていない引け目を感じている。自分で手伝いを買って出ておいて、修正案や新しいアイディアをそこまで挙げられていない。

一方内海は、順調に改稿案を出している。

台本上のドラマとバトルの比重はさて置き、『グリッドマン物語』の根本がヒーローと怪獣との戦いである以上、ヒーロー作品を好きな内海の助言がもっとも的確なのは動かしようのない事実。ここをこうすると盛り上がる、この場面ではこんな台詞を言うべきだ、という勘所を熟知しているのだ。

こうなると裕太にできることは、そのヒーローものをあまりよく知らない一般人視点で面白いかどうか、どこがわかりづらいかという感想を漠然と挙げることぐらいだ。

内海は『それめっちゃ大事よ』と言ってくれたが、自分で役に立っている実感が持てないのはやはりちょっと寂しかった。


「もう学祭の準備はじめてるクラスもあるね」

裕太が周りを見ると、校舎の外で出し物の装飾を作っている生徒がちらほらといる。

「裕太のクラスは順調なの？」

内海に聞かれ、裕太は曖昧に答えた。

「うん、多分……」

「多分て。ちゃんと手伝いなよ？」

六花にも軽く窘められるが、別に自分のクラスの作業を蔑ろにしているわけではない。

裕太のクラスの出し物は『人間掃除機からの脱出！』と銘打った脱出ゲーム。

単純な迷路ではなく脱出ゲームなので、肝である謎解きを入念に考える必要がある。そこが難航しているようなので、まだ裕太も手伝えることがなかった。

演劇台本で停滞している六花たちのクラスと、状況は似ている。

しかし六花の言うとおり、そろそろ本腰を入れて実作業に移りたいところだ。

怪獣が現れたり、別世界からの迷い人と交流したり……このところ慌ただしいせいか、日にち感覚があやふやになっている。

「俺はそれより、試験勉強しないとけっこうやばい成績だし……」

「あー、期末もあるんだったー……。もー！」

裕太が不安を打ち明けたことで、六花も目を逸らしていた現実に直面した。

一年の時のことはいえ、丸々二か月ぶんの授業の記憶がない裕太は、学業面でも苦労している。遅れを取り戻そうと努力はしたものの、今でも日々の授業についていくので精一杯の状態だった。

期末試験なんて、早く終わってくれればいいのに――。

六花への告白という大きな目標、学園祭のことで頭がいっぱいな裕太は、同じく憂鬱でがっくりと項垂れている六花を見て苦笑するのだった。

■

▼

ジャンクショップ『絢』では、別世界から迷い込んだガウマ隊の面々がグリッドマンと交流していた。

ジャンク前のＰＣチェアにちせと夢芽、ソファーにボラー。喫茶スペースのカウンター内ではマックスが店番をしていて、カウンターには暦とヴィットが座っている。

キャリバーは何のためか、ジャンクの各部をいじって回っていた。

「へえー、グリッドマンさんて、ハイパーエージェント……？　なんすね！」

きっと『怪獣使い』のような職業の一種だろうと、胡乱な認知で頷くちせ。

〈ああ。君たちとは違う宇宙、ハイパーワールドからやってきた〉

店の売り物のロボット人形をいじって遊びながら、夢芽が尋ねる。

「このパソコンから、出られないんですか？」

〈私は実体を持たないエネルギーに過ぎない。この姿も名前も、借りものなんだ〉

拳を握ったり開いたり、自分の身体を強調するようにジェスチャーをして見せるグリッドマンだが、ちょうどキャリバーが画面の上のパーツをいじり始めたため、隠れてしまってよく見えないのがシュールだった。

「なるほど。何一つわからん」

説明が抽象的すぎて、ちせにはやはりいま一つ難しかった。

コントローラーに説明書が搭載されているダイナゼノンのように、このパソコンにも説明書ファイルなどがあれば便利なのだが。

以前は裕太自身がグリッドマンだったため、店に裕太がいなければ画面にグリッドマンが映ることはなかった。しかし今は、裕太が学校に行っている間でもこうして問題なく姿を現すことができている。

それでも自力でジャンクの外に出られない制限が変わらないのは、今本人が語った通り、実体を持たないというグリッドマンの特性に依るものなのだ。

「見た目がグリッドナイトさんに似てるよね」

グリッドマンをしげしげと眺めながら、暦が印象を語る。

「いや、アイツが寄せたんだよ！」

かったるそうに頭の後ろで手を組み、訂正するボラー。

怪獣アンチが進化の果てに辿りついた姿。超人グリッドナイト。

ボラーは「礼儀がなっていない」と思っている彼に対して、あまり友好的ではなかった。

グリッドマンとともに戦ったことで彼を認めてはいるが、どうにも噛み合わないし、馴れ馴れしくするつもりはない。ボラーの生来の気性も相まって、まだ少し複雑な間柄だといえた。

「君たちは、グリッドナイトと知り合いなのか？」

カウンターの中でマグカップを拭いていたマックスが気になって手を止め、まずカウンター席の暦に、そしてジャンクの前の夢芽とちせに順に視線を送る。

「はい。俺たちの世界で、一緒に戦ってくれました」

そう答えた暦はナイトとの個人的な絡みはほぼ無かったが、意外と会う機会は多かった。

〈そうか、グリッドナイトが……〉

感慨深げに呟くグリッドマン。

「初っ端、『お前たちか、無様な戦いをしていたのはー』でしたけどね」

思い出を懐かしむように笑いながら、ナイトの口調を真似るちせ。

初対面ではピリピリしていたし、ちせもしばらく後で辛いことを言われたりもしたが、最終的に仲良くなれたと思っているからこその茶化しだ。

ちせが再現した台詞をドヤ顔で言う姿が容易に想像できるのだろう、ボラーは口端を吊り上げてくくっと笑う。

「無様な戦いなら大先輩だろ、あの連敗キッズ」

「出世したってことでしょ」

カウンターで頬杖をつきながら、苦笑するヴィット。

「……キッズ……?」

思わずボラーを見つめるちせ。

自分の知るナイトは長身の青年だが、この人は先輩後輩関係の暗喩としてそう呼んでいるのだろうか。キッズはどちらかと言えば——

「どしたよ」

視線に気づいたボラーは、ちせをじーっと見返す。

「や、別に」

同時に目線を外したちせとボラーは、また何となしに視線を交錯させ、また離した。

「「…………」」

「ナイトさん、強かったよね。ダイナゼノンと合体したり」

夢芽（ゆめ）は手にしたロボットおもちゃの手足に、指で作った輪をかぶせる仕草をしながらそう説明した。ダイナゼノンとグリッドナイトの合体を表現しているようだ。

「ゴルドバーンのおかげっすけどね～」

友達のゴルドバーンに見立てるように、そのロボットおもちゃの胸に手の平を触れるちせ。

「なるほど。グ、グリッドナイトと合体、か――」

ジャンクの背面に手を突っ込みながら、キャリバーが思わせぶりに呟（つぶや）く。腰の剣がつっかえて深く腕を差し込めないでいるようだが、あの剣を一旦外す発想はないのだろうか。

〈…………〉

夢芽たちの思い出話を聞いているうち、またグリッドマンは黙り込んでしまった。

記憶を……思い出を共有することで、人は楽しそうに語り合える。

それを目の当たりにしてしまったことで、むしろ辛（つら）そうだった。

友達と喜びを分かち合うための大切な記憶を失ったら、どんなに悲しいだろう。

そしてその記憶を奪ってしまった者は、どれほどの罪人（つみびと）なのだろう――。

「ん…………」

蓬が店の奥にある暖簾をくぐって店内に入ると、夢芽がすぐに気づいた。

「あ、やっと起きた」

固まった肩を揉んで解しながら、蓬は欠伸を嚙み殺す。

「……寝すぎた」

ガウマと話したことでほっとしたのか、蓬はその後ぐっすりと……目が冴えていた時間を補って余りあるほどぐっすりと、眠ることができた。

「もう十一時だよ」

夢芽が拗ねるように零す。ちょっとした夜更かしをしたとはいえ、こんな時間まで目が覚めなかったのは、蓬にとっても予想外だった。

別の世界に来てしまった影響か、ちょっと時間感覚がおかしくなっている。これも時差ボケの一種なのだろうか。

「ただーいまー、っと」

今度は店の入り口から六花ママと、その後ろからレックスも入ってきた。

出張買取の帰りで、二人とも箱いっぱいの荷物を両手で抱えている。

六花ママの持っている箱から覗くラインナップに、暦はぎょっとする。

さすまた、木槌、刀、カマ、ノコギリ、熊手。レプリカだとは思うが薙刀まで抱えている。武蔵坊弁慶の家にでも行ってきたのだろうか。

「おう蓬、今起きたのか」

「おはようございます」

一宿一飯の恩にしっかり報いているレックスを見て、面目なさそうに蓬は挨拶した。

「あっら。キミたち、学校行かなくていいの？」

奔放なようでいて、たまにちゃんと良識あることを言う六花ママ。

「えっと……」

弁明に困る蓬だが、代わりに夢芽が偽らずに境遇を明かす。

「私たち、ビッグクランチで別の世界から迷い込んじゃって……自分たちの学校、無いんですよ」

夢芽もコミュ力上がったな……と、蓬はしみじみ感じていた。

「なんそれ、ギャグ？」

六花ママからそんな感想が出るのも無理はない。当事者である蓬たちですら、自分たちの現状を俯瞰すると冗談にしか思えないのだから。

ちせがニヤリと深い笑みを浮かべる。

「どうせヒマだし、内海さんたちの学校行ってみちゃいます？」

蓬の困惑の「え」にかぶせながら、夢芽は前のめりに賛同した。

「え、面白そう」

「マジで言ってる……!?　バレたらどうすんの!!」

忠告しながらも、蓬はすでに半ば諦めていた。

夢芽がこういう顔をしている時は、自分が折れなければどうしようもないと、経験則で知っているから。

■
▼

昼休み。各クラスで学園祭のセット作りが始まると、自然とクラス毎の作業スペースが教室外のどこかにも固定され始める。午前に裕太が見たように校舎外に「領地」を作るクラスもあれば、ピロティのような広々としたスペースをシェアして使うクラスもある。

六花と内海が教室外の作業スペースとして選んだのは、屋上への入り口前にある踊り場だった。

六花はその踊り場に置いてあった予備の学校机と椅子をこれ幸いとばかりに、作業場代わりに使用していた。台本の修正作業が大詰めを迎え、ノートPCの画面を睨む顔はずっと険しいままだ。

手伝いに来た裕太は、内海が取りかかっている作業に驚く。段ボールを敷いた床に座り、自分の足に型紙を合わせて脛から膝までの装甲を作っていた。

「もう衣装作ってるの？　台本、まだ出来てないんじゃ……」

彼が衣装作りの参考に見ているのは、自分でメモ帳に描いたらしきグリッドマンの絵だった。ガムテープを重しにして床に置いている。

「そうしないと間に合わないし」

内海が焦り始めているのも、無理はないのかもしれない。

学園祭のクラス企画で演劇をやるのは、喫茶店や屋台などより難易度が高い。

演劇は前準備の量がまず多いのに加えて、演技の「練習」が不可欠だ。ぶっつけ本番は論外だし、怪獣との戦闘もある『グリッドマン物語』の特性を考えると、早い段階から衣装を合わせてのリハーサルが必須になってくる。

内海も最初からそのことを念頭に置いていたが、予想外のダメ出しを受け続けたことで台本パートに大幅な遅れが生じてしまった。

ぼやぼやしていると数週後には夏休みが始まり、一旦作業は中断になる。

だったらこの先台本をどんなに改稿してもまず変更はないであろう、グリッドマンの衣装を先行して作っていくべきだと結論づけたのだ。

「グリッドマンさん作ってるんですか?」

不意にかけられた声に、そうだよ、と頷きかけた六花だったが——聞き覚えはあるが聞こえるはずがないその声に驚き、慌てて振り返った。

果たして、背後から前屈みで覗き込んできているのは、夢芽だった。

「えっ、なんでいるの!?」

困惑気味に尋ねる六花に、やはり何故かいるちせが不敵な笑みとともに返す。

「手伝いに来たに決まってるじゃないすか!!」

やる気満々の女子二人の後ろには、蓬が申し訳なさそうに立っている。

ちなみにちせは、暦のこともしれっと誘った。基本無職引きこもりの暦だがつき合いはよく、遊びに誘えばどこにでもついて行く。ダイナゼノンの訓練も積極的に参加していたほどだ。

しかし今回は「社会人が勝手に高校入ったら捕まるでしょ」などと難色を示し、店に残ることに。

ちせが「社会人の定義は『自立した大人』だから、センパイ大丈夫ですよ」と爽やかに説得するも、意思は固かった。

レックスも店に帰って来て早々別の用事があるようだったし、自然、ツツジ台高校にやってきたのは(中学生のちせ含む)学生組となったのだ。

蓬たちにとって幸いだったのは、ツツジ台高校も私服OKなために、自分たちが校内に紛れ込んでも目立たなかったことだ。それでもさすがにちせは、年齢的にも格好的にも多少人目は引いたが。

「大丈夫かな……」

「まぁ、人手増えるのはありがたいか」

六花は不安げだが、内海はわりと歓迎していた。マンパワーが増えればその分、できることの幅も広がるからだ。ちせも自信たっぷり、満足げに頷いている。

内海の方へ振り返った拍子に、六花は床に置かれているメモ帳の紙片に気づいた。

「え、待って、何コレ」

「俺が描いた方のグリッドマン……」

裕太が六花への告白を決意した時に、メモ帳に描いたグリッドマン。それは演劇の手伝いの一助になるとして、内海に徴収されていた。

参考になっているなら別にいいのだが、内海が設定画として見ているのは主に彼が自分で描いたグリッドマンなので、資料のオーディションに惜しくも選考漏れしている可能性がある。

「うっそ、やば」

イラストをガン見した六花の弩ストレートな感想が唸る。

「いや、だって」

これはまだ裕太が実物のグリッドマンを見たことがない、軽く話に聞いた時の想像だけで描いたものだ。

目鼻口以外に確認できる主な特徴が、変身時に裕太が使うと聞いていた左手のデバイス・アクセプターだけなのはそのためだ。無論、根本的な画力がキッズのそれなのは裕太の記憶喪失と一切関係無い。

「いや、グリッドマンってもっとこう、こんな――」

六花は自分が手本を見せるとばかり、裕太のメモ帳を破ってシャーペンを走らせ始めた。

「こんな感じじゃない？」

そしてあっという間に描き上げ、裕太と内海に見せる。

「あー、近い」

鸚鵡返しするような適当さで頷く内海だが、まじまじ見ると本音が出てしまう。

「近いか？」

それに触発されたのか、

「さっき見たから、私たぶん描ける」

「たしかこんな感じだったような……」

夢芽と蓬もメモ帳の紙を分けてもらい、お絵描きを開始。

ちょっとしたグリッドマンイラストコンテストが開催されることとなった。

夢芽が意外なほど真剣な顔つきなのに加え、蓬もやるとなったら本気で、いつになく神妙な顔つきで紙片を睨(にら)んでいる。

そんな二人を所在なさげに見ているちせに、六花が気づいた。

「描きます？」

六花に優しい口調で促され、ちせは恐縮しながら紙片を受け取る。

「あ、じゃあ」

「それ、カッコイイね」

差し出されたちせの腕のペイントを見て、六花が素直な感想を口にする。

「いや、あんま上手く描けなかったし」

「え、自分で描いたの!?　えー、すご」

アームペイントについては普段から褒められ慣れていないため、ちせは反応に困る。

特に今しているものは、自分と一緒にいた時よりもっと大きく成長したゴルドバーンを意識したアートだが、ちせ的に出来は今一つといったところだからだ。

「裕太、自分のクラス手伝わなくていいの？」

「たしかに。そろそろ戻るわ」

内海に言われ、撤収しようと立ち上がる裕太。Ｆ組の作業を手伝いに来ると、つい時間が経(た)つのを忘れてしまう。

「よし、できた」

「俺も」

夢芽と蓬は同時に完成させ、互いに力作を見せ合う。

「うわ、ひでっ」

「ひどっ」

そして発言のタイミングも同時なら、感想も同じだった。

それぞれがうろ覚えの記憶を頼りに描いたグリッドマンを順に見ていくと、各人の特徴が顕れているから面白い。

裕太の絵は、オブラートで厳重包装して言うと優しいタッチだ。

内海が描いたものは、全体的なパーツ単位で描写の上手さが際立っている。

六花のものは表情がしっかりついていて、肩の装甲が強調されていた。

蓬のイラストは各所の造形のポイントを一番押さえていて、特に複雑なボディのディテールをよく捉えている。寝坊してグリッドマンと触れ合う時間がほぼ無かったハンデも加味して、総合力ではNo．1だろう。

夢芽の絵は何というか、「ぼくの考えたヒーロー」感が一番出ている。児童誌の巻末に載っていても違和感がなさそうな微笑ましさだった。

そして最後のエントリー作品、ちせの絵もちょうど完成を迎えていた。

「こんな感じじゃないすかね」

蓬と夢芽、そして自分のクラスに戻ろうとしていた裕太も振り返り、その絵に釘付けになった。

「「「うまいし」」」

陰影のしっかりついた、美術の教科書に載っていそうな本格的なタッチで、本物に瓜二つのグリッドマンが描かれていた。

これを記憶だけを頼りに、しかも短時間で描いたのだから末恐ろしい。

今はモノクロだが、色がつけば設定画として文句のつけようがない逸品だ。

衣装を製作中の内海は思わず、側面と背面の図も頼みたい衝動に駆られた。残念ながらちせは、正面からのグリッドマンしか見たことがないのだが。

■▼

それから数日。

2年F組のクラス企画の準備は、着々と進んでいた。

内海と六花の台本から先行して作って問題なさそうなものをピックアップし、役目を割り振って作業にあたっている。

ジャンクはグリッドマンが画面の中にいることを表現するため、ちゃんと人一人が中に入れるように段ボールで組み立てていった。

駄菓子片手に駄弁っている女子の姿もちらほらと。全員が全員、熱心に取り組んでいるというわけでもないが、それでもクラス企画であることを考えれば、参加率は悪くない。


一方で佳境のはずの台本の修正は、未だになみこの賛同を得られていなかった。

六花となみこ、はっすはいつもの踊り場で作業をしている。しかし今日に至ってはなみこは印刷されるのも待たず、直接ノートPCの画面を指差してダメ出ししていた。

「まーた変なの増えとる！　何なん、この赤い竜って!!」

「なみこ、登場人物増やしてって言ったじゃん!?」

リクエストどおりに修正したのに、と抗議する六花。

「人物な!?　画面の女子率上げたいわけよ。てかこの竜めちゃ喋るし!!」

が、なみこの反論はもっともなものだった。

「ファンタジーか」

バスケットボールを顎載せクッションにして、猫みたいにぐでーっと床に寝そべりながら、はっすがぼそりと呟く。

「喋ってたし……」

弱々しく言い返す六花。登場人物を増やそうというなみこの案に、内海が推してきたのが先日の怪獣との戦いでグリッドマンと一緒に戦った赤い竜・ダイナレックスだった。

ナチュラルに人語を話しているのを六花は見たし、何だったら連日家に泊まってご飯を食べたりお店を手伝ったりしているのだが……。

一方はっすは、修正の方向性自体には好意的だった。

「まあ、いいと思うよ。デッカい人と竜、二つ合わされば絶対無敵じゃん」

「だから何と戦うんだよ……」

げんなりしながら突っ込むなみこ。去年、合コンに新条アカネが頭数に加わると知った時も口にしていた、お気に入りのフレーズのようだ。

「とにかく『人』よ。女子率も上げてかんと。あ、普通の女子な」

なみこのその言い分には、六花も理解を示せる。確かにヒーローや怪獣の割合が多すぎて、クラスの女子が参加する余地が少ない。新条アカネがその一人だったのだが……普通の女子を出せと、釘を刺されてしまった。

ここが正念場だ。女子の出演者数を増やすという改稿の方向性が決まり悩む六花は、つい最近、ごく身近で女子率が上がったことに思い至った。


その日の夕食後。

風呂の順番が回ってくる前に、六花は夢芽とちせの二人を自分の部屋に招いていた。先日二人にも手伝ってもらった、クラス演劇のいま抱えている課題点を説明する。

「……ってわけでさ、夢芽ちゃんたちの話聞きたいんだけど……」

「いいですよ」

いいかな、と確認する前に、夢芽から快い返事が返ってきた。

「うちらもこういう話、いくらでもありますから!!」

台本の束をビシリと指差しながら、ちせが屈託なく笑う。

その言葉に偽りはなかった。六花は自分たちが体験した日々に勝るとも劣らない不思議な話を、夢芽たちから聞くことになるのだった。

「……それで蓬、四十分くらい経ってもずっと待っててくれて。確か、ガウマさん来た。うん、その時だと思う」

「でー、怪獣が出たってニュースでやってたから、私とセンパイで見物に行ったんですよ。したらでっかい光の手の平がセンパイ押し潰して……あ、それがダイナゼノンなんですけど」

「蓬の風邪のお見舞いに行って。その時に私、伝染されたのかな」

「その『怪獣優生思想』って人らが怪獣暴れさせるから、止めなきゃじゃないですか。うちら『ガウマ隊』のみんなで、時間ある時に集まって特訓して……」

「お姉ちゃんのこと話して……そしたら蓬、泣いちゃって。私に、もっとちゃんと調べようよって……」

夢芽とちせの話は、交互に途切れることなく続く。録音アプリでも使った方がよかったかもしれない。

しかし六花は軽やかなリズムでタイピングを続け、二人の話を余さずテキストファイルにメモしていった。頷きを返す以外にほとんど口を挟まず、ひたすら二人の話のヒアリングに徹する。

「私、ゴルドバーンって名付けたんですけど、そのコがどんどん大きくなって……」

「あ、覚えてる。その時私、水門から落ちちゃって……蓬が助けてくれたんですけど」

「え、南さん助けたのゴルドバーンですよね……!?」

「あの後、花火大会終わってたから、みんなで花火やろうってなったよね」

「や……りましたけど、え……？」

夢芽とちせとで若干語る内容に食い違いと偏りはあったが、蓬たちの世界の出来事を詳しく教えてもらうことができた。

「……こうして話すと、やっぱり蓬、ちょっと変わった。や変わってないけど……何か、一言が軽くなったっていうか、大事にしてくれなくなったっていうか……あ、結局大事にはしてくれてますけど。でもダイナゼノンに乗ってた頃のメッセージとか読み返すと、今と違うし」

「昔のメッセージとか見るんですか、南さん……」

「え、読み返すよね、たまに。それで――」

最後の方は興が乗ってきたというか、興奮した夢芽が、ひたすら日頃の蓬への不満をぶちまけ始めたので六花とちせで「まあまあ」となだめたのだが、それも含めて仲が良さそうで微笑ましかった。そもそも本当に不満を言っていたのかも怪しいし。

夢芽たちとの話の後、入浴を済ませた六花は、自室からノートPCを持ち出して居間へと移動した。自分の部屋では夢芽とちせも寝るので、タイプ音で眠りを妨げないようにという気遣いだった。

どうしても今日中に、台本の変更作業を進めておきたかった。

消灯された居間を、ノートPCのディスプレイが淡く照らす。

パジャマの胸元を摘まんで扇いだのは、風呂上がりだからではなく、先ほどの夢芽の話にあてられた熱からかもしれない。

「リアリティ、か……」

六花は夢芽たちの世界で起こったことを聞いて、一つわかったことがある。

夢芽やちせのように何も特別な力が無い普通の人間が、ロボットを操縦したり、いい怪獣と友達になったりして、怪獣から世界を守るために戦った。

裕太もそうだ。ごく普通の男子高校生がグリッドマンと合体して、怪獣と戦った。

神のような完璧な存在など、普通はいない。

普通の人間が、あり得ざる特別な存在に立ち向かっているだけなのだ。

ここではないどこかからやって来た、特別な存在に。

「…………」

何かを決心したように唇を引き結び、六花は台本のファイルを開いた。

静まり返った室内に響く打鍵音は、先ほど夢芽たちから話を聞いていた時とは反対に、迷い、躊躇うように途切れ途切れのものだった。

■▼

さらに数日が過ぎ、２年Ｆ組の教室内の準備はより細かく分担して進められていた。

シンセサイザーで劇伴の練習をしている女子もいる。教室の隅では、すでに怪獣の仕草を練習している男子の姿も。

内海は黒板の前で登場キャラをチャートに書き連ね、男子の一人と必要な衣装について話し合っていた。

衣装が必要なキャラには、丸で囲んだ『きぐるみ』印を添えている。着ぐるみのことだ。

グリッドマンの着ぐるみは確定。というか、内海が作り始めている。

グリッドマンキャリバー、マックスグリッドマン、スカイグリッドマンなど、内海（うつみ）が見てきたグリッドマンの合体や武器がそれぞれ別途必要な着ぐるみ候補として列挙されている。よりによってボラーの形態だけ本来のバスターグリッドマンではなくボラーグリッドマンと誤字っているが、本人が知ったらフルスイングのトーキックが飛んでくることだろう。

その辺のバラバラな合体は演劇での登場時間的に見て、本当に必要なのかとの指摘を受けた。着ぐるみ印の横にも「?」とついている。

だが、内海には反論材料があった。一番下に書かれているフルパワーグリッドマン——この着ぐるみを作れば、個別合体全てのパーツが賄（まかな）えるのだ。

自然、内海の説得にも熱が入る。

「フルパワーグリッドマンは絶対必要だって。上（ア）がるとこでしょ」

「ドリルとか、大砲とか、でっかい剣とか……これ全部作るの?」

台本を手にした男子が、大まかに描写されているフルパワーグリッドマンのディテールを読んで難色を示す。製作カロリーが高すぎるのだ。ドリルの型紙を一つ作った段階で、ストップがかかっていた。

「作る」

しかし、内海の決意は固い。

本音を言えばウレタンやラテックス、ＦＲＰ素材など、プロの現場で使用される素材を使って作りたいところだが、そんな時間的余裕も技術もない。

が、たとえ段ボールで作っても気持ちだけは本物志向。だから内海にとっては衣装というよ
り「着ぐるみ」であり、黒板にもそう記載しているのだ。

無論、何でもかんでも作るというほど内海も考え無しではない。

一枚絵で済ませられるものは、『え』という印で示されていた。

「この夢の怪獣は、絵でオケ。動かないやつだからさ」

「いや知らんけど」

笑いながら、男子は内海の提案をメモしていく。

絵の上手い女の子が手伝いに入ってくれたお陰で、一枚絵に任せられるものの幅が増えた。

その子の描いたクオリティが図抜けているグリッドマンの絵は、黒板のチャートで一番目立
つアイコン代わりに留められている。

予算。人員。時間。

限られたリソースをフルに活かし、厳しい制限の中でどれだけこだわりと情熱を作品にこめ
られるか。それはエンタメ製作の枷(かせ)でもあり、醍醐味でもある。

内海は名実ともに、クラス企画の代表として奮戦していた。


その日の放課後。

裕太が自分のクラス企画の作業を終え、六花たちがいつも作業をしている踊り場を訪れると、何やらただならぬ空気が漂っていた。

なみこが台本を一枚一枚めくっていくのを、六花と内海が固唾を呑んで見守っている。

なみこの横から、ちせとはっすも一緒に台本を読んでいた。

あと、隅の方で蓬と夢芽が何かを作っていた。

「なるほどねぇ……」

ついになみこが台本の最後の一ページを読み終わり、束を閉じる。

「――うん、いいと思う！」

そしてようやく、待望の太鼓判を押した。

「「ふ――――……」」

六花と内海はほっと肩の力を抜き、何週間分も溜めた息を吐き出すように嘆声をもらした。

「前よりおもろくなってるよ」

もともと好意的な意見が多かったはっすも、今回の修正版はかなり気に入ったようだ。

「二人とも、おつかれぃ！」

なみこが満面の笑みで労いをかける。

「台本、出来たの？」

裕太は踊り場の床に腰を下ろしながら尋ねた。

「路線変更してみたんだ」

「おう。蓬くんたちの要素も入れてさ」

六花と内海が、安堵で弛緩した声で説明する。

演劇台本はここに来て大鉈が振るわれ、これまで以上に抜本的な修正が行われたという。

「響くんも、よかったら読んでみて」

「うん」

六花から台本を受け取る裕太。少し厚みが増しただろうか？　目視では曖昧だが、持ってみて今までよりずっしりと感じるのは、六花たちの修正の苦労を知っているからだろう。

これから細かい修正はあるだろうが、ひとまず決定稿。読むのが楽しみだ。

「そろそろ片付けよっか」

なみこが片付けを示唆したため、裕太はふと床に目線を移した。

そこには、先日のお絵描きコンテストで描かれたグリッドマンのイラストが、バラバラに置かれていた。裕太が見た覚えがないタッチのものも増えているが、六花の家に泊まっている面々の誰かが描いたのだろうか。

裕太がそれらのイラストを何となしに拾い集めるのを余所に、内海は達成感に声を弾ませていた。

「いやぁ～、何とか形になって良かったな！」

「内海くん、後半コスプレ作ってただけじゃん」

六花に厳然たる事実を指摘されるも、内海は台本の一部を指差して懸命にアピールする。

「そんなことねぇわ。ちゃんとやってたから！　このへん書いてるの俺だし!!」

「ドカーンとかバキーンばっかりじゃん」

なみこに渾身のバトルシーンを擬音で切って捨てられ、内海の反論にも熱がこもる。

「出った。そうやって見栄えするとこ軽んじてるやつー!!」

「すっごい自信……」

六花も苦笑を禁じ得ない。

それにドカーンやバキーンという擬音だって、立派な文章だ。まして大人数で共有する台本のト書きは、できるだけわかりやすい方がいい。

三人がそんなやりとりをしている間に、裕太はグリッドマンのイラストを回収し終え、また何となく自分のシャツの胸ポケットに仕舞い込んだ。

「お。こっちもけっこう出来あがってるじゃん」

はっすは隅で黙々と作業をしている夢芽と蓬の方に歩み寄る。

「お邪魔してます……」

共同作業というよりも、ただされるがままに夢芽に衣装を着せられている蓬は、半笑いで挨拶する。

「この辺もうちょっと詰めたいな」

神妙な眼差しで蓬の着た竜の被り物を観察し、牙の部分を撫でさする夢芽。

ダイナレックスの頭部は、蓬が操縦していたダイナソルジャーが変形して形成される部分。いわば蓬だ。夢芽的には、ディテールにこだわりたいのだろう。

「自分の学校より、楽しそうにしてない？」

そんな真剣な夢芽を目の当たりにして、蓬が戸惑うのも無理はない。

一年の学園祭の時。夢芽は学園祭に出たくないがあまり、牛歩戦法で学校に辿り着かないように小細工を弄するところから始まり、ようやく教室に辿り着いたかと思ったら刹那で行方をくらませ、クラスメイトに「南さん係」の役職を拝命した蓬が必死に捜索したのだ。

それが今は、準備からして積極的に参加している。涙もろい蓬は、これだけで少し涙腺に来るものがあった。


「暑っついな……」

なみこが制服の胸元を摘まんで扇いでいる。

言われると自覚してくるものだが、裕太も暑いと感じていた。そろそろ夏も本番だ。

「アイス、食べたくない？」

「食べたいっす！」

六花の提案に、ちせも喜んで賛成した。

「じゃあ負けた人が全員分のアイスおごるってことにしようぜ」

はっすが、マスク越しにもわかる決め顔で凛々しく提案する。

「あ、いい」

外部参加者としての慎みも迷子になったらしき夢芽が、真っ先に賛同した。

「全いっ……!? せめて二人にしません？」

夢芽へのフォローも兼ね、蓬は慌ててそう提案する。

ただでさえこちらの世界に迷い込む時に持っていた僅かな所持金で、いつ帰れるかもわからない日々をやりくりしなければならないのだ。ここで数人分のアイスという臨時出費は痛い。

「ああ、まぁそれでも――」

「せーの！」

夢芽は内海の言葉を食い、有無を言わせず決定にすべく唐突に合図を口にする。

学園祭のクラスの打ち上げを秒でバックれ、それに蓬が気づかないと『今、外』という思わせぶりなメッセージをスマホに送ってきた夢芽とは思えない、コミュ力の上昇ぶりだった。

感慨深さとともに反射的に最初のグーを掲げてしまった蓬につられ、他の面々もぱらぱらと握り拳を振り始めた。

「「「「「「じゃーんけん……」」」」」」

■

裕太が下足場から出る頃には、外はすっかり暗くなっていた。

結論から言うと、裕太は買い出しじゃんけんにあいこなしの一発で負けてしまったのだが、全く苦ではなかった。

何故なら、同じく一発で負けたもう一人が六花だったからだ。

むしろ六花と二人きりで買い出しができるならば、一人で全員分のアイスを買ったとしても惜しくはない。

これは『二人で』と提案した蓬のファインプレーと言えるだろう。

心の中で蓬に感謝しながら、裕太は遅れて出てきた六花を振り返った。

「あ、外のが涼しい！」

校舎からの灯りを背に、六花が靴の踵を指で直している。

「近いほうの7―21でいいよね。公園突っきってこ」

そんなごく普通の日常の一幕に、裕太の瞳は縫い止められてしまっていた。校舎からの薄明かりにさえ見抜かれてしまうほど、頬が赤く火照っていく。

「……？」

視線に気づいたのか、不思議そうに裕太を見返す六花。

「あ……うん……」

裕太は鼓動に合わせて上擦った声で、かろうじて同意を返す。

六花と内海のクラス演劇の台本が、とうとう完成した——。

まだまだ先だと思っていた学園祭が、少しずつ迫ってきているのだ。

それは裕太が決意した、六花への告白のカウントダウンが始まったことも意味している。

いつもすぐ傍にあったはずの、六花の何気ない仕草が特別なものに見えるのは、裕太がその事実を意識してしまったからかもしれない。


「えっと……これか」

コンビニに着くや、裕太は内海たちのリクエストをまとめたメモ用紙を片手に、慌ただしくアイスの什器を探り始めた。

「全部ありそ？」

暗記していた分を一つ見つけて差し出しながら、六花が尋ねる。

「たぶん」

種類こそバラバラだが、元より皆コンビニでほぼ間違いなく買えそうなものを指定していたので、全てを見つけるまでそう時間はかからなかった。

「あった。よし、オッケ……」

裕太が最後の一個を探し当て、あとはカゴをレジに持って行くだけとなったところで、不意に六花が顔つきを険しくした。

「……アイスだけじゃ、足りない気がする」


会計を終えてコンビニを後にした裕太と六花は、帰りも同じように公園を抜けて近道をしていた。

六花と二人きりで歩くなんて、次はいつあるかわからない。

できる限りゆっくり学校に帰りたい裕太は、理由を付けて別の帰り道を通る提案をしようと考えた。

だが一人で引き受けた買い物袋の中身……満杯のアイスを見て思い直したのだった。

裕太の隣で、六花は最後に追加で買ったドーナツを口に運んでいた。

「ん、おいし。……あっ」

一かじりしたところで、六花が思い出したように声を上げる。

「？」

「前も二人でドーナツ食べた気がする」

「それって俺が記憶ない期間（とき）、では……」

「あ、そうか。そうなるね」

　安易な同調行動でいいから、自分も一緒にドーナツを買えばよかったと少し後悔する。

　裕太は複雑な気持ちになり、しみじみと呟く。

「俺にグリッドマンが宿ってた二か月間、色々あったんすね」

「ありすぎたよ～？」

　実感のこもった六花の言葉に、裕太は笑みを零す。

　演劇の台本を読んでいれば、それはいやというほどわかる。

　自分にある六花との思い出は、本当に他愛のない、ごく普通の日常だけだ。

　たとえば、一年の春期球技大会。この日は六花と初めてちゃんと話せた日なので、とても印象に残っている。

　一年後――今年の春期球技大会の日に、意を決して六花を演劇に誘ったのもそのためだ。

　メモリアルと呼ぶのも烏滸がましい、一方的な思い出。ありふれた日々の一欠片でも、裕太にとっては大切な宝物の一つなのだ。

　六花はドーナツの二口目を躊躇いながら、慮るような声音で裕太に尋ねた。

「やじゃないの、自分の記憶が二か月も無いのって」

「うーん、わかんないけど……。まあ、記憶無くなる前より六花と話せるようになったから、よかったかなって」

「……ふーん。響くんが嫌な思いしてないなら……いいけどさ」

嫌な思いはしていない。前よりも六花と話せるようになったと、ポジティブに捉えているのも本当だ。

ただ本音を言うなら、ちょっと羨ましいと思ったことはある。

自分自身に嫉妬するのもおかしな話だが、『記憶のない二か月の間の響裕太』を羨ましいと感じたのは、一度や二度ではない。

自分では半年以上かかっても縮めることのできなかった六花との距離を、確かに縮めたその日々を……台本に書かれた「奇抜な話」をいつしか、羨望の眼差しも含めながら読み進めていることに気づいたほどに。

彼は、自分に宿っていた時のことを全て覚えているのだろうか。裕太は夜空の星々をふと見上げ、その名を呼んだ。

「……グリッドマン」

「ん？」

「グリッドマンと新世紀中学生の人たちが、世界が終わっちゃうって言ってたけど、そんな感じしないよね」

スケールの桁違いな話を聞かされ、一時はどうなることかと思ったが、今のところ世界終焉の予兆めいたものさえ起こってはいない。

「うん。怪獣とかは、もう出ないで欲しいけどね」

六花(りっか)の言うとおりだ。裕太(ゆうた)もこうして常にアクセプターをつけているが、これを使う時が二度と訪れないのなら、それに越したことはない。

「まだ一六歳だし、世界終わったら困る……」

「困るね……」

裕太は深く同意する。自分はまだ果たせぬ目標があるだけに、なおさらだ。

街の灯りが、星空と競い合うようにして煌(きら)めいている。

強い光と、優しい光。六花は後者の光を選ぶように空を仰ぎながら、声音(こわね)の憂いを少しだけ深めた。

「早く大人になりたいってわけじゃないんだけど……ずっと子供でいたいって思わないし。まだやりたいこととか多分、沢山あるし。来年とか再来年とか無くなったら、やっぱヤだな」

「来年は、受験生だしね」

「わー……そっちもやっぱヤだな」

いきなり矛盾する六花の願いに、思わず吹き出してしまう裕太。

「少なくとも、学園祭はやりたい。当日、観に来なよ？」

「うん、行くよ。絶対」

六花にそう言ってもらえたことが嬉しくて、裕太は力強く頷(うなず)いた。

最初は六花と二人きりでの買い出しに少し緊張もしていたが、気がつけば自然に話し合えている。

今なら聞いてもいい気がしてきた。あの日からずっと抱え続けている、モヤモヤの真相を。

すでに遊具がある公園の半ば辺りまで来た。ここを抜けてしまったら学校はすぐだ。

裕太は意を決して立ち止まり、六花の背中に呼びかけた。

「あのさ……！」

「……ん？」

ブランコの前で、六花は振り返りながら足を止めた。

せめて、わざとらしくないよう、ごく自然に。そう、努めて自然に——

「人から聞いた！　話なんだけど……。噂っていうか……」

——尋ねるつもりが、口をついて出る頃には怪しい質問の仕方の例として辞書に載っていそうな言葉になっていた。

「なに？」

「六花が大学生のアパートに、よく行ってるって」

「うん。よく行ってるけど」

「————っ！」

はっきりと否定して欲しかったことを、濁(にご)すどころか思い切り肯定され、裕太の目の前が真っ暗になる。

「普通に仲良いしね。……あ、お兄ちゃんだよ？」

「えっ。お、お兄、ちゃ……？」

抜けかけた腰が、六花(りっか)のその言葉で何とか持ち直す。

当の六花は、ブランコに腰を下ろして緩やかに漕ぎ始めた。

「うん。大学入って、一人暮らし始めてさ」

「そ、そうなんだ！」

「ほら」

六花はスマホを取り出すと、裕太(ゆうた)に写真を見せてきた。

おそらく六花ママの自撮り写真だろう。謎の決め顔の六花ママの隣に、無表情の男性が一応カメラ目線で写っている。

「あ！　そう！　この人……!!」

初めてアパートで見たあの日から、何度夢に出てうなされたことか。

男として敗北感を味わった端整な顔立ちも、六花の兄と知ってから見ると妹の面影があって微笑(ほほえ)ましい。

思わず写真に向かってお辞儀をしたくなる。

「――――人から聞いた話って、言ってなかった？」

「…………あ、ぅ……」

浮かれてポカをやってしまったことを悟り、裕太は血の気が引くのを感じた。

「なんでもいいけど」

六花は苦笑してはぐらかすと、挙動不審になる裕太を余所に話を続ける。

「たまに漫画借りに行ったりしてる」

「へえー……。うわ、びっくりした……」

落ち着きなく全身を撫で擦り、繕うこともなく安堵を表す裕太。こうして口に出さなければ、痺れのように身体をざわめく吃驚を消せそうになかった。

「何をそんなに」

「いや六花なら、ほら……大学生の彼氏とか、いても不思議じゃないし」

「私なんだと思われてんの？」

「や、マジでっ！」

「やー、私けっこうガキだよ？　大学生はないでしょ」

六花は鎖を摑んだまま寝そべり、漕ぎ足に力を込める。

その自嘲を受け止め、裕太は心が解けていくのを感じていた。

「そうかなぁ……」

「うん。だから、彼氏とかではない」

「そっか」

心から安堵する裕太。その言葉が、ずっと聞きたかった。

「……それ言うなら、響くんの方が年上受け良かったりしそうじゃん」

「そんな、俺なんか！」

想像もしなかった返しに、裕太は途端に狼狽する。六花がそう邪推するような出来事は、記憶喪失関係なく何も覚えが無い。

「別に年上とか、年下とか……そんな、興味もまあ、あれっていうか……うん……」

「ふぅん」

不意に六花は漕ぐのを止め、仰向けのまま唇を引き結んだ。

他に何か、言うことは？

物欲しげな、何かを待っているような上目遣いが、裕太の瞳を射止める。

夜のほの暗さに溶け込むことなく艶めく、しな垂れた黒髪。それはまるで穏やかな風にたなびいているようで、裕太の大切な思い出をくすぐる。

彼が六花を初めて好きになったその瞬間を、この場に喚び寄せてきたかのようだった。

六花は本当は月を見上げているだけで、裕太はたまたま視界の隅に入っているだけ。それを裕太が、都合よく自分を見つめていると解釈しているだけかもしれない。

それでも裕太は、月よりもきれいなその双眸に見惚れ、ただただ頬を朱に染めていった。

期せずして、互いにフリーであることを確認し合った。

眠れぬ夜を過ごした原因である『六花彼氏いる疑惑』が、雲一つないほど快く晴れたのだ。

こんな絶好のシチュエーションが、この先再び訪れるとは限らない。

自分は今まで、学園祭終わりに告白する目標に固執し過ぎていたのではないだろうか。

いざ当日を迎えたら六花が友達の女子に囲まれて声をかけられないとか、何なら自分か六花のどちらかが風邪を引いて学校を休む可能性だってある。

実際、演劇部の公演に誘う時、六花と予定が合わずに失敗したではないか。

「だ、から……その——」

ここで、想いを伝えよう。

裕太は決意し、ありったけの勇気を振り絞る。

しかし裕太は、眠れぬ夜を過ごしたもう一つの原因を失念していた。

それはタイミングを計っていたかのように背後から歩み寄り——言い知れぬ悪寒に裕太が振り返った時には、触れられるほどの間近に迫っていた。

「っ……うわあああっ!!」

眼前で揺らめく黒い影に竦み上がり、悲鳴を上げて飛び退る裕太。

「えっ……!?　わあっ!!」

限界まで後ろに体重をかけていた六花は、裕太の大声に驚いてバランスを崩し、ブランコから転げ落ちてしまった。

「っ……なに⁉」

恨めしそうに抗議する六花。

「へ、あ……えっ……えっ⁉　あれ⁉」

裕太が慌てて周りを確認すると、例によって黒い影——幽霊は忽然と姿を消していた。

それでも諦めきれず、六花に同意を求めるべく振り返る。

「おばっ……また幽霊がっ‼」

「……オバケ？」

いつの間にか立ち上がり、呆れながら聞き返す六花の変わり様に、裕太は思わず固まる。

転んだ拍子に六花の長い髪の毛は滅茶苦茶に乱れ、分け入った草むらのように複雑に顔に絡みついていた。

「おば……」

それはあたかも、和製ホラー映画でよく見る女性幽霊のような有様だった。

ブランコの鎖の軋み音が奇怪な効果音となり、変わり果てた六花を彩っている。

けれどこんなお化けなら、毎晩だって出てきて欲しい。

思わず吹き出しそうになる裕太だが、六花の特殊なヘアセットの原因になった自分に罪悪感を覚え、すぐに我に返った。

「戻ろ、アイス溶けちゃうよ」

六花の声に怒気が含まれていないことには安堵したが、残りの道中、裕太は激しい後悔に総身を苛まれていた。

結局、いま一度六花を呼び止めて仕切り直すことが、その夜にはどうしてもできなかったのだ。


裕太と六花が買い出しに行っている間。内海となみことはっすは、特に何か口に出して言うわけではないが、想像や予想の内容は三人でほぼ共通したものだった。この偶然を活かさなければ、「さすがにちょっと」でしょう、と。

なみこなどは時たま時間を気にしているが、それは早くアイスが食べたいからだけではない。暑いには暑いが、二人の帰りが遅くなっても不満を言うつもりはなかった。

ちせはたまに様子を窺うようにその三人をチラ見しつつ、内海に頼まれた一枚絵をささっと描いたりしていた。

夢芽はあれからもずっと蓬のダイナレックスの衣装にかかりっきりで、今度は背中の翼のパーツを入念に調整中だ。

ダイナレックスの翼は、夢芽が操縦していたダイナウイングが合体して形成される部分。いわば夢芽だ。ディテールにこだわりたいのだろう。

やがて裕太と六花が帰って来ると、一同はアイスの到着を歓迎した。

が、二人の雰囲気を確認した内海となみこ、はっすは、自分たちが共通で想像していたであろうことの結果を察し、無言で一度ずつ互いを見合うのだった。

■

学校でみんなとアイスを食べた、その後。

帰宅する裕太の足取りは泥の中を歩くように重かったが、夕食を済ませる頃には気持ちを切り替えていた。

ポジティブに、あれはリハーサルだったと思えばいい。後は当初の予定どおり、学園祭の終わりに告白するだけだ、と。

前向きついでだ。公園で幽霊を見たのだから今日はもう出ないだろう、という無根拠な自信を縁に、警戒することなく入浴も済ませた。

裕太は六花から読んでと言われていた演劇台本を手に取り、ベッドに腰を下ろす。

今回はダメ出しを続けていたなみこがついに認めた、決定稿に限りなく近い稿。修正の度合いも、かなり大きいようだった。

実際、表紙からしてすでにこれまでと違っていた。

『グリッドマン超伝説』

（仮）とついているものの、演劇のタイトルが変更になっている。

今までは何度修正が入っても、『グリッドマン物語』から変わっていなかった。

内海の好みそうな外連味のあるタイトルになったな……と、何となく思いながら読み進めていく。

聞いていたとおり、途中から蓬たちの要素も加わっているようだ。

「…………ん？」

半ばまで読んだあたりで、裕太は眉間に皺を寄せた。

序盤から違和感はあったものの、話の構成が変わったせいだと思ってあまり気にしていなかった。

しかし台本に加わったのは、そんな些細な修正だけではなかったのだ。

物語から、一人の――一番重要なはずの人物の存在が、丸々消されてしまっていた。

# 第5章 異変

大幅に修正された六花のクラスの演劇台本を、裕太は一晩中何度も読み返した。

そして翌日の昼休み、六花たちが作業をしている場所へと向かう。

六花と内海の他になみことはっす、さらに蓬と夢芽がやって来ていた。校舎外の屋根付き休憩スペースにブルーシートを敷いて、各々衣装の型紙を作ったり、台本を読んだりしている。

裕太は六花と内海の座るベンチに腰を下ろすと、持ってきた台本を膝の上に載せ、項垂れるようにして表紙に視線を落とす。

「あ、読んでくれた？　台本」

どう話を切り出したものか迷っているうちに、六花が裕太の持っている台本に気づいた。

「うん、読んだよ」

「どうだった？」

早速感想を求めてくる六花。

「今回評判いいんだよ」

クラス内でもこの最新版を共有したようで、内海が手応えを満足げに語る。

「うん、よかったよ」

「でっしょ？」

裕太がシンプルに感想を伝えると、六花は小さく身を乗り出して喜んだ。

「よかった……けど……」

その嬉しそうな声を聞くと、感想の先を継いでよいものか尻込みする。

「ん？」

しかし六花が反応してしまったため、裕太は思いきって触れてみることにした。

「……六花がこだわってたとこが、無くなってて……」

「……こだわり？」

「新条アカネさん」


「あー……。それ、やっぱりやめた」


苦笑しながらきっぱりと言いきる六花。裕太は思わず「えっ」と驚き、

「一番伝えたいところじゃなかったっけ？」

「でも、わかりにくいって言われたしさ」

六花が口にした今さらの理由に、裕太はますます困惑を深めた。

随分前にその指摘を受けた六花は、抜本的な構成の変更はせずに何度も台本の修正を繰り返してきた。それは六花にとってむしろ、他の何を変えても新条アカネだけは絶対に譲れない要素だからではなかったのか。

「蓬くんたちやレックスさんもストーリーに組み込んだし、十分面白くなってるって!!」

「キャラ増えたのは良かったね」

畳みかけるような内海となみこのフォローー。語気を弱めながらも、裕太は食い下がった。

「もちろん悪いわけじゃないけど……。要素が多くて、どう見たらいいのかなって……」

言葉を選んではいるが、正直に言ってしまえば前の方が好きだった。

今は二つの話を無理に合わせたような――実際に蓬たちの世界での出来事も交ぜたのだから

その通りなのだが――まとまりの無さを感じる。

しかしそれでも、ちゃんと物語として成立させ、面白く仕上げているのは素直にすごいと思った。全然、悪くはないのだ。

だからこそ尚さら、その六花の手腕が一番伝えたいテーマで揮えなかったことに、遣り切れなさを感じてしまう。

「フィクションなんて、多少カオスな方がおもろいぜ?」

はっすに窘められるようにまとめられ、裕太は黙り込んだ。

台本が悲願の完成を迎え、これから準備の本番だと気運が高まっているところに、部外者の自分が水を差すわけにもいかない。

■
▼

一人で渡り廊下の屋上にやって来た裕太は、手摺(てす)りにもたれてビー玉を見つめていた。裕太が表層上の肯定の中に閉じ込めた異論を写し取るように、ビー玉の中でだけ空は逆さまに見えている。

クラス企画はチーム作業だ。個々人それぞれ、どこかで妥協をしなければ立ちゆかない。評判の良さを喜んでいたが、六花にだってたくさんの葛藤があったに違いない。その上で話を大きく変更する決断をしたのだろう。しかし……。

何度納得しようとしても釈然とせず、悶々(もんもん)とする。

「何か気になってる？　台本のこと」

不意に声をかけられて振り向くと、いつの間にか蓬が隣に立っていた。すでに何かを察したように薄く微笑(ほほえ)んでいる。

「蓬……くん」

同じく手摺りにもたれた蓬に、裕太は思っていることを素直に打ち明けることにした。

「……うん。なんか六花がやりたかったことから、遠ざかってる気がして。内海はいいかもしれないけど……」

「ごめん。俺たちも手伝うとか言って、余計なことしちゃったかも」

蓬は気に病んでいるが、彼らの要素が台本に加わったのが原因なわけではない。むしろ現場としては、人間の配役が増えて助かっている面もあると聞いた。

六花が最初の頃懸念していた、「人が溢れる」という問題点が解消されたのだ。

「蓬くんたちの話ってこれ、実際あったこと?」

「うん」

蓬も軽く台本を読んだそうだが、元の話……つまり裕太たちの世界であったグリッドマンの話に、よくぞここまで違和感なく自分たちの世界の話を組み込んだものだ、と感心していた。

気になったことといえば、自分に相当する登場人物だけむしろ何故か異様に解像度が高く描写されていたことぐらいだという。

裕太は台本の追加部分から蓬たちの送ってきた日々を繙き、自分なりにまとめる。

「『偶然蘇ったミイラと、ロボットに乗って……彼女ができました』——って話」

「や、そんなまとめ方しないでよ」

「どこか間違ってた?」

「いや、全部合ってる」

　蓬は諦めたように認めた。

　実際ロボットに乗っている少年からロボットに乗っている少女への告白が、台本上の重要なシーンとして描かれているから仕方がない。

　このシーンはなみこやはっすも特に太鼓判を押していた。盛り上がるだろう、と。

　裕太のまとめも端折りすぎているとはいえ、追加された蓬たちの要素をこうして列挙してみれば、かなりぶっ飛んでいる。

　荒唐無稽さの程度でいえば、なみこが最後まで難色を示した新条アカネの設定と大差はないように思える。

　どうして新条アカネは受け容れてもらえなかったのだろう。

　本当に彼女の存在をオミットしなければ、誰もが納得する台本は完成できなかったのだろうか。


『ホントにっ!?　私、そこが一番伝えたいトコなんすよー』


　新条アカネに対する思いを台本から感じたと、裕太が素直に伝えた——あの時の六花の笑顔が、今も目に焼き付いて離れない。

　たった一人の存在を台本から消すだけで、別の世界での数か月に及ぶ出来事を組み込めるほどに、新条アカネの存在は大きかったのだ。

だから『物語』から『伝説』へ、演劇のタイトルは変わってしまった。

新条アカネの存在があって初めて、六花の中でグリッドマンとの日々は本当にあった出来事――物語として完成する。

その存在を失った今、グリッドマンは伝説――言い伝えめいた虚構の話へと変わってしまったのだ。

本当にこれでよかったのだろうか。自分はもっとはっきりと何かを言うべきだったのではないだろうか。

自問自答を繰り返し沈黙する裕太を、蓬が横目でそっと窺う。

台本の束を通して裕太が見つめるものを察したのか、蓬は悪戯っぽく問いかけた。

「裕太くんは、何で告白しないんすか？」

「えっ、だ、何が!?　誰に!?」

文字に書いたようなわかりやすい反応に、蓬は小さく肩を震わせるのだった。

■▼

その日レックスは、暦とともに六花ママに連れられ、とあるデパ地下へと買い出しにやって来ていた。

「君たち悪いわねぇ、買い物つき合ってもらっちゃって」

「いえ、全然」

何日も泊めてもらっている身のレックスからすると、逆に恐縮してしまう。

不意に奥の店舗ブースから聞こえてきた「安いよ安いよ」の呼び文句に、六花ママが獣めいた速度で反応する。

「はっ！　ちょっとアレ、寄らなきゃ暦ちゃんッ!!」

「はーい！」

レックスが自分もついていくか尋ねる前に、六花ママは暦を伴って駆けて行き、あっという間に姿が見えなくなった。

取り残されたレックスが六花ママたちの消えていった方を見やると、とある催事の垂れ幕が目に入る。

「北海道物産展……」

レックスは蓬たちの世界で色々な日雇いバイトを経験していて、中にはこういったデパートの催事コーナーの臨時スタッフなどもあった。

懐かしさも手伝って、一人ぶらぶらと見て周り始める。

メロンにバター、プリン。肉。いくらにほたて、そして——

「…………」

蟹（かに）。

レックスは蟹売り場の前で足を止め、氷を敷き詰めた発泡スチロールの箱の中の蟹をしげしげと覗き込む。

甲羅（こうら）の艶（つや）をじっと観察し、鮮度を見極める。なかなかの照り具合だ。

仄（ほの）かに甘い磯の香りも、新鮮さの証明。あとは身の重さと硬さだが――

「さあ、いかがでしょうか、北海道フェア!!」

真横で女性が大きな声で呼び込みをしているが、声がきれいなせいか気にならない。

「北の大地から届いた新鮮海の幸、豪華お肉、絶品スイーツなどなど!!」

むしろ歌声のように透き通ったその呼び込みの方に、意識が傾き始めた。

身体の中で反響する澄んだ声が、レックスの意識を遠い過去へと誘（いざな）っていく。

「この時ばかりは、北海道の魅力を味わい尽くしちゃいましょう！　さあ～いかがでしょうかあっ!!」

「……ぁ…………」

レックスは息を詰まらせて双眸（そうぼう）を見開き、怖々と身体を起こした。

呼び込みをしている女性は、北海道物産展のスタッフにはあまりにも不釣り合いな、エキゾチックな赤い装いをしている。

そしてその姿は、レックスを『ガウマ』に戻すに十分すぎる郷愁をまとっていた。

女性は大きな笠帽子の前垂れを持ち上げ、端整な面（おもて）を露わにする。

「あれ？　ガウマ？」

気さくに名を呼ばれ、人違いではないことを悟ったガウマは、徐々に声を震わせていく。

「……………ひめ」

間違いない。その女性は五〇〇〇年前にガウマと愛し合い、五〇〇〇年後に蘇ってからもガウマが探し求めた最愛の人。

ひめだった。

「……こんな、所で……何をして……」

「何してるって……北海道フェア？」

やっとのことで言葉を絞り出したガウマの前で、ひめはおどけるように身を翻した。

「いや、そんなことより……この時代で生きて、逢えるなんて……」

蓬（よもぎ）たちの世界でどれだけ望んでも、ついに叶うことのなかった、ひめとの再会。

終わりゆく己の束の間（つかのま）の生命と向き合う日々の中で、ガウマはその再会を前向きな気持ちで諦念した。

ひめに託されたダイナゼノンを、正しいことに使えた。そしてダイナゼノンが導いてくれた、新しい出逢いに感謝した。満足していたのだ。

それがこんな不意打ちにも程がある形で姿を現すなんて、感情がぐしゃぐしゃになる。

「俺は、あなたともう……二度と逢えないんじゃないかって――」

「ガウマッ」

吐息を感じるほど間近に顔を寄せるひめに、ガウマは思わず仰け反った。

いつの間にか笠帽子を脱いでいたひめは、長袖から透き通るような白い細腕を覗かせる。

「へーイ、五〇〇〇年ぶりぃっ!!」

何をするかと思えば、スポーツ選手同士で健闘を讃え合うようなクロスタッチをガウマに求めてきた。鸚鵡返しをするように、のそりと腕を差し出すガウマ。

「………ちょっとぉ！　暗いよガウマッ!!」

コミカルに拗ねるひめと対照的に、ガウマは自嘲するように声を沈ませた。

「暗い？　俺、暗いですかね……」

「うん。まっくらだよ」

ひめの声にも、窘めるようなトーンが交じる。

「そ、そんなことは……」

項垂れてぶつぶつと言い訳をするガウマの背後に、こっそりと回り込むひめ。

途端、子供が「だーれだ」と悪戯をするように、両手で目隠しをした。

「なー？　まっくらだろ？」

サングラスを持ち上げて直に目を手で覆っているため、本当に真っ暗だ。

まっくらだった。

その五〇〇〇年ぶりの手の平の体温があまりにも鮮烈で、現実感に満ちていて、ガウマは言葉を失う。

「過去ばっかり見てないで、未来を見なくちゃ」

「……見ますっ！　俺、未来を見ます!!」

ガウマが吹っ切るように乱暴に言い捨てると、ひめは安心して両手を離した。

「よくできました。よし、じゃあ買っていきなよ。北海道直送本タラバガニ」

「はい、頂きます！　あと……」

「？」

「領収書もおねがいします」

「はーい」

蟹の展示台の後ろで領収書とペンを用意するひめ。

「宛名は？」

「あ、新世紀中学生で」

今の所属を伝えるガウマだが、

「んんっ？」

ひめは難しそうに首を傾げる。一度では頭の中で文字に起こせなかったようだ。

「新せ……」

新しいの『新』に、世紀をどの漢字か説明するなら『世紀末』の世紀か、と本末転倒な単語を例に出そうと考えたところで、ガウマは咄嗟に思い直した。

「――やっぱり、〝ガウマ〟で」

「ん」

どこか満足げに頷くと、ひめは領収書に視線を落とした。

ギャルっぽい持ち方をしたボールペンの先が紙片を踊るように滑っていき、ほどほどに整った文字が綴られていく。

言語は違うが、ガウマが何度も目にした筆跡だった。

「カニ、懐かしいね」

「え?」

「……昔、二人でよく食べたよね」

睦言を囁くように甘く、それでいてどこか無邪気で優しい声で、遥かな記憶を追慕するひめ。その言葉で、まだどこか夢中のように不確かだったガウマの感情が、確かな喜びへと束ねられる。それは彼の強面を、子供のようにくしゃっと歪ませた。

ガウマは崩れた表情ごと口許を手で覆い隠し、かろうじて嗚咽を抑え込んだ。

やんごとなき身分のひめは、ガウマにとっては雲の上の存在。贅を尽くした美食以外、舌が受け付けないはずの地位にある、一国の『姫』。

けれどそんなひめはガウマと一緒に、どこでも漁れる平凡な蟹を食べてくれた。

いつも見せてくれる、何も飾らないごく普通の表情や仕草が愛しくて、ガウマはひめと将来を誓い合ったのだ。

「――ガウマ」

ペンを台の上に置き、蟹を納めたスチロール箱を手にするひめ。そのまま粛々と面を上げ、ガウマを厳かな眼差しで縫い止めた。

その瞬間、気さくで明るいお姉さんの雰囲気はなりを潜め、人の上に立つ者の気高き威厳をまとう。

「はい」

心して頷くガウマに、ひめは凛とした口調で告げた。

「世の中には、人として守らなければならないものが三つあります」

その誓いはガウマの信条でもあり、五〇〇〇年の時を経て蓬たちにも語って聞かせた、大切な大切な言葉だった。

だからガウマはあえて言葉の先を戴いて、嚙みしめるように言った。

「……約束と。愛と……」

そしてその先をまた、ひめへと結ぶ。

美食にこだわらず、衒うことを厭う地上の天女が、断じて厳守すべきものとした定め。

ガウマがついに蓬たちには聞かせられなかった、三つ目の言葉、それは——


「——賞味期限です♪」


花が咲いたように屈託なく笑うひめ。

「……はい!!」

蟹の箱をしかと受け取り、ガウマも会心の笑みを返すのだった。


日常の片隅に突如として紛れ込んだ運命的な再会を、暦は六花ママと一緒に離れた場所で見守っていた。

六花ママのお目当てのものは、呼び込みの文句に反してそこまで安くなかった。すぐに元いた場所に戻ろうとした二人だが、通路の途中でガウマがすごい美女とただならぬ雰囲気なのを見かけ、声をかけられなくなったのだ。

「……誰?」

「多分……ガウマさんが、ずっと逢いたがってた人です」

「ほーん」

心なしか、六花ママの声に喜色がこもる。レックスと呼ぶ人とガウマと呼ぶ人に分かれているややこしい事情は追及しなくても、人間模様を観察するのは好きなようだ。

「手が届かない世界に生きてる人――らしいです」

「……テレビ出てる人か」

暦が補足すると、六花ママは一人でずれた納得をしていた。

暦は『俺、テレビ出たことありますよ……』と、六花ママの手が届く距離で慎ましく内心で誇る。

ちなみに怪獣と戦うダイナゼノンがニュースで報道されたのを見て、操縦者である自分も実質映ったと認識しているだけなので、暦の顔は一切メディア露出してはいない。

一人納得する六花ママを余所に、暦は喩えようのない感慨に包まれていた。

怪獣の再出現に備えて、『海ほたる』という施設で夜を明かした時。胸のわだかまりを吐露した自分に、ガウマもまた大切な事情を話してくれた。男二人、腹を割って話をした。

だから、よく覚えている。

その時ガウマが言っていたとおり……めちゃくちゃ美人だ。捜していた女性に、彼はとうとう逢えたのだ。

そういえばあの人の着てる変わった服、特に腰のところの模様とか、ダイナゼノンにそっくりだ。変なところで目聡い暦は、そんなところにも彼女が「本物」である理由を探し当てていた。

こんなことがあり得るのか、と訝しむ気持ちが無いでもない。

けれどある日、散歩の途中のような気軽さで思いもしない再会を果たすことがあると、暦も微々たる実体験として知っている。

まして今はビッグクランチとやらの最中だし、不思議なことも起こり得るのだろう。

暦は嫌いな人間を咄嗟に助けてしまい、ささやかな矜持を持て余してしまった時があった。

そんな自分を、ガウマは「立派だ」と飾らない真っ直ぐな言葉で讃えてくれた。

だから今日は自分が、せめて心の中で祝福を贈る。

(よかったですね、ガウマさん——)

たとえ今日という日が、宇宙の気紛れで訪れただけの御伽噺の一節だったとしても。

パステルで彩られた挿絵のように、二人の笑顔は必ずどこかに残るはずだから——。

暦も六花ママもついじっと見過ぎて、気配に気づいたガウマがこちらを振り返るまで、そう時間はかからなかった。

■
▼

またしばらく経（た）ったある日。

ジャンクショップ『絢（あや）』の店内は、かつてない賑わいを見せていた。

もちろん、客でごったがえしているというわけではない。

喫茶スペースのカウンター内には、エプロンをつけて店番をしている六花（りっか）。

Ｌ字のカウンター席は、マックス、ボラー、内海（うつみ）、キャリバー、ヴィットの順に座って全席埋まっている。

ソファーには蓬（よもぎ）と夢芽（ゆめ）が座っていて、ちせはその前方で別の椅子に腰掛けている。

レックスは一人壁際に立っていて、強面（こわもて）も手伝って遠目には要人のＳＰか何かに見える。

ジャンクの前のＰＣチェアに座る裕太（ゆうた）は、そんな喫茶スペースを眺めながら珍しいと感じていた。

いつも誰かが出かけたりしているので、ここまで集まりがいい時は滅多にない。

当然、ジャンクの画面にはグリッドマンが映っている。

蓬たちが初めてこの店に集まった時にさえなかった、勢揃いが実現していた。

グリッドマンに話しかけようと振り返った裕太はふと、ジャンクの筐体（きょうたい）の下にあるゴミ箱へと目がいった。

アイスやお菓子のカラなど、目一杯に詰め込まれたゴミをさらに押しのけるように、無理矢理に何十枚もの紙束が押し込まれていたのだ。

「これ、六花たちの台本……」

その台本をつい、ごみ箱から拾い上げてしまう裕太。

くしゃくしゃになっているだけでなく、この台本を手にしたまま演劇の猛稽古を何日もして、やっとこうなるのではないかというぐらい、紙全体がボロボロだ。

「あ、そっちは古い台本。もう使わないやつ」

六花が素っ気なく説明してくる。タイトルが以前の『グリッドマン物語』なので、もちろんそれはわかる。

しかしここまでこれ見よがしに捨てられていると、何らかの意思表示のように見えなくもない。やはり六花も台本の内容変更に納得し切れていないのでは、と心配になる。

「ああ、期末テスト前に書いたやつか」

「すでに懐かしいね～」

内海と六花の他愛のない談笑に紛れ込んだ、聞き捨てできない違和感。

裕太は呆けたように一瞬固まり、二人の言葉を反芻した。

「――――え？　期末テストが……終わった？」

「え？　昨日終わったばっかじゃん」

内海に苦笑交じりに断言され、裕太は返す言葉を見失った。

確かに最近色々ありすぎたせいか、日にち感覚がぼけている気はする。

しかしいくら何でも、知らない間にテストが終わっているなどあり得ない。

からかわれているのか。それとも何か、話の認識に食い違いがあるのだろうか。

そもそもこの捨てられている台本どころか、評判がよかったという最新版の台本だって期末テスト前に書き上がっていたはずだ。

捨てられていた台本は『第2稿』……誤字の修正や細部を詰めただけで、物語には手を加えていない、実質的な最初の完全台本だ。

裕太が初めて読んだのもこの稿で、ツツジ台で起きた事件、グリッドマンの物語の全てが記されていた。

それが内海の希望や裕太の助言、友人たちのダメ出しへの対応などで大きな修正が施されていった。

ついには蓬たちの世界の要素をミックスするという大改変を経て、やっとクラスメイトたちに納得してもらえるものとなったのが、タイトルが『グリッドマン超伝説（仮）』に変更になった最新の『第6稿』台本だった。なぜ、古い方の台本だけを「期末テスト前に書いた」と懐かしんでいるのだろう。

とはいえ目の前でテスト終わりの解放感で話に花を咲かせる内海や六花(りっか)を見るに、悪戯(いたずら)には思えない。裕太は追及することを諦めた。

ちせたちもそれぞれ、楽しげに談笑をしている。

そこで裕太は、はっと気がついた。

今日はやけに人数が多いと思ったが、会議とか、打ち合わせとか……そういう大事な話をするつもりで全員集まったのではないだろうか。

「あの、皆さんは……」

裕太が誰にともなく話を振ろうとすると、計ったように一斉に話し声が止まる。

居心地の悪さを感じ、思わず言葉を止める裕太。

「どしたー？」

しかしボラーが先を促してくれたので、裕太は思いきって質問を続けた。

「……しばらく様子を見るって言ってましたけど……どうですか？」

カウンターのテーブルに猫のようにぐでっと顔を突っ伏したまま、キャリバーが聞き返してくる。

「ど、どうとは？」

本題に入るきっかけ作りのつもりだった。まさか聞き返されるとは思わず、裕太は戸惑う。

「このまま次元のビッグクランチが進めば、この世の終わりっていう話でしたよね？」

念のため具体的に語る裕太だが、それを聞いたヴィットは他人事のように反論した。

「でもそれって、仮説なんでしょ？」

「実際平和なまんまだし、いいことじゃん」

さらにこの世の終わりとまで喩えた当人のボラーが、呑気にそんなことを言う。

「現に、不都合は起きていない」

そしてあれほど事態を重く見ていたマックスまでもが、どこか無責任に感じる結論を口にした。

こうも急にみんなが楽観的になりだすと、逆によからぬことを邪推してしまう。

もう次元の消滅は避けられないとわかってしまったから、それを裕太たちには伝えず、最後の日常をいつもどおり楽しんでいる、とか……。

裕太が以前見たディザスター映画で、似たような流れがあった。助からないとわかったからこそ、あえて普段どおりに過ごす。世界終焉の只中で紡がれる家族愛に、感動して泣いたことを覚えている。

もっともそれは、あくまでごく普通の一般人がした選択だ。

この新世紀中学生の面々は、頼りになるグリッドマンの仲間。そう簡単に破滅を受け容れて観念するはずがないのだが。

「家に帰れないのは不都合なんですけど……」

蓬が肩を竦めながら、当たり前の不満を口にする。

あやうくマックスたちの言葉に流されてしまいそうになっていた裕太だが、蓬のおかげで思い直すことができた。

特に問題が無ければ、裕太たちは日々を普通に過ごしていて構わないだろう。

だがビッグクランチの原因を究明しなければ、蓬たちは元いた世界に帰れない。

彼らがこの世界にやって来て何日が経過してしまったか、正確に数えてはいない。しかし、かなりの時間が過ぎたことだけは確かだ。

蓬たちには元の世界での生活があり、学校があり、家族がいる。「ビッグクランチが終わったら帰るね」と親に連絡することさえできていないはず。今頃心配していることだろう。

暦が現在無職なのは何かの話の弾みで聞いた裕太だが、それでも多分帰れないと困るのは同じはずだ。

仮説段階だろうが平和だろうが、はっきりと不都合は起きている。

裕太にしては理路整然とした反論材料ができたが、それを口にする前に、

「でも、楽しいからよくない？」

蓬の隣に座る夢芽が、彼に甘えるように首を傾げながら言った。万策尽きる裕太。

「いや迷惑でしょ？」

しかし蓬はちゃんと夢芽を窘める。彼がごく常識的な慎みで、宝多家へのこれ以上の長居を遠慮したというのに、

「まあ、ウチは全然構わないんですけど」

当の六花が受け容れてしまっていた。

しかしそれでは、問題が何も解決しないのだ。

これだけの人数が揃う機会などそうそうないだろうし、やはりもっと真剣に話し合うべきだろう。裕太が六花に視線を向けると、

〈――――人数多い方が、楽しいしねえ〉

彼女の隣に、身長二メートル以上はあろう、黒い仮面と黒いマント着の大男が立っていた。

「っ……!?」

裕太は、驚きのあまり声を詰まらせて仰け反った。

「え……だ、誰!?　この人、誰っ!?」

それでも記憶喪失になっていなければ、これしきの動揺では済まなかったであろう。

眼前の大男とほぼそのままの見た目の登場人物が演劇台本の中に描かれていたのに、裕太は咄嗟に結びつけることができなかった。

「ちょっとパパ、勝手に入ってこないでよー」

〈いやぁ失礼失礼。初めまして。六花の父です〉

黒衣の男は、紳士然とした穏やかな語り口なのに、何故かやけに警戒心を抱かせる。

今度こそ、悪い冗談だ。こんな奇人……いや怪人が、六花の父親のはずがない。


鬼火を連想させる、頭部に揺れる青い炎。

骸骨の剝き出しの歯を思わせる口許は断続的に発光しており、サングラスのような目の奥には妖しい光が揺らめく。

この黒装束の怪人は、アレクシス・ケリヴ――新条アカネを拐かした悪魔にして、グリッドマンを一度は倒して記憶を失わせた張本人だ。

しかしアレクシス・ケリヴは、本来の力を取り戻したグリッドマンとの戦いの果てに敗れ、封印された。

こんな場所にのうのうと現れ、ましてそれを新世紀中学生の面々が問題なく受け容れ、ジャンクの画面に映るグリッドマンが無言で座視しているのは、あり得ざる異常事態だった。


「……ぁ……あ……」

心臓を直接鷲摑みにされたような圧迫感に、吐息を震わせて戦慄く裕太。

六花はおかしそうに吹き出した。

「え、コスプレだよ？　こんな燃えてる人いたら、怖いよ〜！」

〈驚かせて、すみませんでした〉

まるで、あらかじめ用意された言葉を再生しているだけのように。

裕太が言葉に窮している間も、六花たちは先回りして会話を続ける。

「……あ」

目眩でよろめいた身体を立て直せず、為す術無くＰＣチェアにへたり込む裕太。

背後のジャンクの画面で、グリッドマンは身動ぎもせず押し黙っている。

着の身着のままで雪世界にでも放り出されたかのように、裕太は恐怖に凍えた吐気を漏らし続けた。

そんな裕太を見て、六花が黒衣の男を窘める。

「ビックリするに決まってるじゃんっ」

〈いやあ、本当にすみませんねえ……よく出来てるでしょう？　これ……でもね、全然熱くないんですよ!!〉

店内が笑い声に包まれ始めた。対照的に、裕太の視界には昏い影が差し、目にする全てが曇ってゆく。

みんな、声を上げて笑っている。

何がそんなに面白いのだろう？

黒衣の男の茶目っ気に吹き出してしまったのか、それとも、それぞれ別の話題で盛り上がっているのか。

耐え難い違和感に震え続ける裕太を誰も気にも留めず、飽きることなく笑い続けた。

決定的な隔絶がもたらす孤独が、まるで裕太一人を取り囲んで全員でせせら笑っているかのように錯覚させる。

蓬（よもぎ）だけが怪訝（けげん）な顔つきで困惑していることに、もはや裕太は気づいていない。

黒衣の男の笑い声は特に大きく、悪魔の哄笑（こうしょう）のように響きわたる。鼓膜のもっと奥の奥で反響し、裕太の思考を明滅させていった。

虚ろに瞬きをする度に、周りの色彩（いろ）が移ろい、風景が変わっていく――。

■

途絶した季節（じかん）を、ひぐらしの鳴き声が繋ぐ。

気がつけば裕太は、ツツジ台高校の校舎内で廊下にぽつんと立っていた。

窓の外の空は昼にも夜にもなりきれないような、ひどく淀んだ黒紫色だ。

どうして学校にいるのだろう？

力なく項垂れると、手にしている台本が目に映る。

ああ、そうだった。もうすぐ台高祭だからだ。

窓からグラウンドを見下ろすと、多くの生徒たちが準備に勤しんでいる。

いや、生徒だけではない。


白い揃いの軍服めいた制服に身を包んだ四人組。

シズムとジュウガ、ムジナ、オニジャ。怪獣優生思想の面々がいる。

拙い怪獣の着ぐるみを着たシズムが、手作り感溢れるセットを破壊し、オニジャは着ぐるみの尾を陰から操演してサポート。ジュウガはカメラでそれを撮影し、ムジナは後ろでのんびりと眺めている。

ダイナゼノンとの最終決戦で怪獣ガギュラとともに消えていった四人だが、怪獣特撮映画を撮影して、学園祭で上映するようだ。


とある教室では、全身に包帯を巻いてミイラに扮したガウマが、白装束の和風幽霊の格好をしたひめとじゃれ合っている。笑顔のひめが両手でガウマの首を絞めるふりをし、ガウマも苦しい素振りでおどけてみせていた。

ガウマが大事に手にしているのは、もちろんひめからのプレゼントである竜の模型だ。

五〇〇〇年前にこの世を去った仲睦まじいカップルが学園祭で取り組むのは、物の怪や幽霊のコスプレをして接客するホラーカフェらしい。

校庭には人気動画配信集団・Ａｒｃａｄｉａのメンバー、今井、タカト、有井の三人の姿があった。

もう一人のメンバー・やまとを合わせ、かつて四人で活動していたＡｒｃａｄｉａ。

その中でも世界に生きた証もろとも怪獣ゴングリーに葬り去られてしまった三人が、今日は製作中の学園祭入場門の前でカメラを構えている。きっと学園祭の準備の模様を動画配信するのだろう。

彼らの背後にある製作中の入場門では、ボブヘアの女生徒——水門からの落下事故で亡くなったとある少女が、いきいきと作業にあたっていた。

彼ら彼女らを知る者が見ればある者は愕然とし、ある者は背筋を凍らせるであろうその光景も、今の裕太にとっては学園祭準備の風景の一部でしかない。

ぽつんと一人、廊下に佇んでいると。

ダン。

ダン……。

聞こえる。バレーボールが弾む音。

何故かわからないけど、聞いていると不安になる音が。


——ダン。


どこからともなく飛んできたバレーボールが、裕太が手にしていた古い演劇台本に直撃。手の平の上で、あの不安な音が一気に弾けた。

重ねられていた紙束が、無風の校内で、強風に煽られたように盛大に舞い上がる。

零れていく。両手から……自分の中から零れ落ちていく。この中には、裕太が失くしてしまった記憶があったのに。

六花の想いからも、伝えたい大切なものが零れ落ちてしまった。

何も重なっていない、本当にあったグリッドマンの物語が、どこかにいってしまう——。

舞い散る紙束の狭間に、何人かの女生徒が幽鬼のように立っていた。

前髪をポンパドールにした女生徒が、何かを訴えるように項垂れ佇んでいて——

「…………はっ!!」

深く昏い水の底に沈みかけていた裕太の意識が、一気に引き戻される。

「なんだ!?　なんかおかしいっ!!」

裕太は、言い知れぬ恐怖で声を引きつらせた。

そして得体の知れない後ろめたさに背を向けるように、踵を返して走りだした。

どこから、いつからこうなった!?

はっすの主張が、不意に脳裏を過る。


『あ、その設定はいいよ。優しい世界じゃん。多少カオスな方がおもろいぜ』


「優しい世界!?　でもいい加減だ……！」

そこで生きる人物に都合のいいだけの世界は、優しいとは呼べない。


『期末テスト前に書いたやつか』


さっきは聞き流した内海の言葉を、今になってはっきりと否定する。

「俺はテストなんて受けてない!!」

憂鬱だった。期末テストなんて来ないで欲しいと思った。

まさか本当にテストがいつの間にか過ぎ去っているなど、誰が想像できる。

内海はこうも言っていた。

『また、誰かの仕業（しわざ）……なのかな』

「誰かって！　誰のっ!?」

湧いては通り過ぎていく記憶に都度反論しなければ、裕太（ゆうた）は今すぐどうにかなってしまいそうだった。

ありえない日常を創る……そんなことができる誰か。

「……新条（しんじょう）アカネさん、なの？」

裕太は顔も知らない、物語の中で知った少女のことを連想した。

神さまなら、何だってできるはずだ。

『それ、やっぱりやめた』

しかし六花（りっか）の声が、その可能性を否定する。

書かれた文字を打ち消し線で隠すような気軽さで、大切なものを見えなくしてしまった。

『現に不都合は起きていない』

マックスはそう断言していた。

別の世界からの客人たちがずっと帰れなくても、当人たちがいいなら問題はないかもしれない。

知らない間にテストが終わっていたって、何も困らない。

でも、駄目なのだ。

嫌なことも、辛いことも、立ちはだかるはずの困難も。

都合の悪いこと全てを日々から消してしまったら、それはもう、決定的な不都合なのだ。


『私、そこが一番伝えたいトコなんすよー』


そう言って、六花は笑った。

一番やりたいこと。目的。自分の目指すべき目標。

裕太が、一番伝えたいこと――。

どこまでも伸びる廊下を走って、走って、走って……それでもどこへも、何にも辿り着くことができない。

いつしか裕太は、遥か彼方に置き去りにしてきたはずの、舞い散った台本の紙たちに行く手を阻まれ、視界を遮られた。

行く手を遮る紙の雨――失った記憶の残滓を掻き分けて走り続けたその先に。

今の裕太の記憶の中で、一番温かくて、一番鮮烈な記憶が。

大切な人が星空に託した願いが、一際強く響きわたる。


『少なくとも、学園祭はやりたい』


明日世界がどうなってしまうかわからない不確かな日々の中で、六花はそう願った。

劇を観に来てと言われて、裕太は必ず行くと約束した。

だから、このままでは駄目だ。

「俺だって、学園祭で！」

自分にも、自分自身との約束が――誓いがあるのだから。

「六花にっ！　告白っ…………!!」

裕太の決意を阻むように、一枚の紙が視界を覆う。

存在を打ち消し線で消された新条アカネの文字が、不意に目に入ったと思ったその瞬間。

いつの間にか目の前に出現していた下り階段で、落ちていた紙で足を滑らせてしまった。

「!!」

まずい転び方をしてしまったと反射的に理解するが、すでに遅かった。

踏み堪えることもできず、裕太は階段を盛大に転げ落ちていった——。


不気味なほどに静まり返った階段の踊り場で、裕太は力無く倒れていた。

内海からもらったビー玉が、裕太の眼前の床を弱々しく転がっていく。

踊り場に倒れ込んでから、どれほどの時間が経っただろう。数時間はそのままだったかもしれないし、まだ数秒しか過ぎていないかもしれない。

その時間が、裕太にあることを気づかせるに十分な長さだったことだけは確かだった。

ビー玉に逆さに映り込んだ自分の虚ろな瞳が、少しだけ光を取り戻して見つめ返してくる。

「痛……くない……」

裕太は力なく萎れた声で、途方に暮れきった心中にかすかに湧いた疑問を口にした。

階段に、息が詰まるほど強く背中を打ち据えた。転がりながら、身体中のいたるところをぶつけた。

途中で嫌な手の突き方をしたし、滑る時に足もおかしな捻り方をしてしまった。

それでも……身体のどこも痛くない。

まるで、夢の中で転んだ時のよう。ああ、これは痛そうだな、と空から自分自身を俯瞰する、あの現実感の無さだ。

そこで裕太は、自分が倒れ伏している場所の、他愛ない既視感のわけに気づいた。

この踊り場は、女子たちが「六花に彼氏できた」と噂話に花を咲かせていた場所だ、と。

しかしあの時の裕太のように隠れることもなく、思いもよらない人物が階段の上から身を乗り出して顔を見せてきた。

「——裕太くんっ！　大丈夫⁉」

蓬だ。

どうして今、自分が学校にいるかも理解できないのに、そこに蓬がやって来た理由は輪をかけてわからない。

けれど自分の中に渦巻く疑問を打ち明けられる相手を見つけ、裕太はようやくのことで身体を起こし、そして訴えた。

「……痛くない……」

「え？」

「痛くないんだっ!!」

これだけ派手に階段から転げ落ちても、何の痛みもない。しかしそれは、今に始まったことではなかった。

裕太は、球技大会の時のことを思い返す。

体育館の天井に付きそうなぐらい高々と放られたバレーボールが顔に直撃して、鼻血も溢れ出ていて、それでも痛みが全くなかった。それがそもそもおかしかった。

それを『六花の噂話に動揺したせいだ』などと自分で納得したことも、今考えてみれば奇妙だった。

小さな違和感はいくらでもあったのに、その全てを深く考えずに意識の外へと弾き飛ばしていた。

何かがおかしいと疑ったから初めて、ありえないということが自覚ができたのか。

「俺、あの時から痛みが無かったのかもしれない」

一番最初に幽霊に驚いて尻餅をついた時も、ゆっくりと椅子に腰を下ろすかのように何ともなかった。

レックスに馬乗りにされた時は、重かった。痛くなかったが、重さは感知できた。

アイスを食べたら冷たかったし、六花の手は温かかった。

ちゃんと感覚はあるのに、その中で足りないものに今の今まで気づけなかった。

いや……気づいていたのに、おかしいと思うことができなかった。

全ての『痛覚（いたみ）』が、日常から奪われていたことに。

「痛みが無いって、どういうこと……」

踊り場に降りてきた蓬は、子供の駄々のように要領を得ない裕太の訴えを辛抱強く聞き返し続ける。

「やっぱり変なんだよ……」

「変って何が？」

なおも困惑する蓬の肩を、両手で摑んで詰め寄る裕太。上手く言葉にして伝えられないもどかしさが、指に力をこめる。

「世界が！　変になってる！　ビッグクランチがどうとかじゃなくて……！　もっと……！　何かっ!!」

「……!!」

蓬もようやく、裕太の焦燥の理由を漠然と察したようだった。そもそも裕太が気づけていなかっただけで、ジャンクショップ『絢』での皆の豹変に、蓬も疑問を感じてはいた。店内が笑いに包まれた時、一人だけ困惑していたのだから。

世界が重なって変になっているのではない。裕太たちの住むこの世界そのものが、決定的に破綻してしまっている。

痛みが消え、時間がまともではなくなった、何かに都合がいいだけの世界。

世界に違和感を懐いた二人が、やっと話し合えるという、その時。

階段の踊り場に、不気味に蠢く黒い影が浮かび上がった。

これまで不本意に培われてきた、言い知れぬ悪寒に引き寄せられる裕太。

しかし先に悲鳴を上げたのは、裕太に遅れて影へと振り返った蓬だった。

「なっ、なんだこれ!!」

「え!? 蓬くんにも見えてる!?」

こんな時だというのに、裕太の声が少しだけ喜色で弾む。

ついに自分の他に、この幽霊めいた何かを見た人が現れたのだ。

するとまさか……お化けが出たと騒いでも六花も内海も死ぬほど淡泊な反応だったことも、世界が変になっていることが原因だったのでは。

……いやさすがにそれはこじつけの気もするがとにかく、裕太には初めて理解者を得た感激に浸る余裕すら与えられなかった。

これまでのように途中で忽然と姿を消すことなく、黒い影は裕太と蓬の元へ確実に近寄ってくる。

さらに影は、二人が恐怖に固まった面持ちで見守る中、突如として二つに分裂。

それに呼応するように、裕太と蓬の眼前の空間に光の亀裂が走り始めたのだった。

# 第6章 共闘

静かな眠りについていた夜の街が、轟音を口開けに一変する。

立ち並んだ二棟のビルの間から、巨大な『両手』が這い出てきた。

鋭い爪を備えたその二本の手は、閉ざされた岩戸をこじ開けるように、無理矢理ビルを左右に押しのけていく。その間から、巨大な怪獣が姿を現した。

背中まで伸びた長く鋭い鬣に、刃を備えた巨大な両腕。禍々しい牙を備えた口が、雄叫びを上げる。

突如として出現した怪獣【ドムギラン】――その異容は、二足歩行する獅子のようだ。

六花と内海、レックスと夢芽、暦とちせが、ジャンクショップ『絢』に雪崩を打って到着する。怪獣の出現を知って大急ぎで駆けつけたのだ。

しかし一同が店内に入ると、ジャンクの前には先んじて到着していた裕太の姿があった。

決然とした面持ちでジャンクの画面を凝視する裕太の左手首で、プライマルアクセプターが急き立てるように光り、鳴り響いている。

「響くん……」

六花が心細そうに呼びかけても、裕太の目は画面のグリッドマンから離れない。

「……俺が、戦う!!」

裕太の意気を受け止めるように頷き、グリッドマンが呼びかけた。

〈裕太、今すぐアクセスフラッシュだ!!〉

ジャンクの前に集まってくる六花たちの前で、裕太は構えた左腕に右腕をクロスさせた。

「アクセス！　フラ―――――ッシュ!!」

裕太の身体が光と化し、ジャンクの中へと突入する。

「「えっ!!」」

暦とちせは、揃って驚きの声を上げた。

「裕太、気をつけてくれよ!!」

緊張の面持ちで内海が激励を送る一方、六花は言葉をかけ倦ね、苦く切ない眼差しで画面を見つめることしかできなかった。

「い、今、このパソコンに入って……み、見ました!?」

「怖えぇー……」

興奮気味に戸惑うちせに、暦は口許を怖々と震わせる。

とある夜に散歩していたらいきなり巨大ロボットの手に押し潰されるという異色の経験を持

つ男でも、未知の超常現象にはやはり驚きを隠せないのだ。

「……蓬が、いない……？」

そんな喧騒を一顧だにせず、夢芽は店内を一望してはっとする。

いつも傍らに在って欲しい少年がいないことに今になって気づいた、その理由も知らないままに。

画面の中で街に出現し、ドムギランの前で颯爽とファイティングポーズを取るグリッドマン。

「これが、グリッドマン……」

その勇姿に、暦は思わず嘆声を零した。

以前、グリッドマンの方がオリジナルなのだとボラーに訂正されたが、暦から見るとやはりグリッドナイトにそっくりだった。

「裕太とグリッドマンはここで合体して、初めて戦うことができるんです!!」

先ほど暦とちせが驚いていたため、内海は誇らしげにそう解説する。

だがその言葉にも上の空で、夢芽は店の奥を覗き込んだりしながら、蓬の姿を捜していた。


グリッドマンはドムギランに組み付きざまに、脳天へと手刀を連発。

〈でやあっ!!〉

さらにドムギランを飛び越えざま、背中を転がって背後に回り込み、側転ざまの強烈なキックを見舞う。

裕太の熱意が力となって全身に漲っているかのような、見事な先制攻撃だった。

ここでグリッドマンは間髪容れずに両腕をX字に重ねて左腕で弧を描き、最強必殺技の予備動作に入る。

〈グリッドッ……ビーム!!〉

戦闘開始早々に必殺光線を発射し、一気に勝負に出るグリッドマン。

しかしドムギランは自分目掛け一直線に向かってきたその陽光色の光線を、堂々と胸板で受け止めてしまった。それどころかホースで庭に撒かれた散水を押し返していく程度の気軽さで、悠々とグリッドマンへ向かって走りだす。

グリッドマンは発射し続けているグリッドビームを零距離まで押し切られ、ついにはドムギランに強烈なタックルを見舞われた。

〈うわぁ――――――っ!!〉

必殺技の発射中という大きな隙にカウンターを受け、グリッドマンは為す術なく背後のビルに叩きつけられた。

ドムギランは追撃の手を緩めず、倒れ込みかけたグリッドマンにもう一度タックル。一度目より強烈にビルに打ち据えられてよろめいたところを、三度目は助走までつけた執拗なタックルを駄目押しした。

〈ぐあああああああああああああああ!!〉

激突の衝撃が爆発を起こし、背後のビルを下敷きに地面に倒れ込むグリッドマン。

〈うぐうっ……!!〉

ドムギランは、打って変わって遅々とした歩みでグリッドマンに近づいてゆく。

感情など無いはずの怪獣でありながら、その獣の形相にはサディスティックな笑みのようなものが貼り付いていた。


「グリッドマンさんピンチっすよ、隊長!!」

血相を変えてジャンクの画面を指差すちせ。

遅れて到着したキャリバー、マックス、ヴィット、ボラーの四人も粛々(しゅくしゅく)と戦いを見守る中、ちせは居てもたってもいられないとばかりにレックスに詰め寄る。

「ダイナゼノンはどこですか!?　いないよもさんの代わりに、私も戦います!!」

ガウマ隊の補欠要員でもあったちせは、今回も不在の蓬(よもぎ)の代わりを買って出たのだ。

「いや、ダイナゼノンは……」

ちせは、グリッドマンとダイナレックスの共闘を見ていない。事情を説明しようとするレックスだが、その言葉が遮られる。

「見ろよ。サポート厚い奴らも到着したみたいだぜ!!」

勇敢に援護を志願した少女を安心させるように、ボラーが不敵に笑ってジャンクの画面を示した。

〈……!?〉

グリッドマンは弾かれたように夜空を仰いだ。

遥か上空に、幾何学模様のような転送ゲートが出現する。

パサルートの中から姿を現したのは、船……いや、巨大な戦艦。

その名も、怪獣戦艦【サウンドラス】——。

常盤色に輝く船体の先には、船首像のように金色の盾が立てられている。

それは飛鳥川ちせの情動から生まれた黄金の竜怪獣・ゴルドバーンが変形したシールドだった。

〈ゲートウェイを抜けました。パサルートのクローズを確認。艦体各部、異常ありません〉

戦艦の中から聞こえるオペレーターの声は、蓬たちの世界でグリッドナイトに変身する青年——ナイトとともに『グリッドナイト同盟』として活動していた、『2代目』のものだ。

〈それでは出番ですよ、ナイト君。グリッドマンを手伝ってきてください!!〉

シールドモードのゴルドバーンが艦首でぐらりと揺れ、そのまま地上へと落下してゆく。

ドムギランは気配を察して上空を睨み、左右の掌から連続して光弾を発射。

しかし盾と化した黄金の竜は回避運動を取るまでもなく、飛来した光弾をその身に受けて苦もなく霧散させていく。

弾けた光弾の残滓を吹き払うように、ゴルドバーンがその翼を拡げた瞬間。

忍のごとき静けさでその背に隠れていた人型のシルエットが、全貌を現した。

〈……ふっ!!〉

力強い吐気とともに飛翔姿勢を取る、紫の超人――グリッドナイト。

ゴルドバーンとの合体でグリッドバーンナイトと化していた彼は、眼下の街から飛来する対空砲火の光弾を縦横無尽に飛翔して回避。一直線に降下してドムギランに急迫すると、翻弄するように周囲を飛び回って翼や自らの拳足で斬りつけていく。

とどめに浴びせた渾身の一蹴りの反動でゴルドバーンと分離したグリッドナイトは、未だ立ち上がれずにいるグリッドマンの前に庇い出るように着地した。

〈ありがとう。いつも君に助けられてばかりだな〉

〈こんな所でやられてもらっては困るぞ。お前を倒すのは……俺の宿命だからな〉

グリッドマンの感謝に涼しげに返すと、グリッドナイトは油断なく眼前の怪獣を見据える。

「あれって!」

「……アンチ君、だよね!」

内海のみならず、緊迫に強張り続けていた六花の声にも、やっと幾許かの喜色が宿る。

「ああ、そうだ――グリッドナイトだ!!」

興奮を隠しきれない内海。

グリッドナイトは六花や内海たちの世界、さらに蓬や夢芽たちの世界と、二つの世界に現れ危機を救った超人。これほど心強い救援者はいない。

「いつも遅れて来やがって……」

レックスは悪態と裏腹に口端を吊り上げ、サングラスのブリッジを指で押し上げる。

「隊長、ゴルドバーンも一緒ですよ!!」

「ああ!!」

ちせは久々に見るゴルドバーンの勇姿に歓声を上げ、レックスも嬉しそうに頷いた。

「我々もグリッドナイトに続くぞ！」

マックスの号令の元、キャリバーとボラー、ヴィットがジャンクの前に歩み出た。

「アクセスコード……グリッドマンキャリバー！」

「アクセスコード、バトルトラクトマックス!!」

「アクセスコード！　バスターボラーッ!!」

「アクセスコード――スカイヴィッター」

四人の身体が同時に光と化し、ジャンクの中へと吸い込まれてゆく。

「のえええええええええっ！　この人たちもパソコンの中に入ってってたっすよ！　どうなってんす――」

ちせが驚いている間に、レックスはサングラスを外し素顔を露わにして叫ぶ。

「アクセスコードッ！　ダイナレックス!!」

そして先行した四人の後を追い、ジャンクの中に入っていった。

「うあああああああ！　隊長までもが!!」

後ろで言葉もなく唖然としている暦の分もまとめてとばかり、ちせの仰天は頂点に達したのだった。

蓬たちの世界でガウマとして戦っていた際には、【アクセスモード】のコールをトリガーに自身の乗機・ダイナダイバーに搭乗していたレックス。

彼はキャリバーたちと同じコールで変身したことで、名実ともに新世紀中学生となったことを示したのだ。

戦場と化した夜の街に、まさしく戦端を斬り開くように、グリッドマンキャリバーの黄金の切っ先が現れ出でる。

〈すでにジャンクは調整してある。全員で出動できるはずだ〉

先行してパサルートのゲートを抜けて戦場へ到着したキャリバーが、ドムギランを斬りつけざまに反転しながら仲間たちへと呼びかけた。

かつて新世紀中学生の中で一番先にグリッドマンと合流したキャリバーは、グリッドマンが万全の力を発揮できるようにジャンクを最適化した。

キャリバーはその風貌に似合わずコンピューターのカスタム能力に長けており、今回も事前にジャンクを調整していた。ちせたちがグリッドマンと世間話をしているような時も、彼がジャンクを黙々といじっていたのはこのためだったのだ。

とはいえ全員出動でジャンクの処理性能を圧迫し起こる出動干渉は、過去にも度々問題になった。それについてはアシストウェポン各機が出力を抑えることで回避できる。

今回キャリバーがジャンクに施した調整は、新たな仲間の分がジャンクに与える負荷を軽減するためのものだった。

〈全員、ね……。この感じ、久しぶりじゃない？〉

スカイヴィッターに変身したヴィットが、懐かしむように空へ亜音速の軌跡を描く。

そのキャノピーには、不気味に紅く輝く月が映しだされている。

高空を飛翔しながら機体前面の砲口から光弾を連射し、さらに全砲門から一斉発射するアンプレーザーサーカスで、追尾性レーザーの雨を降らせていった。

〈グリッドマンのエネルギーには限界がある。遊んでいる時間はないぞ〉

バトルトラクトマックスに変身したマックスは、二門の主砲を連続発射するタンカーキャノンで弾幕を張る。

〈そんなら、さっさと合体して片付けようぜ!!〉

ボラーはバスターボラーに搭載されたミサイルポッドからバスターミサイルを発射、ドムギランの全身に着弾させていく。

〈よっと!〉

四機のアシストウェポンの援護攻撃でドムギランが後退させられたところへ、パサルートのゲートを抜けたダイナレックスが地響きを上げて降着した。

〈さあ！　これで揃ったぜ、大将!!〉

グリッドマン、グリッドナイト。

ダイナレックス、グリッドマンキャリバー、バトルトラクトマックス、バスターボラー、スカイヴィッター。そして、ゴルドバーン。

二人の超人と一体の怪獣、さらに五機のアシストウェポンが、空前の揃い踏みで並び立つ。

〈全員で力を合わせて、あの怪獣を食い止めるぞ!!〉

〈〈〈〈〈おうっ!!〉〉〉〉〉

グリッドマンが勇ましく呼びかけ、グリッドナイトを含めた全員が力強く応える。

黄金の竜怪獣・ゴルドバーンの雄叫びが金色の光となって天に迸り、ダイナレックスをダイナソルジャー、ダイナウイング、ダイナストライカー、ダイナダイバーの各機に分離。合体のフォーメーションを形成する。

その光の中で出力調整（フィッティング）を果たしたグリッドナイトの胴体に、腕に、脚に——分離変形したダイナレックスの各部が、鎧（よろい）のように装着されてゆく。

ゴルドバーンがさらなる胸部装甲として加積され、雄々しく翼をはためかせる。

そして炎の巨砲・ダイナミックキャノンが、右肩に連結。

最後にグリッドナイトは、黄金の冠を厳かに戴くようにしてヘッドパーツを装備した。

背中の翼から吹き出したエネルギー光波がマント状になってたなびき、夜空を照らすオーロラとなる。

四機のアシストウェポンとグリッドマンもまた、合体フォーメーションを開始した。

スカイヴィッターのメインボディが左右に割れ、グリッドマンの脚部装甲に。

同じく左右に分離したバトルトラクトマックスが、両腕装甲に。

そしてバスターボラーが胸部装甲として合体し、シャフトで伸長させたキャタピラユニットで背面を武装。ツインドリルが肩上に突出する。

分離したスカイヴィッターのコックピットから短翼部が腰へと備え付けられ、長大な一本角を起こしたバスターボラーのヘッドギアを被る。

最後にグリッドマンキャリバーの巨大な鍔（つば）・アックスブレードが外れて盾状にオープンし、さらなる堅牢（けんろう）さをもたらすべく胸に合着する。

鍔（つば）を外したグリッドマンキャリバーを力強く握り締め、凛々（りり）しき眼光が刀身に反射した。

全てのアシストウェポンで総身を鎧（よろ）いし、グリッドマンの全力形態。

〈〈〈〈超合体超人！〉〉〉〉

その名をグリッドマン、キャリバー、マックス、ボラー、ヴィットが。

騎士（ナイト）が重厚なる鎧（よろい）を総身にまとい、騎士王（カイゼル）へと至った姿。

〈超合体竜王！〉

その名をグリッドナイトとレックスが。

夜空を己が光で燦然（さんぜん）と照らし、同時に名乗り上げた。


〈〈〈〈フルパワーグリッドマン!!〉〉〉〉

〈〈カイゼルグリッドナイト!!〉〉


全合体を果たした両雄。その気高く勇然とした威容に、ジャンクの前は驚嘆に包まれる。

「グリッドマンだけじゃなく、グリッドナイトも合体した……!!」

しかし驚いているのは内海（うつみ）だけではなく、暦（こよみ）も同様だった。

「ガウマさん自身が、ダイナレックスになっちゃった……！」

「きっとこれが、今の隊長たちとゴルドバーンの力なんすよ!!」

自分の友達が、今もガウマたちの心強い仲間として活躍している。その感激が、ちせの満面に笑みを輝かせた。

ドムギランは全身から迸(ほとばし)らせた稲妻を両掌(りょうしょう)に束(たば)ね、フルパワーグリッドマンとカイゼルグリッドナイト目掛けて一気に撃ち放った。

爆煙を突き破り、カイゼルグリッドナイトは空高く飛翔。フルパワーグリッドマンは猛然と走りだし、二人はなおも暴れ狂う稲妻の中怪獣目掛けて突き進む。

〈ツインドリルブレイク!!〉

フルパワーグリッドマンが両肩のドリルを発射。直撃したドムギランがつんのめったところへ、稲妻のお返しとばかりに胸から光線を発射する。

〈ブレストスパークッ!!〉

そして間髪置かず、大上段に構えたグリッドマンキャリバーを振り下ろした。

〈でぇぇぇいっ!!〉

しかしドムギランは突き出した手で力任せに刀身を摑(つか)むと、そのまま剣ごとフルパワーグリッドマンを投げ飛ばした。

〈ぐあっ!!〉

追撃しようとするドムギラン。カイゼルグリッドナイトがそうはさせじと背後から組み付く。

〈ふんっ……やあああああああっ!!〉

そして逆にドムギランを投げ飛ばし、反撃で放たれる光弾を躱（かわ）しながら跳躍した。

〈カイゼルナイト……！　ダブルサーキュラーッ!!〉

カイゼルナイトサーキュラーは、ダイナセイバーの出力を上昇させて放つ超巨大光輪。だが今回カイゼルグリッドナイトは、径を抑えるのと引き換えに左右の手それぞれから二つの光輪を形成した。自身の身体を潜らせてX字（クロス）にまとわせ、攻防一体の突撃技としてアレンジ。光弾を弾き飛ばしながら突撃した。

ドムギランは両手の爪で受け止め、両者の間に激しい火花が散る。

〈ダイナミック……！　ファイヤ――――ッ!!〉

膠着（こうちゃく）の隙を逃さず、レックスが右肩に搭載した灼熱（しゃくねつ）の巨砲を撃ち放つ。

大爆発にひるむドムギランに、体勢を整えたフルパワーグリッドマンが手四つで組み付き、顎（あご）先へと渾身（こんしん）の膝（ひざ）蹴りを見舞った。

〈でえいっ!!〉

大きくたたらを踏みながらも、ドムギランはフルパワーグリッドマンの足首を掴（つか）み、凄（すさ）まじい膂力（りょりょく）で地面に叩きつけた。そのまま拘束を解かずに今度はカイゼルグリッドナイトに叩きつけ、ついにはもう片手でカイゼルグリッドナイトの足首までも掴んだ。

三〇万トンを超える超重量を片手でそれぞれ二人持ち上げ、タオルも同然に振り回して叩きつけ合う理不尽に、周囲のビルは、地面は、為す術なく巻き添えを食って崩壊していった。

両者を散々振り回し、叩きつけ合った後……ドムギランは、子供が玩具に飽きたように唐突に放り投げる。

〈〈うわああああああああああ――――――っ!!〉〉

背後のビルを次々に倒壊させながら、フルパワーグリッドマンとカイゼルグリッドナイトは吹き飛んでいった。

赤と青と黄――夜空に妖しく輝く、色の異なる三つの月に見下ろされながら。

〈全砲門、敵怪獣を捕捉。発射します!!〉

上空に待機していた戦艦サウンドラスも、グリッドナイトたちの窮地に反応。搭載火砲を一挙に解放し、直下の怪獣目掛けて照準した。

しかしドムギランはその巨体からは信じられないほどの俊敏な回避運動で、正確な狙いで驟雨のように降り注ぐ光線を躱していく。

さらには周囲に建ち並ぶビルを蹴って飛び跳ね、パルクールめいた体術を披露。

ついに一条の光線も被弾せず、四つん這いで道路に着地した。

その四つん這いの体勢からクラウチングスタートで大地を蹴り、立ち上がったフルパワーグリッドマンとカイゼルグリッドナイトへ突進するドムギラン。

〈〈でやあっ!!〉〉

両者はカウンター気味に同時にキックを炸裂させ、駄目押しに同時にパンチを叩き込んでドムギランを弾き飛ばした。

そこまでされてもドムギランは意にも介さず、猿のように身を翻して高層ビルの上に飛び乗ると、額の発射口から巨大な光線を撃ち放った。

胴体に強靱な装甲を誇るゴルドバーンを装着しているカイゼルグリッドナイトが、バリアーを買って出るようにフルパワーグリッドマンの前に身を躍らせる。

〈〈うわああああああああああああああああああああああああっ!!〉〉

しかしほとんど堪えきることができず、二人は延々と道路を抉りながら吹き飛ばされていった。

爆炎に没したフルパワーグリッドマンとカイゼルグリッドナイトのパワーシグナルが、同時に点滅を始める——。

凄まじいまでの怪獣の強さだった。

最強の超人と騎士を一挙に相手取り、全く退かないどころか逆に圧倒し始めている。

多彩な光線技、優れた格闘能力、突出した体術、堅牢な肉体。

ほとんどの怪獣にいずれか一つでも備わっていれば十分強敵であろうそれらの特性を、ドムギランは満遍なく備えている。

フルパワーグリッドマンやカイゼルグリッドナイトが仲間と力を合わせることで実現してい

る総合能力を、怪獣ドムギランはいわば単騎で為し得ているのだ。

グリッドマンの力の根源たるジャンクは、調整を施された上でなお、負荷の限界を迎えていた。

上部の回転灯が赤く点灯してアラームが鳴り響き、筐体のいたるところから火花と煙が噴き出し始める。

「わあっ!!」

「あっぶなぁ！　な、なんか壊れた!!」

ちせと暦がたまらず身を丸めるが、六花は臆さずにジャンクの画面に顔を寄せた。

「いや、たぶん大丈夫です」

「え？」

不安げに尋ね返すちせ。

この現象を、六花と内海は何度も見てきた。ジャンクの火花はいわば、グリッドマンの苦戦の証。

しかしこの負荷が極まり、戦いでジャンクが完全に壊れたことは一度もなかった。

〈そう、大丈夫。俺たちは、まだ負けてない……!!〉

裕太の振り絞るような声が、画面から聞こえる。

もはやジャンクの画面に映る全てが炎に覆われるほど街の破滅が酸鼻を極める中、二つの影が火中で揺らめいた。

「そうだよな。グリッドマンは、いつも勝ってくれるもんな!!」

そして内海(うつみ)の信頼に、グリッドマンが力強く応える。

〈ああ、もちろんだ……!〉

どんなに敵が巨大でも、逃げずに立ち向かう——。

グリッドマンが裕太(ゆうた)に贈った言葉だが、それは何も恋のアドバイスだけのものではない。

グリッドマンの生き様そのものであり、信念でもある。

ジャンクが戦いの負荷で壊れたことは一度もない。何故ならグリッドマンはどれほど苦戦しても絶対に諦めず、怪獣との戦いに勝利してきたからだ。

ドムギランは全身から紫電を迸(ほとばし)らせながら、両雄に止(とど)めを刺そうと猛走。フルパワーグリッドマンとカイゼルグリッドナイトも、真っ向からそれに突っ込んでいった。

ドムギランが額から光線を放った瞬間、カイゼルグリッドナイトは左腕を眼前にかざし、タイヤ状のパーツからエネルギーを噴射して防御力場(シールド)を形成した。

〈〈はあああああああああああああああっ!!〉〉

光線と光膜が拮抗(きっこう)し押し合う中、フルパワーグリッドマンも一緒に力を込めて膠着(こうちゃく)を破る。

吹き飛ばされたドムギランにパンチを叩き込み、受け止めた手の平ごと顔面を殴りつけた。

そこへフルパワーグリッドマンの背を跳び箱にカイゼルグリッドナイトが跳躍。

〈バーストミサイルキ――ック!!〉

レックスが脚部ミサイルハッチを開け、ミサイルを発射しながら蹴り込んだ。ダイナゼノンに搭乗していた時からの、彼の得意技だ。

たまらず吹き飛び、地面に爪を突き刺して何とかブレーキをかけるドムギラン。

〈〈とうっ!!〉〉

空高く跳躍し、フルパワーグリッドマンはグリッドマンキャリバーを。

カイゼルグリッドナイトは、右肩のダイナミックキャノンを。

今こそ一気呵成に攻め込む時と、両雄は互いの最強武器を交換。それぞれの手に装備した。

まずは交換したダイナミックキャノンを手持ちに構えたフルパワーグリッドマンが先行。癇癪を起こしたようにドムギランが連射する光弾を掻い潜り、腹に強烈なキックを見舞う。

さらにフルパワーグリッドマンは、空中でドムギランそのものを足場に踏みしめた。そしてその鼻先に砲口を突きつける。

〈くらええおらああああああああああっ!!〉

ダイナミックキャノンに制御として移ったレックスは、撃っても撃っても撃ち足りないとばかりに吼え猛り、発射方法を火炎弾の連射に切り替えて乱れ撃ちした。

防御行動や反撃を試みる前に、零距離で次々と火炎弾が炸裂していく。自身のお株を奪われた連射に為す術なく、ドムギランは連鎖爆発に呑み込まれていった。

カイゼルグリッドナイトは手に馴染む大剣を固く握り締め、ドムギランに急迫する。

怪獣アンチは、グリッドマンを倒すために新条アカネが創った。それは彼女が必殺光線対策を施した怪獣を、グリッドマンキャリバーで撃破されたことがきっかけだった。

どんな手を出してくるかわからないグリッドマンには、自ら考え学習する怪獣をぶつけるべきだと新条アカネは考えたのだ。つまりアンチの誕生は、キャリバーに大きく起因している。

その宿因ゆえか、アンチはキャリバーと何度も直接刃を交えた。一方でアンチが自分の存在に迷い始めると、キャリバーはそれとなく彼を助けるようにもなった。

そんな数奇な縁で結ばれた剣士に今、カイゼルグリッドナイトは全幅の信頼を寄せて呼びかけた。

〈――お前の力、使わせてもらうぞ!!〉

〈大いに振るえ！　カイゼルグリッドナイト!!〉

カイゼルグリッドナイトは金色の刃を高々と掲げ、まさしく存分に振るい閃かせた。

〈でやああ――――――っ!!〉

ドムギランに、黄金の斬線が刻まれていく。

一条の斬線が消える暇すら与えずに重ねられる二の太刀、三の太刀。瞬きの間に一〇〇を超え、光の剣閃が夜空に幾何学模様を描く。

爆煙すらも断面が直線に断ち割れるほどの、神速の斬撃。ドムギランは吹き飛ばされながら、吐血のように赤黒い巨大な光線を額から撃ち放った。

〈息を合わせるぞ、グリッドマン!!〉

〈ああ！　ともに決める!!〉

空を滑りながら光線を躱し、両雄は手にした武装に全エネルギーを集束させながらドムギランへと飛翔する。

バラバラに攻撃していては、この怪獣に決定打は与えられない。

全合体した二人の力を、さらに一つに束ねてぶつける——武器を交換したのは、力の結び付きを強めるための賭けでもあった。

ダイナミックキャノンの砲口とグリッドマンキャリバーの切っ先が、ドムギランの胴体へと叩きつけられる。

〈〈グリッドォォ……!〉〉

グリッドマン、グリッドナイトが残された力を振り絞り、

〈〈〈〈ダブルパワー……!〉〉〉〉

レックス、キャリバー、マックス、ボラー、ヴィットもそれに続く。

〈〈〈〈〈〈フィニィ————ッシュッ!!〉〉〉〉〉〉

フルパワーグリッドマンとカイゼルグリッドナイトは、束ねた全エネルギーを一気に解放。

二色に渦を巻く巨大な光線の奔流に、ドムギランは雄叫びもろとも呑み込まれていった。

かつてない強さで暴威を奮った怪獣は、二大超人の気迫の前についに屈伏。空に巨大な爆華を咲かせたのだった——。


「おっしゃ！　さっすがグリッドマンとグリッドナイト!!」

ジャンクの前で、内海が拳を握り締めて快哉を叫ぶ。

「やっぱり勝ってくれましたねっ!!」

「ああ！」

ちせと内海は満面の笑みで喜びを分かち合い、六花も心からの安堵で口許を緩ませた。

その場の誰もがグリッドマンたちの勝利に歓喜した、まさにその瞬間だった。

〈うあああああああああああ…………!!〉

あとは街をフィクサービームで修復し、凱旋するだけだったグリッドマンの——血を吐くような苦悶の声が轟いた。

六花と内海、夢芽、暦とちせは、その刹那の惨劇を余さず目撃してしまっていた。

激闘を終えた勝利の残心を輝かせ、眼差しで互いの健闘を讃え合っていたフルパワーグリッドマンとカイゼルグリッドナイト。

そのほんの一瞬の心の緩みを突き、フルパワーグリッドマンの背後から白刃が閃いた。

鮮血のようにほとばしる光の下。フルパワーグリッドマンの胸からは、五指で形作った刃――手刀が生えていた。まるで、身体の内側から飛び出してきたかのように。

百舌鳥の早贄のように掲げられ、力なく四肢を投げ出すフルパワーグリッドマン。その総身を鎧うアシストウェポン各機の輪郭がぶれ、ピクセル状に霧散していく。

残されたグリッドマンの本体も、間を置かず同じように消滅していった。

「あれは……!!」

消えたグリッドマンの背後から現れた下手人の全容に、内海は驚愕する。

「グリッド、ナイト……!!」

長い長い旅路の途中の旅人のように全身にくたびれた布きれをまとわせたその巨人は――グリッドナイトだった。

〈なにっ!?〉

この事態に最も驚愕したのは、誰あろうカイゼルグリッドナイト本人だ。

合体前の自分と同じ姿をした者が突如として現れ、しかもグリッドマンを躊躇なく葬り去ったのだから。

カイゼルグリッドナイトの驚愕が連鎖したジャンクの前の面々にも、異変が起こり始めていた。

「なんで！　ナイトさんが二人もい　るん　　す　　」

ジャンクを指差すちせの身体が、先ほどのグリッドマンと同じように輪郭を激しいノイズで乱し、身体がピクセル状に解けてゆく。

そして彼女の声は正常に再生できなくなった古いカセットテープのように歪み、途切れ、ぶれて……ついには消えた。

「うっ!?」

目の前で起こったことに理解が追いつかない内海。

「ちせええええええ　ええ　　え　　　」

暦はちせの身に起きた異変と全く同じことが自分の身体にも起きているとは気づかず、ただ彼女の身を案じながら、その絶叫もろとも消滅した。

「はっ……あ……!?」

まさかと思い、咄嗟に夢芽を振り返る六花。

「え　っ　　……　　」

夢芽に至っては、自分の身体がぶれていく様を呆然と見下ろしながら、何が起こったのかわからないという表情で消えていった。

上空からグリッドマンたちを援護していた戦艦も。・・・自分自身の凶行を目の当たりにしてただ愕然と立ち尽くすカイゼルグリッドナイトも――為す術無く消滅してゆく。

全ての終わった戦場。ボロ布をまとったもう一人のグリッドナイトだけが、夜闇に溶け込むように静かに佇んでいた。


言葉を失う六花と内海の前で、ジャンクの画面から光が飛び出してきた。

光は裕太の形を取ると、膝をついたまま立ち上がることもできずに息を荒らげる。

「裕太、大丈夫かよっ!!」

「う……うん……」

内海が駆け寄って肩を抱き留めるも、裕太は声を返すので精一杯だった。

裕太の無事に安心する六花だが、彼を見つめるその表情は強張ったままだ。

以前、怪獣との戦いでフルパワーグリッドマンが大きなダメージを受け、強制的に合体が解除されたことがあった。その時に新世紀中学生の面々が摘まみ出されるようにしてジャンクから飛び出てきたのを、六花と内海は見ている。

だが今回は、誰一人としてここに戻って来る気配はない。画面で見ていたとおり、新世紀中学生たちも完全に消えてしまったのだ。

ここで六花たちと一緒に戦いを見守っていた、夢芽たちと同じに。

苦しんでいる裕太に尋ねてよいものか迷いながらも、六花は恐る恐る声をかけた。

「ね……ねぇ、みんな消えちゃったんだけど、どういうこ――」

「これから聞かせてやる」

毅然とした声が六花の言葉を遮り、店内に響く。

咄嗟に店の入り口を振り向いた六花は、そこに立っていた人物の姿に思わず息を呑んだ。

「――――アンチくん……!?」

六花たちのよく知る、銀髪の幼い少年アンチ。

アレクシス・ケリヴとの最後の戦い以降、この街で一度も会うことがなかった……六花と内海が「グリッドナイト」の変身者として認識している、人間の姿をした元怪獣だ。

アンチは六花たちの記憶の中でつけていた医療用眼帯に代えて赤黒い眼帯を右目にしており、何より先ほどの戦いに乱入したもう一人のグリッドナイトと同じ、旅装束のようなマントで身体を覆っていた。

彼の背後には幼い少女、そして蓬の姿もある。ちせと暦、夢芽――別の宇宙からやってきた三人が忽然と姿を消したあとも、蓬だけは留まることができていたようだ。

オリーブ色のコートを羽織り、フードを頭にすっぽりとかぶったその少女は、裕太だけが面識を持つ『怪獣少女』。まだツツジ台が新条アカネの支配下にあった頃、その真実を裕太に語って聞かせた、謎多き存在だ。

しかし少女も蓬も、断固たる眼差しで正面を見据えるアンチとは真逆に、苦い面持ちで俯いている。

「本当にこれで……いいんだよね……？」

裕太は、多分に迷いを含んだ声でアンチに念を押す。


裕太が現実と夢幻の狭間で学校を彷徨い、階段から転げ落ちたあの時。

駆けつけた蓬に世界の異変を訴えている最中に、二人の前に黒い影が二つ出現した。

裕太をずっと悩ませ続けてきた幽霊が、ついにその正体を白日の下に晒す。

まさしく世界を超越するように、空間そのものをガラスのように砕き割って、アンチと怪獣少女が裕太と蓬の前に現れたのだ。

『お前がグリッドマンを救え、響裕太』

唐突にその〝使命〟を伝えながら。

演劇台本で「心ある怪獣」の存在を知っていたとはいえ、少なくとも今の裕太にとってはアンチも怪獣少女も初対面だ。取り込んだ人間を過去に閉じ込める怪獣・ガルニクスとの戦いで、ナイトの記憶にあるアンチの容姿を見知っていた蓬が一緒にいなければ、彼らを信用するのは難しかっただろう。

「……夢芽……」

しかしその蓬もまた、断腸の思いでアンチたちの言葉を信じ、行動したのだ。

裕太の言葉をアンチの背後で聞きながら、煩悶を噛み殺している。

「どういうことだよ!? グリッドマンを救えって!!」

その使命をあらためて聞かされ、矢も盾もたまらずアンチに詰め寄る内海。

内海にとって、グリッドナイトとはアンチだ。グリッドマンとともに戦い、そしてグリッドマンを急襲した張本人がいきなり現れてそんなことを言い出すものだから、理解できる限界を超えていた。

すでにアンチから状況を説明されていた裕太は、歯噛みしながら伏せていた面を、固い意思で跳ね上げた。

見上げるジャンクの画面には、在るべき者の姿はない。ただ末期の吐息めいて、砂嵐をさざめかせているだけだ。

「今の状況は――グリッドマンが原因なんだ」

最後に力なく一条の線を走らせ、ジャンクの画面は、ぶつりと消えてしまった。

KAIJYU DESIGN
GRIDMAN UNIVERSE
ドムギラン

# 第7章 宇宙

神がリセットすることもなく、グリッドマンがフィクサービームで修復することも叶わず。
怪獣の暴虐と、それを止めるための戦いで無惨に崩壊した街に、冷たい雨が降り始めた。

ジャンクショップ『絢』にやって来たアンチ、怪獣少女、蓬とともに、裕太と六花、内海は夜の街を歩き始めた。それぞれ傘を差しているが、怪獣少女だけはアンチが差した傘に一緒に入って歩いている。

やって来たのは亀傘公園——裕太たちが学校の帰りなどに立ち寄ることがあり、アレクシス・ケリヴに致命傷を負わされたアンチが目を覚ました場所でもある。そこで怪獣少女に助けられたことを知ったアンチはその大きな借りを返すため、以来二人で行動をともにしていた。

六花と内海は複雑な思いだった。かつて裕太にその存在を示唆されてもさして取り合わなかった、正体が怪獣な小学生ぐらいの女の子——怪獣少女が実在したのだから。

「なんでグリッドナイトが二人いたんだよ!?」

公園内の遊歩道を歩きながら、内海は声に苛立ちを滲ませた。わからないことがあるのは六花も同様だ。

「それだけじゃなくて、なんでみんなも消えちゃったの？」

「彼らはこの街の存在じゃない」

「言ったとおり、グリッドマンが原因だ」

怪獣少女は六花の、アンチは内海の疑問にも合わせて答えた。

しかし今さら言われずとも、六花も夢芽（ゆめ）たちが別の世界からやって来たことは知っているし、答えになっているようでなっていない。怪獣少女はさらに話を続けた。

「そう。グリッドマンが生み出したいくつもの宇宙――『グリッドマンユニバース』が原因なんだ」

「グリッドマン、ユニバース……？」

内海が怪訝（けげん）な面持ちで反芻（はんすう）する。六花もその疑問に続いた。

「グリッドマンが生み出した、宇宙？」

「グリッドマンは元より形のない生命体なんだ。グリッドマンの姿は人間が作り出した存在。人間と関わったことで、グリッドマン自身も創造できる力を得ていても不思議じゃない」

「グリッドマンが宇宙を創れる……？」

怪獣少女が語ることのスケールの途方も無さに、言葉を失う六花。

「そんなこと、出来ちゃっていいの？」

内海に至っては、もはや苦笑を禁じ得なかった。

このツツジ台が一人の少女によって創られたと知っている二人ですら、にわかには信じられない。街や世界どころか、宇宙そのものを創造するとは——それはもはや、神の領分すらも超越した行いに思えるからだ。

しかしこれは話の前提であり、可能かどうかを論じる部分ではないらしい。

一同は公園内にある屋根つきの休憩スペースに辿り着き、怪獣少女は話を進めた。

「ある時からこの宇宙は、グリッドマンに呑み込まれたみたいなんだ」

ここで内海は、さらに疑問をぶつけた。

「いや、普通にグリッドマンはいたじゃん」

グリッドマンが宇宙を創った云々の真偽は定かではないが、少なくとも内海はこの世界でグリッドマンが戦う姿を見ているのだ。

掃除機の中に吸い込まれてしまった人間がいたとして、内側からその掃除機の外見を目にできないのが道理ではないか。

アンチはおそらく腹ごしらえだろう、総菜パンのスペシャルドッグをマントの奥から取り出しながら説明し始めた。

「俺が倒したのは、この宇宙内にあるグリッドマンの意識だ。今グリッドマンの身体は形を失い、俺たちがいる宇宙と合体している状態だ」

「グリッドマンによって創られた他の宇宙も、この街へ集められた。つまり次元単位のビッグクランチじゃなく、グリッドマンの合体能力の拡大でマルチバースが重なってしまったんだろうね」

怪獣少女が推論を重ね、アンチもさらに続ける。

「俺がグリッドマンの意識を強制的にシャットダウンしたことで、奴らは消えた。あるべきこの街の姿へとリセットされたのだろう」

二人の話が難解すぎて漠然としか理解できないが、六花や内海も自分なりの解釈を試みた。

ビッグクランチはこの宇宙の終焉仮説。宇宙そのものが起こす現象。

これまでは自分たちの宇宙に異変が起こり、グリッドマンを含めた自分たちに影響が出ていると考えていた。

実は、ある意味逆だった。グリッドマン自身が宇宙そのものを侵食し、さらに他の宇宙――マルチバースも強制的に合体させてしまったということだ。

さながら、ボラーたちとグリッドマンが合体してフルパワーグリッドマンになるように、宇宙そのものと化してしまったグリッドマンが他の宇宙とも強引に合体してしまった状態が、裕太たちがいる世界に起こっている現状なのだ。

アンチ――グリッドナイトがグリッドマンの『意識』を倒したことで、力尽きたフルパワーグリッドマンが強制的に合体解除してしまうのと同様に、他の宇宙との結合が解けてしまったのだ。

多分、そういうことなのだろう。いつも大雑把だがわかりやすく結論をまとめようとするボラーの有り難みが、今になって身に染みる内海。

が、そう解釈するとまだ解せないことはある。

「……でも蓬くんは消えたりしてないじゃん」

内海は蓬を見やりながら尋ねる。合体解除されたパーツに喩えられた別宇宙の存在である蓬が、今もこうして自分たちと行動をともにできていることがおかしい。

その点についても、怪獣少女には心当たりがあった。

「リセットの最中、私たちは一緒にいたんだ」

「俺たちが異変に巻きこまれなかったのは――これのおかげだろう」

スペシャルドッグを食べ終わったアンチは、そう言って左の袖をまくり上げた。

そこには、内海や六花が一度だけ見た覚えのある、裕太がしているものとは別の見た目をしたアクセプターがあった。

「かつて一度だけアクセスフラッシュした際に、残されたものだ」

これは記憶を取り戻したグリッドマンが、別たれた自分の一部たる新世紀中学生――キャリバー、マックス、ボラー、ヴィットにもそれぞれ渡した、真の姿にアクセスフラッシュするためのアクセプター。

その際、グリッドマンの力をコピーしてグリッドナイトになった影響か、瀕死のアンチの左腕にも装着されたのだ。

アクセプターの影響下にあったこと以外にも、蓬がこの世界に残っている理由があると怪獣少女は推察した。

「君は怪獣との結びつきが強そうだね」

「でも夢芽たちが消えたということは……俺たちがいた世界は、全部グリッドマンから生まれたってことですよね。俺たちという存在も……」

動揺で険しくなった目許を傘に隠しながら、蓬は切々と不安を吐露した。

自分たちはグリッドマンの創った宇宙の住人。グリッドマンに創られた存在。

そんな御伽噺めいた現実を、にわかに受け止めきれるはずがない。

一同が一様に黙りこくる中、裕太が慰めるように穏やかな微笑みを浮かべた。

「それは俺たちも同じなんだよ」

「……？」

困惑する蓬に、裕太は自分たちの世界のあらましを説明する。

「俺たちのこの世界も、元々は新条アカネさんていう神さまに創られたらしいんだ」

「え……それって、呑み込めました？」

きまり悪そうに蓬が尋ねると、六花は軽く吹き出しながら肩を竦めた。

「今もよくわかんないよ？　作りものの人間って言われたこともあるし」

「別にいいんだよ、作りものでもさ」

吹っ切れたように断言する内海。彼や六花は、神に創られたこの街で、事実を知った後も何も変わらずに生活してきた。

ご飯を食べて、学校に行って、友達と遊んで、風呂に入って、眠って、朝を迎える。

何の問題もなく人間として生きているのだから、今さら自分のルーツを呑み込むも何もないのだ。

そう思えることそのものが、彼女たちの強さだった。

「そうだよ。君たちは事実ばかりを信じているわけじゃない。噂話から神話、国家や人々の繋がりなど――形のないものを、君たちは信じて生きているでしょ？　君たちはフィクションを信じる力でコミュニティを拡大させ、この星で進化し続けたんだ……」

怪獣少女の深遠な話を聞いて、裕太ははっとする。

内海がヒーローショーを観て泣いたのも、自分が演劇部の舞台を観て涙したのも、その瞬間、自分たちにとってその作りものの話は紛れもない現実だったからだ。

「君たちは虚構を信じることができる、唯一の生命体なんだ」

羨むような優しい声音で、怪獣少女は微笑んだ。

人間は虚構を信じ、そしてそこにある世界を信じる。

たとえば一人の人間が、家でテレビドラマを見ていたとする。

その人間が虚構の創作物と認識しているドラマが、実は自身を現実の住人だと思っている人間の世界と同じだけの広さを持った、一個の宇宙かもしれない。

逆に現実で小説を書いているつもりの作家が、実はとある創作物で小説家という役割を与えられただけの架空のキャラクターかもしれない。

あるいはパソコンという電子機器(コンピュータ)の中に、全く別の世界(ワールド)が息づいているかもしれない。それらがこの世全ての機械の数だけ存在しているかもしれない。

その全ての世界で、生命ある者が生きている。

虚構の生命であろうと、現実の存在と同じように生きている。楽しさや悲しさがあり、喜びや痛みもあるのだ。

それを知ったからこそ――神の少女は罪の意識に押し潰され、一度心を壊してしまったのだから。

「……宇宙がどこから生まれたとか、作りものがどうかとか……よくわからないですけど。自分が何をするかは、自分で決めてきたつもりです」

全てを納得しないまでもやるべきことを決心した蓬(よもぎ)に、六花は微笑みで同意を返した。

「だったらさ、私たちと一緒」

英雄めいた志で、壮大な何かに立ち向かうのではない。ただ自分でやると決めたことをしてきたからこそ、今の六花たちがあるのだ。もちろん、それは蓬も同じだった。

しかしグリッドマンを心から信頼する内海にとって、断じて納得できない点が一つだけあった。

「でもグリッドマンがこんなことを引き起こすなんて、考えられない」

グリッドマンに宇宙を創る力があったとして、それを合体ねてしまえばどんなことが起こるか、理解できないはずがない。

それぞれの宇宙に生きる人の生活が滅茶苦茶になってしまう。こうしている今も、また別のグリッドマンユニバースから迷い込んだ誰かが、元の生活に戻れずに途方に暮れているかもしれないのだ。

無論裕太も、その気持ちは同じだった。

「それは多分、グリッドマンの意志じゃない」

「……そう、何者かがグリッドマンを利用して、宇宙全体をグリッドマンの中に閉じこめた。おそらく大きなエネルギーを手に入れるために」

確信めいた推測を共有する怪獣少女。

「誰がそんなことを……」

「見つけだせばわかることだ」

当然の疑問を口にする裕太に、アンチの結論もシンプルだった。

「怪獣が現れたのも、グリッドマンの記憶を利用してこの宇宙内のカオスを加速させるため。閉じた宇宙内ではエントロピーが増大するから。あらゆる事象がカオスに偏っていたのは、そのせいかもね」

怪獣少女の説明を聞いて、裕太は自分に降りかかった異変を回顧する。

普通に日常を過ごしているつもりで、自分以外の誰もが別の何かに変わってしまったような違和感。

最後には今自分がいる場所も定かではない、時間の流れが意味を為さない、まさにカオスの極みと化していた。

そして六花にも、思い当たるフシはあった。

「……私たちの、台本みたいに？」

本来の物語から大切なものが消えて、数多くの要素が増えて、継ぎ足されて、重なって……無数の変化の果てに何とか完成を見た、自分たちの台本と同じだった。

「俺たちはグリッドマンの中での日々を過ごしていたから、その違和感に気づけなかったのか……」

内海も諸々の疑問に得心がいったようだった。

「響裕太。お前の体内のグリッドマンの情報の痕跡が、世界の異変に気づかせた」

自分たちが行動を始めた理由を打ち明けるアンチ。

「球技大会の日。バレーボールが当たったあの日、痛みがないことに気づいたんだ」

しかし裕太も、様々な違和感を覚えながらも強くは気にせず日々を過ごしていた。極まったカオスへの違和感が、自分の中で決定的なものに変わった時、何があった——。

裕太の脳裏に、黒衣の男の出現で愕然とする自分の背後で、身動ぎもせず黙りこくるグリッドマンが浮かんだ。

「……バレーボール……」

この世界であったことを全て記憶している六花にとって、バレーボールは苦い喪失の象徴だった。

自分のクラスメイトが、神さまの気紛れで消されていることをある日知った。初めて消えたことを認識したクラスメイトが、手にしていた物だったから。

アンチは、裕太に近づこうとする度に世界の修正力に阻まれていたと説明する。

「異変に気づいたお前に何度もコンタクトを試みたが、その接触は修正され続けた。グリッドマンユニバースのフィクサービームの作用だろう」

アンチはユニバースの内側と外側とを隔てる空間を突き破って裕太に接触しようとしたが、完全に貫く前にフィクサービームの修正力に阻まれ、失敗を続けた。

六花の兄のアパートの前。裕太の自宅の風呂場。買い出しの帰り。

裕太が幽霊だと怯えていた黒い影の正体は、彼に接触しようと試行錯誤していたアンチだったのだ。

「でも君の強い想いのおかげで、その壁を突破できた……」

「俺……？」

怪獣少女は裕太の耳元に口を寄せ、小声でそっと囁く。

「——告白。するんでしょ？」

またどんな難しい説明を受けるのかと思っていたところに不意打ちを受け、裕太は顔を沸騰させた。

「いやちょっと！　ねえ!!」

「ぐふふふふふふふふふふふ」

特徴的な笑い声が裕太を冷やかし、そして祝福するように雨空に響きわたる。

不思議そうに首を傾げ、反射的に裕太へ視線を向ける六花。

蓬は裕太の反応を見て、どんなことを言われたのかを察した。それまで険しい表情を崩せなかった彼がやっと目許を穏やかに緩め、裕太と六花を交互に見やったのだった。

グリッドマンは邪悪な何者かに利用され、今も囚われている。

アンチと怪獣少女が出会い頭に「グリッドマンを救え」と裕太に言ったのは、そういう理由だったのだ。

裕太と六花、内海、蓬は、自分たちがこれから何をすべきなのかを理解し合った。

――だがそれは、その何者かにとって好ましくない事態のようだった。

束の間の微笑ましい空気が、街を襲う激震によって破断される。

「また怪獣がっ!!」

公園の奥の街並みを振り返り、内海が驚愕する。巨大な怪獣が、殆ど間近に出現していた。

まるでアクセプターから頭と四肢が生えたような、異様な……そして象徴的な怪獣だった。

頭部からは癒やしの光線・フィクサービームの粒子が鉱物化したような、棘張った傘状のパーツが突き出ている。

グリッドマンの力を利用して創られた怪獣であることが、今まで以上に色濃く顕れたフォルムだった。

「どんどん増えてない?」

六花の言うとおり、全く同じ見た目の怪獣が二体、三体と増殖していく。さらに恐ろしい事実に気づき、蓬が叫んだ。

「こっち来てる!」

怪獣は間近に出現したどころか、明らかに自分たちを目指して移動してきていた。

「今、私たちがイレギュラーだから狙われてるね……。ナイトくん!」

「はい!!」

怪獣少女の要請に応え、アンチは変身する。先の戦いでグリッドマンを攻撃した方のグリッドナイト——マントを羽織った姿だ。

グリッドナイトは裕太たちをその巨大な手の平に乗せ、街を走りだした。

「私たちまでやられてしまったら、グリッドマンを救い出せないよ」

「じゃあ、グリッドマンを利用している奴を見つけ出せば……!!」

焦燥の滲んだ声で鼓舞する怪獣少女に、蓬が叫ぶ。

しかしその頃にはもう、怪獣は数え切れないほどにその数を増していた。

世界の仕組みに気づいてしまったキャラクターは、異物でしかない。

異物を排除する防衛システム。病原菌に殺到する免疫細胞。

その役目を担った群体の怪獣、【ノワールドグマ】——。

万物を修復する光を象った威嚇的なパーツを備えているのは、ただの悪質な皮肉ではない。

この怪獣群は事実、イレギュラーを修復する存在——実体を得たフィクサービームなのだ。

明確に攻撃意思を持って殺到してくる群体怪獣の只中を、グリッドナイトは懸命に走る。

さながら草原を大移動中の野生動物の群れに突っ込んで、逆走するかのような艱苦。速力に秀でたグリッドナイトをして、歯嚙みしながら天を仰がざるを得なかった。

〈空に逃げるしかない！〉

「飛べるのか!?」

グリッドマンやグリッドナイトは背中にブースターバックパックを備えているが、それは跳躍の補助や加速に使用するものであり、自在に空を飛ぶほどの推進力はない。

それを見知る内海が懸念するのも無理からぬことだった。

〈……仕方あるまい!!〉

いっときの逡巡の後、グリッドナイトはまとっていたボロボロのマントを脱ぎ捨てた。

グリッドナイトの身体が、光とともにそのシルエットを大きく変えていく。

それはグリッドマンを超えるという純粋な願いを得た時、アンチ自身が決別した——怪獣アンチの姿。その中でも、下半身が巨大ブースター状に変化した形態。

スカイグリッドマンに対抗するため怪獣アンチが進化した姿、スカイアンチだった。

高空に飛び立ってノワールドグマたちを振りきったものの、ただの一瞬たりとも安息は許されなかった。

「追って来てる!!」

眼下の輝きを目の当たりにして、内海が愕然とする。

ノワールドグマたちは四足歩行のまま羽ばたきも推進力の噴射もなく、当然のようにふわりと浮き上がると、光の帯となってスカイアンチへと殺到してきた。

夜空を鮮やかに翔ける紫色の光条に、橙色の光が我先に群がっていく。

〈敵の本体がグリッドマンユニバースの外側にいる以上、こちらから手出しできないっ!!〉

スカイアンチは急激な屈曲を繰り返して振り切ろうとするが、ノワールドグマは独りでに目標を追尾する機能が備わっているかのような執拗さで追いかけてくる。

「それって、どうしようもないってことじゃ……」

宇宙の外側に元凶がいるという途方も無い事実に、蓬が慄然と口にする。

とうとう、ノワールドグマは追尾するだけではなく光弾まで放ってき始めた。

〈そうではない。グリッドマンを救える方法はある……!!〉

スカイアンチは執拗に迫る追撃を掻い潜りながら、それを否定した。

〈うわあああああああああ!!〉

しかしついにノワールドグマの一体の攻撃を受け、為す術なく眼下のビル群の只中に没していった。

墜落しながらも手の平の裕太たちだけは何とかかばったスカイアンチだが、それでも衝撃は殺しきれなかった。

「いったぁ……」

六花、そして内海や蓬は、苦悶に呻きながら怪獣アンチの手の平の上で身を起こす。

「いってぇ……痛いけど、今はこの痛みがありがたいって思える……!!」

裕太は、身体に走る痛みを嚙みしめるようにして呟いた。

〈全員無事か……〉

「まずいね……囲まれている」

怪獣少女が周りを見ながら声を焦らせた。ノワールドグマはスカイアンチの四方を取り囲み、しかもじわじわと包囲網を縮めてきていた。

「逃げることしかできないなんて……」

せめてダイナソルジャーがあれば——蓬がもどかしげに吐き捨てる。

「いや……さっき、グリッドマンを救う方法があるって言いましたよね」

裕太は、自分たちを気遣って見下ろすスカイアンチの巨大な顔に向かって問いかけた。

〈ああ〉

「教えてください！」

ノワールドグマの一体が、傘状のパーツから光線を撃ち放ってきた。

スカイアンチは、裕太たちを両手で包むように庇い、間一髪でその場を飛び立った。直後、それまで彼らがいた場所が爆発し、大きく地面が抉れる。

〈響裕太……！　お前がアクセスフラッシュすれば、宇宙となったグリッドマンと合体できるはずだ！〉

またも空中に追いかけてくるノワールドグマたちを、全身の球体部から光弾を撃ち放って追い払いながら、スカイアンチは裕太に語りかける。

〈宇宙規模に拡大したグリッドマンを統合し、一つの姿に戻せれば勝機はある!!〉

「わかった、やってみる!!」

自分がグリッドマンとアクセスフラッシュすればいい――複雑な手順を必要としないシンプルな打開策に、裕太は安心して頷いた。

〈――しかし、お前がお前自身を失うぞ〉

「――え？」

直後に聞き間違いを疑うような恐ろしいことを口にされ、裕太は思わずスカイアンチを仰いだ。怪獣少女が、苦々しげに補足する。

「一個体に過ぎない普通の人間であるきみが、宇宙規模に拡大したグリッドマンと合体して、自我を保てるはずがないからね」

全宇宙。そこに住む全ての生きとし生けるもの、その膨大な自我をも内包している今のグリッドマンとたった一人の人間が一体化すれば、全てを共有することになってしまう。受け止めきれるはずがない。

海の真ん中に一滴の色水を落として、交じり合わずに残るなど不可能なのと同じに。

「裕太が裕太じゃなくなっちゃうのかよ！」

「そんなのっ!!」

内海と六花が悲痛な叫びを上げる。

そんなものは、方法があるとは言わない。

そんな無謀を、勝機とは呼ばない。

「――俺はやるよ。俺にしかできないことなんだろ」

しかし裕太は怖じ気の欠片も見せず、決然とそう言い放つ。

その決意を目の当たりにした蓬は、思考の奥で光が閃くのを感じた。

自分にしかできないこと。たとえダイナソルジャーが無くても、自分にできること――。

「裕太……」

内海は喉元まで出かかった言葉を呑み込む。

今回ばかりは違う、間違っていると否定したい。

犠牲になるかもしれない時と、犠牲になると確定している時。これまでと同じようで、決定的に違う決断なのだ。

「ジャンクに向かってください!!」

意志を曲げずにアンチにそう伝える裕太。

六花は苦しみを堪えるように瞼を震わせながら、彼の悲愴な決断にかける言葉を求めて吐息を彷徨させていた。

〈そうしたいところだが……な!!〉

ノワールドグマは一体がスカイアンチに体当たりした後、その背後から全ての群体が殺到して押し込んでいった。

〈くそお、時間切れだっ……!!〉

スカイアンチの額のシグナルが点滅する。

パワーダウンも相まって物量に押し切られ、スカイアンチは再び街中に墜落、道路に突っ込んだ。

並の怪獣よりも遥かに強い怪獣アンチが、逃げに徹することすらできない。

群体でありながら、一体一体も凄まじい強さの怪獣たちだ。

裕太たちは全員、陥没した道路の只中で這々の体でへたり込み、膝をついていた。

地面に激突する瞬間まで辛うじて変身を維持して裕太たちを守ったアンチだが、墜落の煙が吹き晴れる頃には人間の姿に戻り、大きく息を荒らげていた。

「大丈夫……!?　ナイトくん！」

「はい。しかし、もう力が……」

怪獣少女に身を案じられながら、アンチは悔しげに呟く。

その時裕太の左手のアクセプターがアラームを鳴らし、激しく点滅し始めた。

「光ってる……鳴ってる……」

内海は熱に浮かされたように思わず呟いていた。

「グリッドマンが、俺に呼びかけてる……。グリッドマンが、俺を待ってるんだ!!」

このＧコールは、ただ怪獣の出現を知らせるためのものではない。

本能的にそれを悟った裕太は、痛む身体を押さえながら静かに立ち上がった。

その決意もろとも噛み砕かんと、ノワールドグマの一体が大口を開けて裕太たちに突っ込んでくる。

瞬きの後に訪れる運命に絶望し、裕太たちが息を呑んだ、その瞬間。

蓬が庇うように一同の前に躍り出ていた。消えぬ傷痕の残るその右手が震えているのは、墜落の痛みのためではない。激しい葛藤に抗っているからだった。

「ごめん夢芽……！　これしかないっ!!」

怪獣目掛けて右の手を突き出す蓬。そして照準を定めるようにして人差し指と中指、薬指と小指を合わせたままV字に開くと、その奥から右目を覗かせる。

それは閉ざされた世界に自ら新たな視界を拓くような、ある能力行使のための構えだった。

かつて特別を手にした蓬は、それを拒んだ。人の世の理の外にある、あらゆる不可能を可能にする超常と繋がる力を手にしながら、その手で大切な人と手を繋ぐことを選んだ。

しかし今はこの危機を生き延びて、大切な少女ともう一度逢いたい。その人と一緒に歩く世界を守りたい。

そしてこの世界で出来た友達がいま、大変な決断をしようとしている。きっと、自分と同じ理由で。

だから蓬は――禁を破った。

「――インスタンス……！　ドミネーションッ!!」

決死の覚悟を湛えた双眸が、赤い輝きを灯す。

蓬たち全員を今まさに口腔に呑み込もうとしていたノワールドグマが、縫い止められたように動きを止める。

「蓬……くん！」

思わず身を丸めていた裕太たちが怖々と振り返る。僅か数十センチ先で怪獣が静止した異常事態に、言葉を失った。

「一体なにをっ!?」

「怪獣を摑んで、従属関係を構築している!?」

アンチと怪獣少女、怪獣についてある意味もっともよく識る存在である彼らをして、蓬の起死回生の能力行使は驚愕を隠せないものだった。

必死の形相で睨み付ける蓬の気迫に服従したように、ノワールドグマは反転。残りの群体目掛けて単身突っ込んでいった。

「怪獣を操っているというのかっ!!」

それを目の当たりにしたアンチは、確信したように叫んだ。

「今のうちだ……裕太！　グリッドマンのところへ行くんだろ！　ここは……！　俺が引き受けるっ!!」

全身を襲う凄まじい反動に耐えながら、蓬は血を吐くように叫ぶ。

赤光に染まった双眸が、自身の瞳と邂逅を果たした、その瞬間。

「――蓬っ！　みんなをお願い!!」

この世界に再び怪獣が現れた時と同じく、裕太はまたしても一瞬の逡巡もなく踵を返し、全力で走りだした。

六花と内海が、慌てて止めようと振り返る。

しかし横合いから凄まじい勢いで噴き出してきた爆煙が、裕太を追いかけることを阻む。

衝撃と煙に苛まれながら、内海が声を張り上げる。

「裕太っ!!」

そして六花はそれまで――裕太が再びグリッドマンと合体したあの日から耐えてきた全てのものが、とうとう決壊した。

変わらない友情と、変わりゆく想いが、彼の背にかける叫びの決定的な違いとなって雨空を震わせる。

「っ………ゆうたああああああああああああああああああああ!!」

遠ざかる背中がぼやけていく。

嗚咽(おえつ)に膝(ひざ)を震わせて雨に打たれる六花。

「……少しは迷ったりしろよ……」

その頬(ほお)を、一筋の雨粒が滑り落ちていく。

眼下の嘆きなど一顧だにせず、ノワールドグマたちは明確に走り去る裕太を標的に定めて走りだした。

「させるか!!」

蓬の操るノワールドグマが身を挺(てい)して肉の壁となるが、際限なく押し寄せる怪獣の怒濤(どとう)に踏み堪(こら)えきれず、道路を抉(えぐ)ってじわじわと後退させられていく。

「うわあっ!!」

操っている怪獣のダメージがフィードバックしたかのように、蓬は見えない何かに弾き飛ばされた。怪獣少女が慌てて駆け寄る。

「きみ、無理はいけないよ!!」

「で、でも……!!」

その無理をしなければ、瞬く間に命運が潰える——蓬は休む間もなく、ノワールドグマを操り続けるほかなかった。

■

降りしきる雨の中、裕太はジャンクを目指して必死に走り続けていた。

ノワールドグマから逃げているうちに、隣町にまで離れてしまっていた。学校から向かうのとは比べ物にならない遠さだ。

みな避難したのだろうか、街に自分以外の人の姿は見えない。あるいはカオスの極まった世界が、全ての生活音を奪い去ってしまったのかもしれない。

車が置き去りにされた車道を走って、走って、荒らげる息すらまばらになるほど必死に走って……。

怪獣の巨体をもってすればほんの散歩で済む程度の距離が、あまりにも遠い。

ふと、ある話が頭をよぎった。それは台本に書いてあったことだろうか。

それとも、七か月前に目を覚ました時に聞いた説明で触れられたことだっただろうか。

校外学習で隣町まで川下りに行った時、折悪くその渓谷に怪獣が現れてしまったため、ジャンクの元に行けなくて苦労したという話だった。

スマホが無かった裕太は、新世紀中学生に連絡を取ろうと公衆電話を目指して長い山道を走った。

後から駆けつけた内海(うつみ)が小銭を渡し、そして六花(りっか)が店の電話番号を伝えてくれて……無事に新世紀中学生がジャンクを台車に載せて、最寄り駅まで直接駆けつけたのだという。

友達や仲間がたすきを繋ぎ、グリッドマンの元へと辿(たど)り着くことができたのだ。

いま裕太は、誰の力も頼ることができず、孤独な道のりを走り続けている。

もう数キロメートルは全力疾走しただろうか。

裕太の決意に反旗を翻すように、脚がまともに動かなくなり始めた。

「ハァ……ハァ……！　ハァ、ハ、ハッ……ハァ……!!」

よろけて歩道の段差に躓(つまず)き、裕太は為(な)す術(すべ)なく倒れ伏した。

痛い。転べば痛い、当たり前のことだ。

立ち上がるために歯を食いしばろうとして、唇が震えてそれすらできないことに気づいた。

急がなければ。立ち上がらなければ。

街が……世界が……。

友達が……グリッドマンが……。

駄目だ駄目だと心が叫んでいるのに、身体がそれに応えてくれない。自分自身が別々の何かに別たれてしまったかのようだ。

ポケットに仕舞っていたビー玉が転がり落ちている。震える手を伸ばし、抱き締めるようにそっと握る。

自分の手から零れ落ちそうになった小さな希望を、せめて離すまいとするように。

彼方で聞こえる微かな地響きが耳朶を叩く度、現実感が希薄になっていく。まるで夢の中にいるようだ。

しかしその絶望的な地響きを断り裂くように、背後から轟音が迫ってきた。

バイクのエンジン音……裕太がそう理解した時。バイクは隣の車道を通り過ぎ、少し離れたところに停まったようだった。

アイドリング音に導かれて裕太が顔を上げると、車道の半ばに停まったバイクの運転者がこちらを振り向いた。

「きみ……大丈夫？」

そして雨の中わざわざヘルメットを脱いで、裕太のことを気遣ってくれた。

肩まで伸ばした髪に、長い顎髭。赤いライダースジャケットを着た青年だ。

避難中の人だろうか。しかし、不思議なほど落ち着いている。

親戚……知り合い……違う。

記憶を失った二か月の間に交流のあった誰か？　それもきっと違う。

戸惑いながら見つめていると、青年は快く提案してきた。

「乗っていくかい？」

裕太が藁にも縋る思いで弱々しく差し出した左手を、歩み寄ってきた青年は左手でしっかりと摑み、立ち上がらせた。

握り締める手の力強さに後押しされるように、裕太の膝にも生気が戻る。

バイクのリアシートに腰掛け、予備のメットを受け取る裕太。

ジャンクショップ『絢』という店名を告げた後、大まかな住所を伝えようとしたところで、青年はすぐに把握してくれた。

客として店を訪れたことがあるのかもしれない。一秒でも早く辿り着きたい裕太にとって、これは僥倖だった。

二人の乗ったバイクは、ジャンクへの道を走りだした。

■
▼

ガウマたちが生きていた五〇〇〇年前、『怪獣使い』は怪獣を操って国を守護する誉れ高き職務だった。才能を持つ限られた者が、長い訓練の果てに到達できる高みだった。

怪獣優生思想が操る怪獣がどれだけ戦いでダメージを受けようとも、彼らの身体に影響を及ぼさなかったのは、その訓練あってこそのことだ。

しかし蓬(よもぎ)は怪獣使いの資質があるとはいえ、訓練を全くしていない。

怪獣を「摑(つか)んで」、思考で操る——効率的な動かし方も力の配分も全くわからずに怪獣を操るなど、長距離走の初心者がペースを考えずいきなり全力で走りだすに等しい。

最後の戦いでガギュラを支配(ドミネーション)した時のようなほんの一瞬ではなく、才能だけで長時間怪獣を摑んで、あまつさえ戦わせるのは度外れた無謀だった。

蓬の操っていた怪獣が大きく跳ね飛ばされ、ビルの壁にその巨体を埋(うず)めた。

「うああっ……!!」

やはりフィードバックでふらついた蓬の身体を、アンチが咄嗟(とっさ)に抱き留める。

「お前、もうよせっ!!」

体力の低下も著しいが、蓬は怪獣と繋がりすぎている。

このまま怪獣が倒されてしまったら、蓬の生命そのものが危うい。

アンチは支配(ドミネーション)を解除するように説き詰めると、

「ここからは、足で逃げるしかないぞ」

悠々(ゆうゆう)と歩み寄ってくるノワールドグマの群体を前に、苦々しくそう吐き捨てた。

皆が一様に絶望的な眼差しで見上げる先で、群体は動く巨山めいて深い影を落とす。

足で逃げ切れる数と大きさでないのは、その場の誰もがわかり切っていた。

■

青年の運転するバイクが、ジャンクショップ『絢』の前へと到着した。

「ありがとうございました」

リアシートから降りる裕太に、青年が気遣いの言葉をかける。

「間に合いそうかい？」

「はい、多分」

「そうか！」

青年はメットのバイザーを上げると、嬉しそうに笑った。

「……ギリチョンセーフ、だね!!」

剽軽で腕白な少年が、純真さをそのままに大人になったような……気持ちのいい微笑みだった。

「それじゃあね」

「ありがとうございましたっ!!」

裕太が今一度深く感謝を伝えると、青年は再びバイクを走らせた。

けたたましいばかりのエンジン音は、しかし、雨音に溶けて清々しい旋律を奏でながら消えていった。

あくまで善意で送ってくれただけの一般人に過ぎない。そのはずだ。

運命と呼ぶほどに壮大でもなく、絆と言うほどに確固たるものでもなく。

偶然という名の小さな奇跡が、裕太をこの場所へ導いてくれた。

裕太の頭上でかすかに揺れている、か細い電線のように――ささやかな縁の糸が、確かな何かを繋いでいた。

呼吸を整え、裕太がジャンクショップ『絢』の入り口へと振り向くと――シャッターが閉まっているではないか。

「閉まってる、ウソでしょ……。なんでこんな時に……っ!!」

ここまで来たら、無理にでも中に押し入るしかない。

六花や六花ママには、後で謝ろう。裕太が覚悟を決めた、その時。

「きみ、何してんの…………えっ、誰!?」

店の裏からやって来た男性の向ける目は、明らかに不審者に対してのそれであった。

しかし裕太には、その男性に見覚えがあった。

「あーっ!!」

「なに!?」

アパートで一目見かけた時から、大学生の彼氏かと思ってずっとやきもきしていた人だが、やっと六花に正体を教えてもらったのだ。自分の兄だと。

つまり、この店の関係者だ。

「説明は後でしますからーっ!!」

「うおあっ……!?」

しがみつくように肩を摑まれ、六花の兄は気圧されて後退るのだった。


よろめく足を懸命に励まし、裕太は暗い店内を歩いていく。長く苦しい旅を終えたような疲弊に苛まれ、縋りつくようにジャンクを摑んで息を荒らげる。

しかし、本当の旅は……使命はこれからだ。

そんな裕太を、店の奥から見つめる二つの影があった。

「なに……あの変な人」

店に入れたはいいが今度は売り物を摑んでゼイゼイいっている少年を見て、六花の兄は不安げに自分の母を見る。

「だいじょーぶ。いい方向の、変な人だからー」

六花ママは何にも動じないマイペースな人で、その包容力でグリッドマン同盟や新世紀中学生を見守ってきた。

裕太が新世紀中学生と最後のアクセスフラッシュをして戦いに赴く時も、激励とともに彼らを見送った。

彼女にその時の記憶は無いはずだが……いま裕太を見つめるその目は、同じ優しさの光を湛えていた。

「グリッドマン……俺を呼んでるんだよな……」

六花の母と兄が見守る中。裕太は決然とした面持ちで左腕を構え、プライマルアクセプターに右腕をクロスした。

「アクセスッ……！　フラァ――――ッシュ!!」

グリッドマンの魂に届くようにとあらん限り叫んだ自分の声は、最後まで聞こえなかった。

テレビの電源を落とすようにブツリと、裕太の世界が闇と静寂に閉ざされたからだ。


無。

雑音も風景も絶無の、深い深い黒の中。

あまりにも現実離れした底抜けの暗闇に放り出されたせいか、裕太は自分の意識がはっきりとあることにさえ、しばらく気がつかなかった。

「え……？　あれ……？」

横を向こうが振り返ろうが、何もない。目を開けても瞑（つぶ）っても、何も変わらない。

「待って、何これ……」

無音に包まれ、前後左右、いや天地すらも認識できない無の中に自分がいると悟った時。アンチたちの忠告が脳裏を掠（かす）めた。

『お前がお前自身を失うぞ』

『一個体に過ぎない普通の人間である君が、宇宙規模に拡大したグリッドマンと合体して、自我を保てるはずがないからね』

「俺、死んじゃった!?　え、どういうこと……!?」

大変なことになるという覚悟はしていた。

しかしグリッドマンを……六花たちを助けられたのかどうか、わからないままなのは嫌だ。

悲嘆に暮れる裕太に、どこからともなく少女の声が聞こえた。

『死んでないよ？』

「……え？」

『ここは世界の外。今きみは意識だけになってるから、少し寄り道をしてもらったんだ』

暗闇の中にぽっかりと空いた小さな穿孔（せんこう）から、少女の目がこちらを向いている。

声も、耳にではなく全身に響いて聞こえる。

まるで自分が、少女のまぶたの内側に入り込んでしまったかのように。

見つめ合うのではなく、一方的に〝見られている〟という不思議な感覚だった。

「……誰？」

『私のことはいいから、それよりほら』

少女が言葉で示したのを合図に、裕太の目にも何かが見えるようになった。

「……はっ……」

『見える？　宇宙の形が、グリッドマンになっているでしょ？』

星が瞬いて、太陽が輝いて、銀河が渦を巻いて、それが連なって……裕太が想像するがままの『宇宙』が、グリッドマンの輪郭を作っている。

「あれが……グリッドマン、ユニバース……」

『ギリギリで保っているけど、既に崩壊しかけている。あの姿を形作ることがグリッドマンのSOS信号そのもの。自分がここにいるという他者へのメッセージ。全ては私たちに……ううん、君に見つけてもらうためにあの姿を見せているんじゃないのかな』

確かにグリッドマンの輪郭は、今にも解けてバラバラになってしまいそうな心細さでぶれている。

自分に届くよう願い送られた、グリッドマンのSOS――裕太の胸が熱くなる。

今までグリッドマンが自分の名を呼ぶのが聞こえたのも、きっと怪獣と一緒に戦おうと呼びかけていただけではない。助けを求めてくれていたのだ。

『きみの強い意思があれば、崩壊しかけているグリッドマンを再び形作れるはずだよ。きみが合体した後、グリッドマンを解放させる役目は——私が引き受けるね』

グリッドマンユニバースの掌中に、格子に囚われた結晶のような不穏なものが垣間見えた。

『グリッドマンが手に持っている危険なモノを使うことになるけど多分、大丈夫』

裕太は少女の声を聞く度にとある人物の姿を漠然と思い浮かべ、やがてそれは確信へと変わった。

六花が伝えたかった大切なもの。

今は台本から消えてしまって、グリッドマンの宇宙の外にいる人——

「ありがとう……新条、アカネさん」

その名を裕太が呼ぶと、それまで超然と声を響かせるのみだった少女が、僅かに息を呑んだように聞こえた。

「でも、きみはどうして俺たちを助けてくれるの……？　神さま、だから？」

そしてついにその声音は柔らかな優しさを帯び、

『違うよ。私はきみも含めて、友達のことを助けたいだけだよ——』

ごく普通の少女が友達と他愛のないお喋りをするような、穏やかな声とともに……静かに消えていった。

再び無音と闇に閉ざされた空間で、裕太の身体が不意の落下感に包まれる。

少女が——新条アカネが道を示してくれた。

覚悟を秘めた瞳は大銀河の渦を映し、裕太は再び果てのない旅に出かける。

ツツジ台でのグリッドマンの戦いと、グリッドマン同盟の紡ぐ日々。そして神の物語の、映し鏡とでもいうべき世界があった。

神の少女の精神が均衡を崩し始めたことで生まれた、もう一人の神。繰り返される時間の中で奮戦するグリッドマン同盟と、もう一人の神との出会いと別れが紡がれた世界があった。

サムライ・キャリバーが手にしている刀・トレイルカタナソードの一本を託された、装甲をまとい戦う少女の世界があった。

新世紀中学生の面々が紡ぐ個性豊かな日常を記した、温かな日記の世界があった。

人間を怪獣化させる病はびこる戦国時代で、グリッドマンが奮戦した世界があった。

怪獣の力でアプリゲームに取り込まれた六花が、四人の執事たちと過ごす世界があった。

グリッドマンと合流する前。ひょんなことからアイドルの少女と同居することになったヴィットの物語と、人間と魔族が争いを続ける国でボラーが冒険を繰り広げた世界があった。

正義感溢れる地球防衛隊の少女の思いが生み出した、新たなグリッドマン。白銀の鎧にまつわる逸話の世界があった。

選ばれなかった男と、ヒーローを求めたとある少女がヒーローを喚び寄せるために創った怪獣。時の流れの中に消え去った、使命と救済の世界があった。

ダイナゼノンとグリッドナイトの自主訓練がカオスに巻き込まれた、闘志溢れる世界があった。

巨大ロボットの戦いに魅せられた人々の情動が生んだ怪獣の、終わりなき世界。そこでダイナゼノンとガウマ隊が繰り広げた、夢幻のクロニクルがあった。

あと少しで生まれようとする直前で惜しくも弾けて消えてしまった、儚くも希望溢れる世界もあった。

他にも数え切れないほどたくさんのグリッドマンの物語が、宇宙となって浮かんでいる。

グリッドマンが創りだしたダイナゼノンの世界——そのたくさんの物語が、宇宙となって広がっている。

自分の知らない、グリッドマンの創った世界。グリッドマンの物語——

この広大なグリッドマンユニバースの中で重なり合った無数の宇宙のどこかで、グリッドマンが自分を待っている。

「どこだ……どこだ……！」

それが幾光年彼方であっても、宇宙の果てであっても、必ずＳＯＳを見つけ出してみせる!!

「グリッドマ――――――――ン!!」

あらゆる宇宙を超越する、一瞬にして永遠の旅路の果て。

裕太は、光を見つけた。

恒星のように煌々と輝く閃光の中に、ビー玉のように小さな光があった。

裕太はその光に手を伸ばし、そして――

■

いつから気を失っていたのだろう。

永遠の旅の途中ですでに意識を手放し、それでもなお光に手を伸ばしていたのかもしれない。

その旅路の果てに、裕太は辿りつくことができていた。自分を呼ぶ、ＳＯＳの元へ。

〈裕太……裕太……!〉

数日ぶりにも数億年ぶりにも感じる懐かしい声に意識を揺り起こされ、裕太は瞼を開いた。

俯せに倒れているのだと知覚し、顔を上げると、ぼやける視界が像を結んでいった。

心配そうに自分を見ているのは――グリッドマンだった。

「……グリッドマン……」

安堵に声を震わせ、立ち上がって辺りを見渡す裕太。幾何学模様の刻まれた神殿のような、不思議な場所だった。

〈……裕太。来てくれたのか……〉

「うん。来たよ」

裕太が万感の思いを込めてそう返すと、グリッドマンは不意に沈鬱な面持ちに変わり、顔を伏せてしまった。

〈……。私は、君に謝罪をしたかった〉

「え……？」

〈あの時、仕方がなかったとはいえ、君の身体に宿り、君の大切な時間を奪う結果となってしまった〉

ツツジ台で、新条アカネの創った怪獣とグリッドマンが初めて戦ったあの夜の、前日。

裕太は大切な話をするために、六花の家の前にいた。家のすぐ隣にある、空き地の前に。

偶然通りかかって、六花が店に入っていくのを見かけて呼び止めた……のだと思う。

その日のことを、裕太は覚えていない。

裕太は六花に大切なことを言って——僅かな沈黙に緊張で胸を高鳴らせる中、バチリ、と何かが弾ける音がして空を見上げた。

頭上の電線がショートしたのか、電気？　光？　の、塊が線を走っていくのが見えた。

そこで裕太は倒れ――

『三〇分くらい寝ちゃって、起きなかったよ。具合悪いの？』

六花に介抱され、あの店の中で……ジャンクの前で目を覚ましたのだ。

裕太が見上げた電線の光こそ、アレクシス・ケリヴとの戦いに敗れて分裂したグリッドマンの一部。

自分を目にした少年に咄嗟に宿ることで、グリッドマンは消滅を免れていたのだった。

クラスの中で一人だけ、一番に好きな女の子が別な程度の――世界の特異点と呼ぶにはあまりにもささやかな他者との違いを持った、一人の少年に。

そして記憶を失ったまま、ただ「使命を果たす」という本能にも似た意志に突き動かされ、グリッドマンは怪獣から街を護り続けた。

やがて戦いの果てに記憶と真の姿を取り戻し、ついに元凶であるアレクシス・ケリヴを封印したのだ。

全てが終わり、六花と内海に笑顔で見送られ、世界を旅立った後――しかし、グリッドマンの顔は見る見るうちに陰っていった。沈鬱に項垂れ、罪悪感で心がいっぱいになっていた。

その背後に、禍々しい影が忍び寄っていることにも気づかないほど。

〈アレクシスとの戦いが終わった後、私は謎の存在に付け込まれたのかもしれない。君に対する引け目……それが今回の事件の始まりだったんだ〉

苦々しい述懐を漏らしながら、グリッドマンは深く頭を下げた。

〈すまなかった、裕太〉

裕太は微笑み、額を優しく小突くようにしてグリッドマンの頭を上げさせた。

「謝ることじゃないよ……俺は一時期の記憶が無いことなんて気にしてない。グリッドマンがいなかったら、新条さんを救えなかったのかもしれない。むしろ感謝しかないんだ」

〈裕太……〉

裕太は不思議な気持ちだった。

存在を話にだけ聞いていた、理外の強さを誇る超人。巨大な英雄。

いつしかその姿を夢想して紙にペンを走らせるぐらい、裕太にとってグリッドマンとは空想上の存在だった。

再びこの街に姿を現し、ようやく全貌を目の当たりにすることができても、そんな意識は変わらなかった。ジャンク越しに話すようになっても、まだどこか遠い世界の存在だった。

パソコンの画面のガラスを隔てた以上の何かが、自分たちの間にはあった。

そのグリッドマンを今、友達のように身近に感じる。

腹を割って負い目を吐露してくれたことで、グリッドマンも自分と同じ、心を持った存在であることが胸に染みた。

裕太とグリッドマンはいま初めて、本当の意味で出逢ったのだ。

「俺たちの世界を守ってくれて、ありがとう。俺と一緒に戦ってくれて、本当にありがとう……!!」

裕太は手の平の上のビー玉に視線を落とし、それを力強く握り締めた。

「今度は俺たちが、グリッドマンを助ける番だ!!」

そしてグリッドマンの前に左腕を差し出し、アクセプターをかざした。

自分たちの絆を、確かめ合うために。

〈…………〉

グリッドマンも躊躇いがちに、同じように左腕を掲げる。

「それに、グリッドマンが俺の代わりに過ごした二か月間。楽しかったんでしょ？」

〈――――ああ！　とても楽しかった!!〉

生真面目で堅物な印象の強いグリッドマンが、この時ばかりは子供のように声を弾ませてそう応えた。

裕太もまた満面の笑みで頷き、

「だったら、それでいいじゃん!!」

グリッドマンのアクセプターに、自身のそれを打ち合わせた。

アクセプターは、心を繋いで一つにする。

二つのアクセプターが、固く手を握り合うようにして邂逅し、輝きを放ったその瞬間――

様々な映像が、裕太の脳内に溢れた。

それはきっと、グリッドマンが経験した『とても楽しかったこと』。

六花の台本でも拾い切れていないような、ささやかな思い出。

裕太と融合したグリッドマン自身が体験して、その目で見たこと。

グリッドマンの記憶が溢れるとともに、裕太の胸ポケットから無数の紙片が舞い上がった。

自分や内海、六花、蓬、夢芽、ちせや他のみんなが描いた、グリッドマンの似顔絵たち――

それらが光の輪郭となって宙を舞い、一つに重なっていく。

グリッドマンは実体を持たない。誰かが形を作って、思い描いて、初めてグリッドマンとなる。

グリッドマンを知る全ての人間の数だけ、記憶の数だけ、グリッドマンの姿はある。

裕太が託されたその記憶が統合された光に、グリッドマン自身も重なっていった――。

■

「アクセスフラッシュ、成功したみたいだね」

それはここではない、別の宇宙。グリッドマンユニバースのさらに外に在る、別の世界。川辺のごみ捨て場——無造作に積み置かれた粗大ごみ(ジャンク)の前で、夏制服を着た一人の少女が黒髪を風になびかせて佇(たたず)んでいた。

新条(しんじょう)アカネの、彼女が生きる世界での本来の姿だ。

「じゃあ、次は私の番」

ゴミ捨て場に置かれた、パソコン用の古めかしいCRTディスプレイ。

埃(ほこり)に塗(まみ)れ、自分の姿さえうっすらぼやけて映るその画面に向かって、アカネはそっと右手の平を向けた。

そして照準を定めるようにして人差し指と中指、薬指と小指を合わせたままV字に開くと、その奥から右目を覗かせる。

麻中蓬(あさなかよもぎ)がノワールドグマに対して向けたものと同じ構え。本来は、怪獣を操るための構え。

それを彼女は、ある世界のみに向けられた絶対の権能とともに行使する。

「インスタンス……ドミネーション」

遥(はる)か懐かしい世界に触れるように眇(すが)めた目が見開かれ、紫光の輝きを灯した。

次の瞬間。新条アカネはグリッドマンユニバースに出現し、六花(りっか)たちの知る薄紫の髪色の少女の姿に変わっていた。

「アレクシス。今度は私が、きみを利用させてもらうよ」

彼女の眼前に浮かぶ不気味な靄（もや）が、その大きさを増し始めた。

〈かなわないなぁ……。まあ、ちょうど退屈していたところだ。好きにしたまえ〉

校章や怪獣（ゼッガー）——新条（しんじょう）アカネに深く関わる要素を模様に構成されたエンブレムを足場に、アレクシスの内部に降り立つ。

アカネはその身に輝きを宿しながら、踊るようにして装いを変えていく。同時にそれは、神の受肉化（インカーネーション）の儀式でもあった。

絶対の権能を示すような光の茨の王冠を頭にまとわせ、その身を包む白と紫で彩られた軍服めいた制服は、怪獣優生思想の面々が着ていたものに似ている。しかし大きく開いた胸元やリボンのようにたなびく二本の腰布など、より可憐な見た目にパーソナライズされていた。

不敵な笑顔とともに再臨を果たしたツツジ台の神。

新条アカネ【ニューオーダー】というべき、全く新たな装い——神々しくも可憐な姿だった。

そしてその輝きに呼応するように、グリッドマンユニバースの掌中にあった結晶——グリッドマンの施した封印プログラムが縛を解かれ、中から最悪の悪魔が這（は）い出てきた。

〈おおおおおおおおおおおおおおおお!!〉

退屈から解き放たれた悪魔は、天を衝（つ）く咆哮（ほうこう）で己の復活を世界に誇示する。

アレクシス・ケリヴ【ニューオーダー】。

かつては黒衣を脱ぎ捨て戦闘形態を取っても、その邪悪さを象徴するように全身が漆黒（しっこく）に染まっていた悪魔。

彼の新たなる姿には、仮面のバイザー、両肩、両腕、胸——全身の各所に白い装甲が取り付けられている。

まるで、暴れ馬を御する手綱(たづな)のように。

〈まさかアカネ君が、この世界に戻ってくるとはねえ〉

「今回は自分のためじゃない」

響裕太(ひびきゆうた)はやるべきことを成し遂げ、グリッドマンの崩壊を止めて再構成した。

あとは自分が、友達のために約束を果たす番だ。

そのグリッドマンを、宇宙から解放する役目を——!!

「みんなには——借りがあるから!!」

アカネは、アレクシスの額の結晶の奥に、半分外(がい)世界と交わった疑似(セミ)インナースペースを構築して搭乗。巨大ロボットを操縦するかのように、自分の動きを同期させて身を乗り出した。

怪獣をこよなく愛し、グリッドマンを合体ロボットそのものだと揶揄(やゆ)したかつての彼女からは考えられない柔軟性、そして心のゆとりだった。

アレクシスは、その操縦に応えて猛然と発進。グリッドマンの形をした宇宙、グリッドマンユニバースの直上を、彗星(すいせい)のように光の尾を引いて飛翔した。

〈なにっ!?〉

しかし突如として前方から赤い光線が飛来し、アレクシスは危なげなく身を躱した。

「攻撃されてる！」

〈ふむ、私たちが動き出すことが、よほど都合が悪いようだ〉

踊るように飛び回って、襲い来る光線の連射を掻い潜るアレクシス。そのまま光線の発射元、グリッドマンユニバースの頭部付近へと到達する。

グリッドマンのエネルギーを示す額のシグナルの上に、赤い光球のハッキングゾーンが形成されていた。

「どうやらアレが、今回の主犯みたいだね」

赤い光球の中に、二足歩行怪獣のシルエットが浮かび上がる。

今回の事件を起こした元凶。グリッドマンを利用していた張本人の姿が。

〈見つかってしまったか――〉

地獄の底から谺するようなおぞましい声が、ハッキングゾーンの中から響きわたった。

〈しかし、邪魔はさせない――〉

元凶にして、原初の渾沌――【マッドオリジン】。

鉱物を削って成形した髑髏のような頭部に、大きく裂けて下半身まで歯列が到達したかのような異様な口。胴体よりも太い、極端に大きな下半身。

二足歩行怪獣の上半身を突き破って、内部から全く別の何かが這い出てきたようなそのフォルムは、別世界からの干渉者を彷彿とさせた。

しかし黒い悪魔にとって、度外れた禍々しさなどむしろ退屈凌ぎに相応しい。

〈いいや、お邪魔するよ!!〉

警告など意にも介さず、アレクシスはハッキングゾーンに突入。マッドオリジンに手四つで組み付くと、嬉々として力比べを始めた。

〈怪獣発生源の集合体。実体を持つカオスブリンガーといったところだろう。あらゆる宇宙で人間たちが怪獣を乱造した、副次的な現象だね〉

その乱造の一端を担った張本人が、他人事のように嘯く。

「なら、私にも原因が大いにあるね……。でも、現象が意志なんて持つのかな」

組んだ手を汚らわしそうに振り抜きながら、セミインナースペース内のアカネは困惑顔を浮かべた。

マッドオリジンと格闘を始め、攻撃を当てても受けても説明を止めないアレクシス。

〈意志があるように見えるだけだ。あれは人間の感情の複写に過ぎない〉

プログラムされたデータですらない、複写——ただ鏡に映った光学的な存在、現象に近いものだとアレクシスは推測する。

〈ぐわっ!〉

マッドオリジンの巨大な尾で痛打を受け、跳ね飛ばされるアレクシス。すかさず両腕の手甲めいた装甲を長大な巨大針（ニードル）状に伸ばし、マッドオリジンに直撃させた。

〈グリッドマンが秩序を司るならば、彼はその対をなす存在。邪悪な意志でグリッドマンを利用し、渾沌（こんとん）を加速させていたんだねぇ――――んぐおっ！〉

マッドオリジンは直線的に屈曲しながら伸びてきたニードルを腕で防御し、さらにレールのように腕を滑らせてアレクシスに急迫。加速させた拳（こぶし）を顔面に叩き込む。

アレクシスは、砕かれた体表の破片を吐血のように散らしてよろめいた。

〈グリッドマンを手に入れ、宇宙のバランスを崩し！　全てを終焉（しゅうえん）に導くのだぁっ!!〉

マッドオリジンは勝（か）ち鬨（どき）を上げるように吠え立てる。

まるで取って付けたような、創作物の悪役たちがごまんと吐いてきた使い古された野望だった。

しかしその単純な野望こそ、原初の欲望。人間の感情の複写、映し鏡。

考える生命体ゆえに生への渇望と等しく併せ持つ、死滅情動（デストルドー）そのものだった。

「そんな勝手に終わらせない……！」

本当に殴られたように仰（の）け反（ぞ）りながらも、アカネはその野望に真っ向から反論した。

神さまは負けず嫌いだ。やられたらやり返さなければ気が済まない。

そして今日は何度窮地に立たされようと、いじけてやめるつもりはさらさらない。

「あの人たちに、宇宙ごとグリッドマンを返してっ……！　あげなよおおおおおっ!!」

アカネが叫びを迸らせながら拳を振りかぶると同時。

アレクシスの拳が唸りを上げ、マッドオリジンの顔に深々と叩き込まれていた。

〈ぐわ――――――――――――――っ!!〉

マッドオリジンが内壁に叩きつけられてひび割れていき、ハッキングゾーンはガラス玉のように木っ端微塵に砕け散った。

〈…………しまった！〉

〈ハハハ！　これでグリッドマンは自由になったよ!!〉

悪戯の成功にはしゃぐ子供のように笑い声を上げるアレクシス。

動揺するマッドオリジンの前で、グリッドマンユニバースが虹色の輝きに包まれ始めた。

〈なんだ!?　なにが起こっている？〉

〈拡大したこの宇宙を、再びグリッドマンとして形作っているみたいだねえ〉

唖然とするマッドオリジンを置き去りに、グリッドマンが形を取り戻していく。

〈そんなことが、可能なのか……!!〉

「そういうことができちゃうんだよっ。……ちょっと変な人たちだから！」

自慢するような誇らしげな声音で、アカネは断じた。

神として世界を掌握していた自分の、その掌を飛び越え、無軌道に動き回ったとびきりの異端たち。

掛け替えのない友達だ。


虹色の輝きの中――裕太はまなじりを決し、自分とグリッドマンとの一体感を確信する。

宇宙レベルにまで拡大したグリッドマンの身体が凝縮していき、ついに数十メートル大へ。

それはこれまでに見せたどのグリッドマンとも違う、新たな姿だった。

全身のいたる箇所がプライマルアクセプターと同じ金色に彩られ、装甲がより鋭さを増している。


胸に輝く蒼き結晶、トライジャスターと、その蒼光を宿した四肢。

秩序と大宇宙を体現するような曇りなき総身に華やぐ、赤と銀と青のトリコロール。

これまでグリッドマンが紡いできた、使命と戦いの日々。

別宇宙で繰り広げられた、グリッドマンの伝説たち。

グリッドマンを目撃した人々の空想した、あらゆる夢幻に至るまで。

全てのグリッドマン物語が結集した究極のグリッドマン――


グリッドマン【ユニバースファイター】――――!!

大銀河の只中、虹の光輪を背に、夢のヒーローが復活を果たした。

グリッドマンとの融合を解除された、漆黒の大宇宙。

本来の在りようを取り戻した星々が、祝福するように瞬いている。

グリッドマンは蒼き地球を臨みながら、マッドオリジンと静かに対峙していた。

（身体が軽い……。これが、グリッドマンか——）

グリッドマンと真のアクセスフラッシュを果たした裕太は、かつてない一体感に包まれていた。この宇宙の最果てにさえ、一翔びで辿り着けそうに思えるほどだ。

戦いの火蓋を切って落としたのは、マッドオリジンが爆ぜさせた怒気だった。

〈グリッドマンは……私のものだぁああ!!〉

グリッドマン自身にその願望をぶつける支離滅裂さ。修飾のない、ただ願望に特化した言葉を吐きながら、マッドオリジンはグリッドマンに突っ込んだ。

前蹴りがグリッドマンの身体を直撃し、宇宙空間に衝撃の波紋が拡がる。

しかしグリッドマンは、赤子のじゃれつきを意に介さぬも同然に、身動ぎ一つせずにマッドオリジンの蹴りを受けきっていた。

マッドオリジンがなお引き下がらず力を込めて蹴り抜こうとしても、その輝く身体はビクともしない。

グリッドマンは蹴りを受け止めたまま両腕を交差させ、必殺光線の体勢を取る。装甲の下の肉体に奔っているラインに虹の光が瞬き、血液が脈動するようにエネルギーが漲ってゆく。

〈グリッドオオ……！　ビ―――――――ム!!〉

集束した光が構えた左腕から颶風のごとく放射され、マッドオリジンに直撃した。

〈うぉあああああああああああ!!〉

為す術無く吹き飛ばされていくマッドオリジン。長い長い虹色の光の帯が、星々を超え、宇宙を突き抜けていく。

やがてマッドオリジンの背後には、蒼き地球が間近に迫っていた。

〈ぐお……ああああああああああああああ!!〉

大気圏再突入の摩擦熱で身体を焼け焦がし、マッドオリジンは地上へと流れ墜ちてゆく。

■

▼

蓬が最後の力を振り絞って今一度一体のノワールドグマを支配し、他の怪獣を食い止めるのをやめて自分たちを乗せて一気に逃げを打つことで、距離を稼いだ。

アンチも何とか再変身し、距離を繋いだ。しかしどちらも、ほんの一瞬で限界だった。

当然、六花たち自身の足でもひたすらに走り、逃げ続けた。

だがそれでも、この巨大な群体から逃れることはできなかった。

万策尽きた蓬たちは、今まさに遥か高空で大爆発が起きたことにも気づかぬほど追いつめられ、砕けた道路の瓦礫の上でへたり込んでいた。

「も、もう、逃げる手段がないぞ……」

アンチは息を荒らげながら、憎々しげに怪獣を睨み付ける。

ノワールドグマが大口を開き、今まさに蓬たちを呑み込もうとした、その時。

蓬たちの前に突如白炎が燃え立ち、中から巨大な顔が現れた。

真っ先にその面貌に気づいたのは、内海だった。

細部が少し変わろうと、その憎たらしい貌は決して忘れない。

「……アレクシス・ケリヴ！　な……なんでっ!!」

「……いや。大丈夫。あれは別次元から制御されている……きっと。新条アカネによって」

怪獣少女はそう説明しながらも、油断ない顔つきでアレクシスを見据えた。

「アカネが……!?」

その名を聞いて、六花が困惑する。

〈とおあっ！〉

アレクシスは縦横無尽に跳ね回り、ノワールドグマとの戦闘を開始した。

蹴りつけた勢いで跳ね、両腕のニードルで斬りつけ、それを伸ばして攻撃し、流れるように格闘戦に移行する。しかし、どの攻撃も決定打には至らない。

「グリッドマンから作り出した怪獣だから、手ごわいね！」

セミインナースペースのアカネがむうっと唸る。

ただ好き勝手に暴れるのではなく、ノワールドグマを六花たちに近づけないよう立ち回っているため、アレクシスは次第に数の暴力に押し込まれていった。

殺到してきたノワールドグマから六花たちを、身を挺して守るしかなくなり、次々とのし掛かられて加積されていく重圧に苦悶の声を上げた。

〈さすがにしんどいよ。そろそろ手を貸してくれないかなあ〉

アレクシスが不満を零した直後。

空から流星のように降り注いできた光が、ノワールドグマの群れを跳ね飛ばした。

宇宙より一直線に地球に舞い降りた、グリッドマンだった。自力で自在に飛翔できるユニバースファイターの特性により、まさしく星の閃きの如き速度で駆けつけたのだ。

〈グリッドッ……！　ビィ――――ム!!〉

その場で回転しながら必殺光線を放ち、ノワールドグマをさらに大きく吹き飛ばしていく。

ノワールドグマが叩きつけられて崩れた傍から、ビルが再生を始めた。万物を修復するフィクサービームを攻撃と同時に行使できる、これも今のグリッドマンが持つ力の一端だ。

「！　あれは……」

内海は自分たちの前に立つ大いなる輝きに、思わず眼を細めた。

「グリッドマン……」

六花が呆然と呟くと、内海も喜びに声を震わせた。

「そうか、姿を取り戻したんだな！　グリッドマン!!」

姿は今まで見たことのないものに変わっているが、確かにグリッドマンだ。

〈ああ、その通りだ！〉

「………じゃあ、響くんは……!?」

喜色満面でグリッドマンの登場に胸を熱くした内海も、隣で六花が声を震わせたことで怪獣少女が言っていたことにすぐさま思い至った。

グリッドマンの復活——それは、裕太の消滅を意味する。

六花と内海と蓬は、待望のヒーローの帰還を、愕然と見上げるしかなかった。

しかし六花の悲愴な言葉に応えるように、グリッドマンの頭部を彩る金色の角が光を反射。

〈——俺もここにいる。このグリッドマンは、みんなが形作った姿だ!!〉

光の中に浮かび上がった裕太が、自分の健在を伝えた。

六花と内海、蓬は、今度こそ満面の笑みでグリッドマンを仰ぎ見る。

「待っていたぞ、グリッドマン」

そして、グリッドマンを終生のライバルと認めたアンチも。


立ち込める煙を突き破って、巨大な何かが空から突っ込んできた。

〈グリッドマンは、私のものだぞぉ～～～～～～っ!!〉

グリッドビームの威力で先んじて地球に墜落していたマッドオリジンが、懲りることなくグリッドマンを求めて襲いかかってきたのだ。

〈はあっ!!〉

受け止めた勢いそのままにマッドオリジンを投げ飛ばすグリッドマン。さらに砲弾めいた蹴りの追撃を加え、マッドオリジンと格闘戦を始めた。

「あれがラスボスか!!」

内海たちも、ついにその異形を目の当たりにする。

グリッドマンを利用し宇宙を歪めた、全ての元凶を。

〈私のグリッドマンを返してもらうぞ!!〉

執念深く手四つで組み付いてくるマッドオリジンに、グリッドマンと合体している裕太が真っ向から吠え立つ。

〈グリッドマンは、誰かのものじゃない!!〉

〈この宇宙も、誰かのものではない！〉

グリッドマンもその心に同調し、拮抗を破って拳を連続で叩き込んでいく。

〈私をお前に、渡しはしないっ!!〉

大きく振りかぶった渾身のパンチが、周囲に巨大な衝撃波の波紋を拡げる。

〈ぐぅわあああああああああああ!!〉

マッドオリジンはたまらず吹き飛ばされ、背後のビルを薙ぎ倒していった。

やはり崩壊した傍から、攻撃と同時に放射されたフィクサービームで建物が治っていく。ユニバースファイターとなったグリッドマンの、溢れ出るパワーの凄まじさを物語っていた。

しかし今この世界には、偽りのフィクサービームとでも言うべき怪獣群が跋扈している。

〈やれやれ、これは簡単には片づかなそうだねぇ〉

殴っても蹴ってもそこかしこから現れるノワールドグマに、アレクシスも手を焼いていた。

グリッドマンがマッドオリジンの相手をしている間に、ノワールドグマが六花たちを狙って突進していた。

〈しまった！〉

咄嗟に六花たちを振り返るグリッドマンに、アレクシスが悪事を思いついたような意味深な笑みを向ける。

〈手が足りないなら、君の頭の中にあるものを使えばいい〉

悪魔の双眸が今再び、妖しく紅い閃光を放つ。

〈インスタンス……アブリアクション!!〉

その瞬間、グリッドマンの額のシグナルから光が飛び出し、天に昇っていく。光は空間を歪ませながら形を持っていき、小さな一個の宇宙へと変わった。

「グリッドマンの中の宇宙を実体化させるんだね!!」

アカネがアレクシスの狙いに気づき、声を弾ませる。

〈さすがアカネくん、そのとおりだよ!〉

かつて二人で怪獣を創っていた時のように、嬉しそうに頷くアレクシス。

雲のように揺らめく小宇宙の中で――巨大な双眸が力強く灯った。

星々の狭間をその翼で翔け、赤き強竜、ダイナレックスが帰還を果たしたのだ。

黄金の竜、ゴルドバーンも競うように雄々しく羽ばたいている。

〈なんとかビーム!!〉

ペネトレーターガンを発射し、蓬たちに群がろうとしていたノワールドグマを吹き飛ばすダイナレックス。

「あれは、レックスさ……」

「ガウマさんっ!!」

内海が迷うように名前を呼びきる前に、蓬が笑顔で叫んでいた。

そして、彼が待ち望んでいた少女の声が聞こえる。

「よもぎいいいいいいいいいいいいいいいいいいいいいいいいい!!」

ダイナレックスに摑まっている夢芽が、歓喜の叫びとともに手を伸ばした。

天馬に乗って現れた王子様が、地上の姫に手を差し出すように。

「ゆめえええええええええええええええええええええええええ!!」

蓬は走りだし、こちらに向かって飛んでくるダイナレックス目掛けてジャンプした。

ダイナレックスのパーツに摑まる夢芽へと抱きつく蓬。

急上昇し、空高く舞い上がるダイナレックス。そこには夢芽だけでなく、暦とちせの姿もあった。

「蓬、おかえりっ!!」

「いや逆なんだけど!!」

帰って来た側も逆だし、抱き留める側も逆だ。蓬的には、逆でありたい。

額を合わせて笑い、固く抱き締め合いながら、蓬と夢芽は再会を喜んだ。

「ていうか、いつの間にか、大変なことになってません!?」

ちせは眼下の惨状に目を見張り、暦も帰ってきて早々途方に暮れる。

「え、これどうするんですか!?」

まさかあの、数えるのも嫌になる大怪獣軍団とこれから戦おうというのか。

「……って言っても、やることは一つか!!」

——もちろん戦うのだ。暦は観念したように笑い、その締まらない顔つきとは裏腹、声音に揺るがぬ意思を漲らせた。

〈わかってるじゃねぇか、暦っ!!〉

レックスは嬉しそうに笑うと、ダイナレックスの大きく開いた口の中へ蓬たちを呑み込み、それぞれのインナースペースへと誘った。蓬たちが同乗した時、レックスはダイナレックスでありつつ、ガウマ隊の隊長——ガウマへと戻る。

ダイナレックスからダイナゼノンに瞬間的に合体し直すと、蓬と夢芽、暦、ちせ、ガウマは声を揃えて名乗り上げる。

〈〈〈〈〈合体竜人!!〉〉〉〉〉

「はい！　それでは皆さん、ご一緒にっ!!」

暦のインナースペースに同乗したちせは、腰に手をやって仁王立ちし、全員に号令をかけた。

〈〈〈〈〈ダイナゼノン！　バトル……！　ゴォ————————ッ!!〉〉〉〉〉

ダイナゼノンは、両腕のブレードパーツから緑色に輝く光の刃を形成。

挨拶代わりのダイナセイバーを乱舞させ、ノワールドグマの群体を斬り伏せていく。

蓬と夢芽、暦、ちせ……そしてガウマ。

ガウマ隊の五人が結集し、未来を勝ち取るための戦いが今、始まった。

ダイナゼノンが暴れ出すと同時、アンチと怪獣少女の身体に異変が起こった。

アンチが銀髪の青年、『ナイト』の姿に。

怪獣少女が、眼鏡のスーツの女性、『2代目』の姿に。

大人の姿に成長したというより別の何かが重なったかのような、瞬時の変身を遂げていた。

目の前で急に大人になった二人を見て、六花と内海が驚愕する。

自身の身体を見やりながら、ナイトが困惑げに呟く。

「これは？」

「新条アカネとアレクシス・ケリヴが、グリッドマンの中からダイナゼノンを実体化させたことにより、私たちも同期したのでしょう」

2代目の言葉で間接的にガウマの仕業であることを悟ったナイトは、

「フッ、余計なマネを……！」

かつて彼に助けられた時にかけた言葉を、再び微笑に乗せた。

ナイトは即座にグリッドナイトに変身し、勇ましく腕組みをして戦場に飛び立った。

2代目は手にしたライブバトンを回して光の輪を描き、空にパサルートのゲートを開く。

ゲートから現れたのは、グリッドマンが一度消滅した時に姿を消していた、フォートレスモードの怪獣戦艦サウンドラスだった。2代目は身にまとっていた服を脱ぎ捨て、その下の白いアンダースーツを露わにした。

「私も、参加させていただきます!!」

六花、内海がさらなる驚愕に目を見張る。

2代目が――人間の女性が巨大化していく。獣のように鉤曲(かぎま)げた五指を、天高く衝(つ)き上げながら。

巨大化した2代目は、分離変形した戦艦サウンドラスを鎧(よろい)のように着込み――

〈戦艦武装！　サウンドラス・バトルモード!!〉

全身を銃火器で彩った、鋼鉄の怪獣が降臨した。

そのフォルムはツツジ台を見守っていた、巨大な二本の角を備えた音の怪獣に似ている。

まさしく街の守護神が、群れなす厄災の前に気高く立ちはだかる瞬間であった。

変形したサウンドラスは六花と内海のほど近くに着地。

その頭頂部にあるシャッターが開いた時、巨大化した2代目の顔が出てきた。

「うわあっ!?」

「うおおっ!!」

巨大な人の顔が間近にあって吃驚(きっきょう)する六花と内海に、2代目はサウンドラスのブリッジへの道を開いた。

〈お二人とも、乗ってくださいっ！〉

「何が何やら、もう……」

展開が目まぐるしすぎて脱力する内海だが、すぐに笑って一歩を踏み出した。

今日ばかりはジャンクの前ではなく、この戦いの場でグリッドマンの勇姿を見届けられる。

一緒にいてやるという、親友との約束を果たせるのだ。

六花と内海を搭乗させたサウンドラスは、全身に搭載した火器の砲門を一斉に開いた。

〈サウンドラス、フルバースト――――ッ!!〉

二門の主砲が、頭部の二つの砲口が、左右の腕に備わった計六連の発射口が、一斉に光線を発射。それを追いかけるように脚部のミサイルポッドから撃ち放たれたミサイルの雨が、尾を引いて飛翔する。

飛んで火に入るように突っ込んできたノワールドグマたちの群れは、為す術なく火線の暴力の只中に消えていった。

〈グリッドナイトォォォ……!〉

サウンドラスの爆撃を跳躍で飛び越えたグリッドナイトが、両掌に紫の光輪を形作る。

〈乱れサーキュラ――――ッッ!!〉

振りかぶり、投げ放たれる瞬間に無数に分離した紫の光輪は、追い打ちをかけるようにノワールドグマたちを斬り裂いていった。

大逆襲の狼煙が高らかに上がる中、さらなる増援の光が、星座となって煌めく。

上空に漂うグリッドマンの生んだ小宇宙から、グリッドマンキャリバー、バトルトラクトマックス、バスターボラー、スカイヴィッターの四機が飛び出してきた。

〈出遅れたが、私たちも行くぞ！〉

マックスの合図で、四機は散開。グリッドマンの援護に向かう。

地上で拳足を振るうグリッドマンの元に、一番槍ならぬ一番刀が空から飛来する。

〈グリッドマン！　まずは俺を使え!!〉

キャリバーに促されてグリッドマンキャリバーを手にしたグリッドマンが、雷鳴を轟（とどろ）かせながらその大剣を構えた。

〈電撃大斬剣！　グリッドマンキャリバーーッ!!〉

グリッドマンキャリバーの刀身が輝きを放つ。助走距離を稼ぐため、大きく飛（と）び退（すさ）るグリッドマン。地面を滑るように疾走しながら、大剣を振りかぶって突っ込んでいく。

〈グリッド……！〉

〈キャリバー……！〉

〈〈エ――――――ンドッ!!〉〉

グリッドマンとキャリバーが技の名前を叫び、怪獣の群れに斬りかかる。数体のノワールドグマを両断しざま、勢いそのままにマッドオリジンを斬りつける。

〈ぐうう……！〉

踏み堪(こら)えて舌打ちするマッドオリジン。

決定打を与えられていないのを確認し、グリッドマンキャリバーが離脱。入れ替わるようにして、空からスカイヴィッターが駆けつけた。

ユニバースファイターのグリッドマンは、アシストウェポン各機と合体するのはまだ不慣れだ。そこで上空を飛翔するゴルドバーンは、グリッドマンへと光線を撃ち放った。

ちせの情動を受けて誕生した怪獣・ゴルドバーンは、仲間との繋がりを大切にする彼女の願いそのままに、異なるものを結びつけ、繋げる力を有している。

光線の余波を受けたグリッドマンは、スカイヴィッターを脚部に力強く合体させた。

〈〈大空合体超人！　スカイグリッドマン!!〉〉

かつてプライマルファイターの姿で合体した時の姿を二重身のように己に重ねながら、スカイグリッドマンは大空高く急上昇。さらに飛翔能力を強化し、錐揉(きりも)みしながら空に浮かぶノワールドグマを吹き飛ばしていく。

ダイナゼノンのインナースペースで空を飛ぶグリッドマンを見つめる夢芽(ゆめ)が、牙状のモニターに映る蓬(よもぎ)へと提案した。

「私たちもあれ、できるよね」

「でき……ると思うけど、今？　ガウマさん、やって大丈——」

蓬がガウマに確認しようとする前に、夢芽がダイナウイングを分離。自然に他の三機も分離する形になり、ダイナソルジャー、ダイナストライカー、ダイナダイバーが弾けるように散らばった。

〈おい夢芽！　ここ川も海もねえんだぞ！〉

久しぶりにダイナダイバーに意志を宿したガウマが唐突な一時解散に文句を言うが、確かに群体であるノワールドグマを倒すなら頭数を増やすのは悪くない。

機体前部ギアと後部の爪形パーツで道路に駐艇し、固定砲台の役目を買って出たダイナダイバーが、怪獣に艦首からのレーザーを撃ち放っていった。

無論、夢芽も何となくの思いつきで行動しているのではない。

彼女はダイナウイングを託された時から自分の信念で戦いに臨んでおり、それは蓬の意識も大きく変化させていった。

自分たちの世界を、友達の世界を救うため、夢芽の瞳に強い意志の光が灯る。

「行こう蓬、グリッドマンを助けよう」

「わかった、夢芽!!」

夢芽にグリッドマンの援護を促され、蓬がコントローラーを握る手に力を込める。

跳躍したダイナソルジャーの背中に、ダイナウイングが合体。炎を吹き散らしながら急上昇した。

〈〈ダイナソルジャー・ウイングコンバイン!!〉〉

ウイングコンバインは、飛行しているスカイグリッドマンの隣に追いつくと、

〈蓬(よもぎ)っ！〉

〈裕太(ゆうた)！〉

裕太と蓬が互いを呼び合い、グリッドマンとダイナソルジャーの拳(こぶし)を合わせたのを合図に、並んで急加速する。合体後のダイナゼノンとグリッドマンのサイズがほぼ同じなので、ダイナソルジャーではやや小さいが、飛翔の速度では負けていない。

散開して散り散りにノワールドグマを吹き飛ばした後、上空からマッドオリジンを同時に蹴りつけた。

〈ぬぐあああああっ!!〉

胸の前で交差させて蹴りを受け止めた腕を、一気に振り抜くマッドオリジン。

反動で飛んだ両者はそれぞれ合体を解除し、グリッドマンとダイナソルジャーが着地。

そこへ、バトルトラクトマックスとダイナストライカーが並んで走行してきた。

グリッドマンとダイナソルジャーは頷(うなず)き合い、次の合体へ移る。

〈剛力合体超人！　マックスグリッドマン!!〉

〈〈ダイナソルジャー・ストライカーコンバイン!!〉〉

ともに巨大な両腕を装着した合体形態となり、マックスグリッドマンは豪快にノワールドグマを殴りつけていく。やはり、プライマルファイターで合体した姿も一瞬隣にぶれて見える。

一方、合体する度バランス取りに苦慮していたストライカーコンバインは、今回は苦もなく両腕を振り回して怪獣を攻撃できている。その理由は、一人増えた操縦者の存在にあった。

「私とセンパイで怪獣ぶっ飛ばしてくんでー！　よもさんはバランス取りよろっす‼」

暦とちせが左右の腕パーツとなったダイナストライカーそれぞれの操縦を担当し、蓬はダイナソルジャーの姿勢制御に徹することができているからだ。

「蓬くん、操縦上手くなった？」

「や、二人のおかげで、ダイナソルジャー動かすだけで済んでるん……で‼」

暦に真顔で褒められ、蓬は思わず苦笑する。ダイナソルジャーの全身にドラム缶を載せて空気椅子をするバランス訓練の成果が、今頃になって日の目を見るとは思わなかった。

暦とちせはコントローラーを操作して車輪のパーツから風を噴射し、それに合わせてダイナソルジャーを制御した蓬は脚を軸に独楽のように回転。両腕を振り回して攻撃していく。

マックスグリッドマンとストライカーコンバイン、剛拳を振るい戦場を駆ける両雄は、背中を合わせて互いに必殺技の体勢に入った。

〈マックス……〉

〈グリッド……！〉

〈〈ビー――――ム‼〉〉

マックスとグリッドマンが技の名前を叫び、組んだ両拳の先と二門のタンカーキャノンから必殺光線を発射。

左右の腕に分かれた暦とちせもモニター越しに頷き合い、コントローラーを同時に操作した。

「ストライカーストーム！　α！」

「ストライカーストーム！　βーッ！」

《《発射!!》》

最後に蓬も声を揃え、三人で叫ぶ。ストライカーコンバインが両腕を構えて回転させた車輪パーツの砲口から、炎の光線が嵐のような奔流となって放射された。

背中合わせのまま放たれた光線が車道の逆方向にそれぞれ進んでいき、直線上のノワールドグマを薙ぎ払っていった。

〈ぐぬおおっ！〉

そのまま自分に向かってきたマックスグリッドビームを、蹴りで霧散させるマッドオリジン。

「隊長ーっ！　私もちゃんと戦ってますよっ!!」

ちせは道路に駐艇しているダイナダイバーに向けて嬉々として語りかけると、ダイナストライカーを分離させて走り去っていった。

〈おうっ！　すげえぞ、ちせ!!〉

ガウマは可愛い妹分の奮戦に負けじと、ダイナダイバーの上部のミサイルハッチを開放し、無数のミサイルを一気に発射した。

〈食らえっ！　ダイナランチャー、バーストミサイルッ!!〉

同じく合体を解除したグリッドマンの元へ、戦車型のアシストウェポン・バスターボラーが駆けつけた。

〈〈武装合体超人！　バスターグリッドマン!!〉〉

胸にバスターボラーが合体した重火器形態に変わったグリッドマンは、かつての合体した姿も幻視させながら、ミサイルポッドを展開。視界の全てを覆い尽くすほどの、無数のマイクロミサイルを撃ち放った。

〈バスターグリッドミサイルッ!!〉

飽和攻撃でノワールドグマを爆裂させていく両者。マッドオリジンは飛び跳ねてミサイルから身を躱すも、数発が手や足に着弾していった。

ミサイルを発射し終わったダイナダイバーの元へ、残りの三機もグリッドマンの援護を終えて集結。ダイナゼノンへと再合体する。

ダイナゼノンは踵の爪を展開して地面を摑み、一斉発射の反動に耐える体勢を整えると、ストライカーストーム、ペネトレーターガン、ダイナランチャーの全武装を解放した。

空と地の二面から同時に向かってくるノワールドグマの群れ目掛け、ガウマが叫ぶ。

〈ダイナゼノン！　フルバースト――――ッ!!〉

グリッドマンのチームとダイナゼノンのチームは見事なフォーメーション攻撃で、マッドオリジンを追いつめながらノワールドグマの数を減らしていく。

特にダイナゼノン各機の動きは、レックスだけであった時とは見違えるほどだった。

ダイナレックスの力が必要なだけならば、別宇宙からレックスのみを連れて来れば事足りる。グリッドマンの記憶から実体化した宇宙から夢芽と暦、ちせも一緒に現れたのは、宇宙の記憶に刻まれているからだ。

ダイナゼノンが最大の力を発揮するためには、ガウマ隊全員が力を合わせるのが必要不可欠だと――!!

〈一気に畳みかけるぞ!〉

さらにマックスの号令で、グリッドマンから分離したアシストウェポン各機は合体を開始。

バスターボラーをメインボディに、両腕にスカイヴィッター、両脚にバトルトラクトマックスがドッキングする。

鉞型の鍔・アックスブレードがグリッドマンキャリバーの刃の上部へと移動し展開。

変形完了した巨大な戦斧・パワードアックスを握り締め、新世紀中学生四人の声が重なる。

〈〈〈〈合体戦人!　パワードゼノンッ!!〉〉〉〉

フォーメーションを完了し着地するや、

〈〈〈〈パワードゼノン……バトル・ゴーッ!!〉〉〉〉

その必殺の戦斧・パワードアックスを閃かせ、ノワールドグマの群れに斬り込んでいった。

「なんか、すごいことになってない？」

ただただ呆気に取られて呟く六花。搭乗したサウンドラスのブリッジから街のどこに目を向けても、凄まじい戦いが繰り広げられている。

新たな姿となったグリッドマン。敵だったはずなのに味方をする、アレクシス・ケリヴ。

戦艦が変形したメカ怪獣。グリッドナイトに、ゴルドバーン。

さらには、アシストウェポンを総動員だ。

もはやこれ以上はあり得ない、究極の大戦力が結集していた。

「……当たり前だ！　こっちには神さまが……いや、最強の友達が味方してるんだ!!」

それを実現させた最強の友達を思い、内海が拳を握り締める。

陶然と戦いを見つめる六花の前で、グリッドマンに裕太の姿が重なる。

二つの世界がいま重なることなく肩を並べ、一つの巨大な何者かの侵略に立ち向かっている。

これは六花たちが伝えたかった物語——台本に綴った記憶の、その先の光景。

新たな一ページを刻み始めた物語を、六花と内海は確かにその目に焼き付けていった。

グリッドマンはマッドオリジンとの戦いに専念し、それに期せずしてアレクシスも加わった。

グリッドマンとアレクシス・ケリヴが肩を並べ、一人の敵を相手に挑んでいる。

不思議な、奇妙な光景。しかしこれもまた、比類なき最強タッグの一組だった。

〈〈てやあっ!!〉〉

グリッドマンが連射型光弾のスパークビームを、アレクシスも光線をそれぞれ拳から発射し、同時にマッドオリジンに直撃させる。

〈ふん……!〉

グリッドマンがアレクシスと力を合わせているのが気に食わなさそうに、マッドオリジンは光線を受けながら悠々と前進する。

〈グリッドマンたちの攻撃が効いてないぞっ!?〉

愕然とするガウマを余所に、マッドオリジンは蹴り込んできたアレクシスを逆に蹴り飛ばす。

〈グリッドマンの記憶は私の記憶でもある〉

そう吐き捨てるやグリッドマンの頭を掴み、何度も膝で蹴り上げた。

〈お前たちの攻撃は、全て把握している!!〉

〈ぐはあっ……!!〉

ダイナストライカーのインナースペースでその一方的な戦いを目の当たりにし、暦が愕然とする。

〈こっちの攻撃が、全部知られているなんて!〉

アシストウェポンとの個別合体での攻撃がそうだったように、これまで使用してきた合体や戦闘方法では対処され、決定打にはならない。

そしてグリッドマンの記憶を全て知っている以上、異なる宇宙で使用したであろう力もこのマッドオリジンには通用しないのだ。

「——だったら新しい手を使えばいいだけっす!!」

ちせは驚くほど速やかに、その答えに辿り着いていた。

グリッドマンすら知らない、新たな力を今この瞬間に編み出しぶつければ、マッドオリジンは対処できない。

「そのとおりっ」

ちせの背後から、嬉しそうな少女の声が響いた。

ダイナゼノンのインナースペースに干渉し、一瞬だけ姿を現したのは、新条アカネだった。

「えっ……？　おおっ!!」

ちせの腕のペイントを、光で輪郭のぶれたアカネの細指が撫でてゆく。

ダイナゼノンが左腕を天高く掲げると、巨大化したちせのペイントが飛び出し、虹色の輝きをまとうと、上空に待機していたゴルドバーンへと重なった。

怪獣と友達の女の子に、怪獣が大好きな女の子からのとっておきの贈り物——。

さらに大きさを増し、全身の武器や装甲が増したゴルドバーン。

銀河を羽撃く最強の黄金竜・ビッグゴルドバーンが、空高く吠え声を上げた。

「あれ、ちせちゃんの絵……！」

六花（りっか）はちせのペイントが天に昇り、黄金の竜に重なっていく様を見届けて嘆声をもらした。

成長した友達を頼もしげに仰ぎながら、ちせが叫ぶ。

「ゴルドバーン！　隊長たちとグリッドマンさんに、新しい力を!!」

ちせの願いに応えるように、ゴルドバーンは口から黄金の光線を発射。

〈よしっ……！　そういうことなら受け取ってもらうぜ！　グリッドマン!!〉

意図を汲（く）んだガウマが、ダイナゼノンを光線の中に突入させていった。

空中でグリッドマンに組み付いていたマッドオリジンを蹴りで引き剝（は）がすと、ダイナゼノンは各機に分離。光の中で出力調整（フィッティング）していくグリッドマンとの合体を開始した。

〈何をするつもりだあっ！〉

事もあろうにマッドオリジンは合体を阻止しようと、フォーメーション中のグリッドマンに向けて突っ込んできた。

しかしガウマ隊の面々は、合体阻止の蛮行には慣れている。

〈何って……！〉

暦（こよみ）は先陣を切ってダイナストライカーのパーツをグリッドマンの右腕に装着し、マッドオリジンのパンチを受け止めた。

〈新しい手って言ってるでしょ!!〉

ちせの発案でこれから起こることを黙って見ていろとばかり、暦は続けて装着した左腕のパーツを振りかぶり、強烈な鉄拳をマッドオリジンの横っ面に見舞う。

〈ぬわあっ!!〉

パンチの反動で振り上げたグリッドマンの両脚に、ガウマがダイナダイバーのパーツを装着する。

〈ついでに新しい脚もあるんだぜえっ!!〉

ブランコのように振り上げた両膝(ひざ)蹴りで駄目押しし、マッドオリジンをまたも引き剝がした。

〈新しい翼も！〉

夢芽(ゆめ)が叫ぶと同時、ダイナウイングが胸部装甲に。そして展開した翼のパーツに、分離したビッグゴルドバーンの黄金の翼が加積装着された。

〈新しい武器も!!〉

分離したダイナソルジャーに、巨大な刃が。グリッドマンの両肩に巨大なアンテナ状のジェネレーターが。背面には、尾のパーツが。次々にビッグゴルドバーンの装甲が合体していく。

〈〈全部！　グリッドマンの力にっ!!〉〉

ちせも合わせ、蓬(よもぎ)、夢芽の三人が叫ぶ。

〈ぬがああああああああっ!!〉

背後から摑(つか)みかかろうとするマッドオリジンに、悠々(ゆうゆう)と振り返るグリッドマン。その胸元に、ビッグゴルドバーンの盾状のメインボディが飛来した。

黄金の盾に触れた瞬間、無数の波紋となって拡がる光の防御膜がほとばしり、マッドオリジンは為す術なく弾き飛ばされた。

盾を胸に装着すると、電子回路のような光がエネルギーとなって全身に奔ってゆく。

散々ちょっかいを出してきたマッドオリジンの頭を引っ掴むと、グリッドマンは眼下の街へと一直線に落下。流星の勢いに乗せて、マッドオリジンを大地に叩きつけた。

「これが……新しい力を合わせたグリッドマン!!」

グリッドマンと合体した裕太の、裕太だけの光り輝くインナースペース。

そこで裕太が凛々しくまなじりを決すると同時。

黄金の兜のパーツが装着され、壮大な合体を締め括った。

あらゆる物語の集合体であり、竜の力をも身に合体った帝王のグリッドマン。

その名をグリッドマンが、蓬が、夢芽が、暦が、ちせが、ガウマが。

〈〈〈〈〈〈超竜王合体超人!!〉〉〉〉〉〉

そして——響裕太が。

彼は今初めて、万感の思いとともにグリッドマンの名を叫んだ。

〈〈〈〈〈〈〈ローグカイゼルグリッドマン!!!〉〉〉〉〉〉〉

合体完了と同時に、ノワールドグマの群れがローグカイゼルグリッドマンに押し寄せる。

〈たあああああああああああっ!!〉

ビッグゴルドバーンのパーツとダイナソルジャーが合体して完了した無双の超大剣・ダイナミックビッグブレード。

ローグカイゼルグリッドマンが投げ放った、炎と雷をまとったその巨大な刃は、自ら意思を持ったかのように飛翔。ノワールドグマの群れを軽々と貫いていく。

攻撃に乗って放たれたフィクサービームの余波で、崩壊したそばから瞬く間に治っていくビル群。その只中を疾駆し、投擲したブレードに走って追いつきグリップを摑むと、ローグカイゼルグリッドマンはその勢いのままマッドオリジンに斬りかかった。

〈でやああああああああああああああああっ!!〉

〈なんだこの戦い方は……!!〉

呆気に取られるマッドオリジンに、大剣の切っ先による強烈な刺突を見舞う。

〈ぐわああ――っ!!〉

ローグカイゼルグリッドマンの追撃は止まらない。両手の指から、長爪状の光の刃を形成。

〈お前に逃げ場はないぞ!〉

背面の尾のパーツで地面を叩いてマッドオリジンに急迫すると、なんとその頭にしがみつき、我武者羅に引っ掻くようにして左右から斬りつけた。

ダイナレックスの力を身にまとったことにより獲得した、これまでのグリッドマンならばあり得なかったであろう野性的なバトルスタイル。

マッドオリジンの有するデータなど軽々と超越した、全く新しい闘法を織り交ぜて翻弄していった。

マッドオリジンを踏みつけて飛び越えると、今度は集まってきていたノワールドグマの群れの中に突入。一体二体と蹴り込みながら着地し、ブレイクダンスの要領で連続蹴りと同時に尾を鞭のように叩き込む。

さらに四足歩行で疾走し、スライディング。ノワールドグマたちの真下に滑り込むと、胸部装甲に搭載されたバルカン砲をすれ違いざまに撃ち込んでゆく。

超重装甲の形態でありながら、目にも止まらぬ高速の連撃。

天地の境なく世界の全てを翔け、ローグカイゼルグリッドマンは怪獣の群れを撃滅していった。

その勇猛な戦いに呼応するように、パワードゼノンとグリッドナイトがマッドオリジン目掛けて、肩を並べて疾駆する。

〈こちらも新しい手段を使うぞ！〉

〈おうっ！〉

キャリバーの呼びかけにグリッドナイトが応じると同時、パワードゼノンが四機のアシストウェポンに分離した。ゴルドバーンの放った光線の余波が、彼らの新たな手段を援護する。

〈まだ見ぬ力で戦うのなら、心得がある!!〉

〈てか、おめーは最初からずっとそうだっただろ!〉

どこか賞賛するように鼻を鳴らすボラー。まずはゴルドバーンの光線を受けたバスターボラーがグリッドナイトの胴体に合体し、装甲の色が適応反応によって紫に変化した。

〈〈武装合体騎士!　バスターグリッドナイト!!〉〉

重武装形態に合体したグリッドナイトは、装甲をまとってもなお衰えぬ速力を活かしてマッドオリジンに急迫。手持ちに構えた左右のミサイルポッド、そしてパラボナアンテナ状に開いた両肩のドリルからレーザーを一挙に発射した。

射角を徐々に上向けていくことで、マッドオリジンが空高く吹き飛んでいく。

追いかけるように跳躍したグリッドナイトの元へ、飛翔の軌跡を蒼から紫のグラデーションに変えながら、黄金の光で後押しされたスカイヴィッターが飛来した。

〈〈大空合体騎士!　スカイグリッドナイト!!〉〉

合体と同時に、両脚の背中の噴射口からジェットを猛噴射。生来のスピードをスカイヴィッターの加速力で強化され、大空にいくつものソニックブームを爆裂させながら飛翔。

舞い上がったマッドオリジンを遥か追い抜き、急降下しざまに回し蹴りを浴びせ、地面へと墜落させた。

着地の前にスカイヴィッターと分かれたグリッドナイトは、光線の加護とともに紫色のボディに変化したバトルトラクトマックスを両腕で受け止める。

〈剛力合体騎士！　マックスグリッドナイトッ!!〉

合体完了するやいなや、巨大な両腕でノワールドグマの群れを殴り散らしながら走りだす。

そして墜落から立ち上がったばかりのマッドオリジンに、タイヤ状のパーツからのジェット噴射で加速させた鉄拳を撃ち込んだ。

〈ぐわあああっ！〉

車道を抉って吹き飛んでいくマッドオリジン。

アンチは――グリッドナイトは、グリッドマンの合体全てと対戦してきた。

そしてその全てを超えようと自力で進化し続けてきた。

かつての宿敵であり目標でもあるアシストウェポンをことごとく使いこなした今なら、この新しい力を束ね上げられる。

〈特別サービスだからな！〉

テストは合格だ、とばかりボラーが気っ風よく叫ぶと同時、最後のグリッドマンキャリバーも刀身を赤く染め、四機のアシストウェポンが合体フォーメーションを形成。

ゴルドバーンの放った合体光線の余波の輝きも受けながら、グリッドナイトの胸に、腕に、脚に、そして頭にアシストウェポンが装着されていく。

グリッドマンの合体時とは異なる新たな形の鍔を開いて胸に装着すると、赤き刃・グリッドナイトキャリバーを空に閃かせ、マックス、ボラー、ヴィット、キャリバー、ナイトがその名を叫んだ。

〈〈〈〈超合体騎士！　フルパワーグリッドナイト!!〉〉〉〉

フルパワーグリッドナイトはマッドオリジンに急迫して蹴りを見舞い、胸のパーツに集束させたエネルギーを撃ち放つ。

〈爆裂フルパワー光波弾!!〉

凄まじい爆裂にマッドオリジンがひるんだその隙を逃さず、高々と跳躍してアレクシスも腕のニードルの連撃で追撃した。

〈とおっ……はああ――――っ！〉

〈ぬうわあっ！〉

マッドオリジンは忌々しげに応戦し、踵落としでアレクシスを吹き飛ばし、地面に叩きつける。

巻き起こった爆煙を突っ切り、フルパワーグリッドナイトが再度マッドオリジンを蹴りつける。そして、逆手に構えたグリッドナイトキャリバーで斬りつけた。

反動で大きく跳ね上がり、呻きながら空に舞い上がるマッドオリジン。

勝機を確信したグリッドマンは、

〈カイゼルパワーチャージ!!〉

両肩に装着されたビッグゴルドバーンのタワー状のジェネレーターを猛回転させ、全エネルギーをチャージしてゆく。

「ダイナミックビッグブレードッ!!」

蓬(よもぎ)が叫ぶと同時に掲げた大剣が嵐を呼び、切っ先に炎と雷が竜巻めいて渦を巻いていった。

ジェネレーターパーツが合体した両肩の車輪が唸(うな)りを上げ、ロケットブースターのように一気に推進力を爆発させた。

宇宙へ流れる星のように、光の帯をまとったローグカイゼルグリッドマンがマッドオリジンへと真っ直ぐに突き進む。

〈ローグ……!〉

グリッドマンが厳かに唱え、

〈〈〈〈〈カイゼルパワー………!!〉〉〉〉〉

裕太(ゆうた)と蓬、夢芽(ゆめ)、暦(こよみ)、ガウマ、ちせがそれに続く。

そして七人の心が一つとなり、ダイナミックビッグブレードへと集束したパワーを一気に解き放った。

〈〈〈〈〈〈フィニ――――――ッシュ!!〉〉〉〉〉〉

全員の心を合わせた光の一斬がマッドオリジンを貫き、突き抜けてゆく。

〈ぐうわああああああああああああああああ!!〉

マッドオリジンはついに、大爆発の中へと消えていった。


地上に降り立ったローグカイゼルグリッドマンが、アレクシス、フルパワーグリッドナイト、サウンドラスとの揃い踏みで勝利の見得を切る。

「すごい、みんなの力で倒したんだ……!!」

サウンドラスのブリッジで、内海が恍惚の表情で空の爆炎を見上げる。

「さすが、グリッドマンだね」

セミインナースペース内のアカネも、穏やかな声音でそう認めた。

が、全員が待望の勝利に安堵した、その瞬間。

アレクシスの背後に、悪魔を超える悪鬼が忍び寄っていた。

〈まだ終わってはいない〉

〈なにぃ!?〉

アレクシスが上げた叫びは、グリッドマンたち全員のものでもあっただろう。

マッドオリジンは顔から胴体まで伸びた口を大きく開き、アレクシスを口腔に捉えた。

〈おおう、気が緩み過ぎていたよ〉

〈こちらも合体だ〉

グリッドマンを皮肉るように吐き捨てるマッドオリジン。

〈アカネくん、どうやらここまでのようだ〉

〈えっ!?〉

アカネの周囲に球体型の力場を形成し、セミインナースペースから強制離脱させるアレクシス。

支配（ドミネーション）しているアカネが気づけないほどの一瞬の出来事だった。

アカネの脱出だけが間に合ったその刹那、マッドオリジンはアレクシスを喰らい、自らの肉体へと取り込んだ。

〈アレクシス!!〉

アカネの叫びも虚しく、マッドオリジンは完全に合体したことを証明するように、その全身に禍々しいエネルギーを漲らせていった。

〈奴め、アレクシス・ケリヴを取りこんだというのか！〉

グリッドナイトの焦燥を嘲笑うかのように、マッドオリジンは傲然と変態を遂げていく。

アレクシスが頭部に揺らめかせていた青い炎が尾から背びれ、頭に至るまで噴き上がり、全身が黒色に染まる。

その貌をさらに凶悪に歪め、マッドオリジンは雄叫びを上げた。

〈無限の命とは、無限のエネルギー……！　その力、存分に使わせてもらうぞおっ！　アレクシス・ケリヴ――――――――ッ!!〉

果てなき欲望の化身が無限の生命を得た、マッドオリジン最強最悪の第二形態――。

〈なにっ!!〉

〈むうっ……!!〉

ナイトとグリッドマンが、天空に君臨したその異形を前に驚愕の息を呑む。

マッドオリジンは口から巨大な蒼い光線を吐き、眼下の街を焼き払っていった。

〈〈〈〈〈〈〈〈〈〈〈〈〈うわあああああああああああああっ!!〉〉〉〉〉〉〉〉〉〉〉〉〉

その炎に呑み込まれたグリッドマンと裕太たち六人が、新世紀中学生とナイトが、2代目と六花、内海が……為す術なく、空に苦悶の声を響かせていった。

KAIJYU DESIGN
GRIDMAN UNIVERSE
ノワールドグマ

# 第9章 約束

世界そのものが火葬されているような、破滅的な光景だった。

マッドオリジンの吐き出した蒼炎が、周囲の全てを焼き尽くし、炎上させている。

全員が死力を尽くした。限界を超えた。あらゆる能力を出し切った。

それでもマッドオリジンは倒れることなく、更なる力を得て狂気の破壊に及び始めた。

執念——そんな言葉ではとても片付けられない、呪いの域にある妄執だった。

〈うおおおっ！〉

刀折れ矢尽きた仲間たちを余所に、ローグカイゼルグリッドマンだけが果敢にマッドオリジンへと挑みかかっていく。

だが仲間たちと同じく力尽き傷ついたその身体ではもはや勝負にならず、真っ向からの肉弾戦は次第に劣勢に、ついには一方的に攻撃を受け続けるだけの甚振りへと変わっていった。

グリッドマンの苦悶の叫びが、炎に包まれた街に木霊し続ける。

〈……も、もう……手はないのか……〉

グリッドナイトキャリバーを杖代わりに大地に突き立て、それでも立ち上がることすらできないほど衰弱しきったフルパワーグリッドナイト。その声が、絶望に掠れる。

もはや残された力が無いことを、兜越しのパワーシグナルの点滅が如実に伝える中——それでもローグカイゼルグリッドマンの双眸は、決して諦めない闘志の輝きを湛えていた。

〈——フィクサービームを使用する!!〉

なおもマッドオリジンに挑みかかりながら、グリッドマンが仲間たちへと伝える。

「フィクサービームって、グリッドマンの修復光線なんじゃ……」

サウンドラスのブリッジで、内海がこみ上げた疑問を口にする。

確かに今マッドオリジンが合体しているアレクシス・ケリヴとの戦いでは決定打となった技だが、本来戦闘そのものには使えない技だ。

グリッドマンはなおも言葉を続ける。

〈皆は奴に向けて、破壊光線を放て！　私の修復する力と皆の破壊する力、その相反する二つの力を同時に浴びせるんだ!!〉

マッドオリジンに首を掴まれて持ち上げられながらも、グリッドマンは決死の作戦を仲間に伝えきった。

「どういうこと!?」

グリッドマンの意図がにわかには掴めず、インナースペースの蓬、そして夢芽が怪訝な表情になる。

〈大将が言ってるんだ、迷ってる時間はねえぞ！　一時解散ッ!!〉

ガウマは本家本元の号令で瞬間分離を敢行。グリッドマンとダイナレックス、ビッグゴルドバーンに分かれ、その反動でマッドオリジンの拘束を振り解いた。

〈何をしようと、無駄なことだっ!!〉

散り散りになったグリッドマンたちを全員まとめて葬り去ろうと、マッドオリジンが猛回転。己の身体そのものを弾丸に変えて突っ込む、まさしく肉弾。この地球そのものを貫かんばかりの勢いで、一直線に急墜してきた。

「まずいぞ！　裕太!!」

「響くん……!!」

眼前に迫る攻撃の度外れた凄まじき勢いに、サウンドラスのブリッジ内の内海と六花が血相を変えて叫ぶ。

しかしグリッドマンと合体している裕太の瞳には、何者にも屈することのない意志の光が煌々と輝いていた。

「信じるんだ！　グリッドマンを!!」

グリッドマンの闘志が裕太を励まし、裕太の勇気がグリッドマンを奮い立たせる。

「グリッドマン……」

アレクシスからパージされたアカネが静かに見守る中、グリッドマンは雄々しく跳躍。

〈ふんっ…………とあっ!!〉

その背にビッグゴルドバーンを導き合体。勇然と翼を羽ばたかせた。

〈たあああっ!!〉

そしてフルパワーグリッドナイトもダイナレックスの背に騎乗し、急墜するマッドオリジン目掛け真っ向から突っ込んでいく。

限界を超え力を振り絞った、最後の攻撃。

その嚆矢となったのは、地上に残ったサウンドラスの二門主砲から発射された光線だった。

〈メロディックブラスター!!〉

自分たちを追い越してマッドオリジンに向かっていく光線を目印に、キャリバー、マックス、ボラー、ヴィットが、フルパワーグリッドナイトの最後の力をグリッドナイトキャリバーに集束していく。

〈〈〈〈フルパワー!〉〉〉〉

〈グリッドッ!!〉

そしてグリッドナイトが手にしたグリッドナイトキャリバーを構えたその時。ダイナレックスの口にも、灼熱の炎が漲っていた。

蓬と夢芽、暦、ちせ、ガウマを合わせた一〇人が、魂をほとばしらせるように叫ぶ。

〈〈〈〈〈〈〈〈〈〈レックスロア――――――――ッ!!〉〉〉〉〉〉〉〉〉〉

ビッグゴルドバーンと合体したグリッドマンは、さらに翼を大きく拡げた変形をとり、グリッドマン・ハイパーフィクサービームフォーメーションを形成。

〈グリッドハイパーッ！　フィクサービ――――――――ムッ!!〉

胸のトライジャスターから、極大に増幅されたフィクサービーム、グリッドハイパーフィクサービームを撃ち放った。

究極の修復光線、グリッドハイパーフィクサービームと、フルパワーグリッドナイトたちの撃ち放った三つの破壊の力の光線。

それをゴルドバーンは、自らの口から放射した光線で一つに束ねる。

修復と破壊の力を同時に宿した超絶の光線が、マッドオリジンへと直撃した。

〈――――――――!?〉

マッドオリジンは二特性の光線を浴びるや、空に縫い止められたようにその動きを止めた。

〈か、体が破壊されるっ!?〉

マッドオリジンの手足が破壊光線の力でひび割れ、崩れていく。

しかし程なく、砕けて舞った体片が映像を戻すように修復していった。

〈いや、修復している！　…………いや！　また破壊だとおおっ!?〉

そしてまた、崩れ始める。

自らの肉体が崩れては蘇生し、蘇生してはまた崩れる……繰り返される無間地獄。

〈どうなってるっ!!〉

マッドオリジンは、悲鳴に近い叫びを上げた。

「あれはっ！」

サウンドラスのシャッターを上げて顔を露出させ、２代目は肉眼で現象を確認した。

「破壊と修復を無限に近い値で連鎖させ、物質循環にフリッカーを引き起こしているんです！　たとえ敵のエネルギーが無限であっても、身体が物質である限り必ず劣化が生じます!!」

「そういうことか!!」

サウンドラスのブリッジで２代目の説明を聞きながら、内海（うつみ）はあることを思い出していた。

放課後の教室で、メモ帳にグリッドマンを描いていた裕太（ゆうた）。

しかし同じところに何度も描いては消しゴムで消すのを繰り返したせいで、紙があっさりと破けてしまった。

形ある物質を有と無、〇と一の間で移動させても、いつかは劣化が起きてしまうのだ。

そしていま内海が想像したのと全く同じことに、裕太と合体したグリッドマンもいち早く思い至っていた。裕太たちがこぞって描いていった似顔絵――その小さなメモ帳に込められた心も、今のグリッドマンの身体を形作っているのだから。

攻撃と修復を同時に可能とする今の自分の形態（すがた）に備わった特性と、この優しい記憶とがきっかけとなり、グリッドマンを最後の賭けへと導いた。

不死性を逆手に取った、擬似的なヘイフリック限界。

少年少女たちの描いたささやかな似顔絵が、全宇宙、全次元の命運を懸けた最終攻撃に変わり――そして今、暴虐の元凶を打ち砕こうとしていた。

〈このままやられてなるかっ!!〉

マッドオリジンは光線の渦中から抜け出ようと、這々の体であがく。

〈せっかく合体したんだ……もっと一緒にいようよ！〉

しかし呑み込んだはずのアレクシスが隙を突いてマッドオリジンのボディから這い出ると、その身体を捉えた。

天上から垂れた蜘蛛の糸をかろうじて手にした直後、下から足首を掴まれたようなおぞましさに、マッドオリジンは暴れながら喚き立てた。

〈はなせえええええええええええ!!〉

抵抗を受けても意に介さず、むしろ地獄の亡者のロールプレイを楽しむかのように、アレクシスは嬉々として光線の渦中にマッドオリジンを引きずり戻した。

その機を逃さず、フルパワーグリッドナイトとダイナレックス、グリッドマンは、自らの放った光線の渦中を突き進んでいく。

〈おのれえええええええええええ!!〉

マッドオリジンは未だ光線の力に苦しみながらも、全身から無数の光弾を発射した。

〈ぐわ！〉

被弾しよろめくグリッドマンに先行し、フルパワーグリッドナイトが突っ込んでいく。

〈〈〈〈〈行けっ！　グリッドナイトォ――――――ッ!!〉〉〉〉〉

かける言葉に小さな違いはあれど、蓬と夢芽、暦、ちせ、ガウマの五人は、一つの思いを込め、フルパワーグリッドナイトの背にレックスロアーを撃ち放った。

〈はあああああああああああああああ!!〉

ダイナレックスの渾身の火炎で加速したフルパワーグリッドナイトは、もはや武器を振るうことも光線を放つこともできず、ただ飛翔の勢いそのままに拳を繰り出した。

〈邪魔だあっ！〉

虫を追い払うかのように、苛立ち交じりの拳を繰り出すマッドオリジン。

両者の左拳と右拳が、爆裂とともに激突する。

〈グリッドマンモドキに何ができるっ!!〉

〈――グリッドマンを勝たせることだっ!!〉

一歩及ばずにマッドオリジンに拳を振り抜かれ、フルパワーグリッドナイトの顔に深々とパンチが突き刺さる。

〈ぐあっ!!〉

砕かれたヘルメット、そしてアンテナパーツの破片が宙を舞う。

それは偶然か、神の采配か――いや、グリッドナイトの気迫が起こした必然か。

折れたアンテナパーツが、マッドオリジンの左目に深々と突き刺さった。

〈ぐわあああぁっ!!〉

裂帛の言葉に違いはなく――

〈っ……今だ！　グリッドマン――――――――ッ!!〉

グリッドナイトの決死の特攻が、グリッドマンのラストアタックを後押しした。

時間さえも超えて交わった全ての者たちの願いが、祈りが、ビッグバンとなって爆ぜる。

〈うおおおおおおおおおおおおおおおおおおお!!〉

全身を黄金に輝かせたグリッドマンが、自ら放ったフィクサービームの光の奔流の中を一直線に飛翔する。

そしてひるんでいるマッドオリジンの顔に、グリッドナイトの仇を取るように渾身の右拳を叩き込んだ。

〈ぐわああああああっ…………!!〉

自身の破滅を悟り、マッドオリジンは恨みを吐くように呟いていった。

〈グリッドマン……お前はいったい何者だ……。破壊と修復の力を併せ持ちながら、一人では何もできない……弱い存在――――〉

別の何者かの声も重なり、あらゆる悪意の総意たる疑問として、グリッドマンに問いかける。

グリッドマンはそれを否定しない。

〈だからこそ、私のそばには皆がいてくれる！　裕太がいてくれる!!〉

一人では戦いに勝てない。

誰かに描いてもらわなければ実態を形作れず、名付けてもらわなければ名前すら無い。

一人では何もできない存在だ。

そしてそれは、裕太も同じだった。

一人きりで走っていた時、心がどれだけ不屈を訴えても、身体が限界を迎えた。

しかし、誰かに支えられてグリッドマンの元へと辿り着いた。

グリッドマンと一緒だから、裕太は戦える。

みんなと一緒なら、グリッドマンに限界は無い。

〈そうだ、私は弱い！　それが……!!〉

グリッドマンは右拳を引き抜き、返す勢いで左の拳でマッドオリジンのボディを撃ち抜いた。

グリッドマンのグランアクセプターに、虹色の輝きが集束していく。

虹の光輪をまとった最強最後のグリッドビームが、裂帛の咆哮とともに解き放たれた。

〈私だああああああああああああああああああああああああああああああああああっ!!!〉

自分の弱さを自覚している戦士。ハイパーエージェント・グリッドマンは知っている。

本当に信頼できる友達を持つことが、最強の武器だということを!!

断末魔の悲鳴さえ輝光の奔流に呑み込まれてゆき、マッドオリジンは分子の一欠片すら遺さず完全に消滅した——。

■

▼

マッドオリジンに吹き飛ばされたフルパワーグリッドナイトは、もはや空中で体勢を立て直せないほど力を使い果たし、高空から為す術なく墜落していくのを待つばかりだった。

〈ねぇ、落ちてるってば〉

ヴィットが声をかけても、グリッドナイトはぴくりとも反応しない。

〈フォーメーションを変えるぞ〉

マックスの合図で四機はグリッドナイトから強制分離。グリッドナイトとの適応反応で紫色に変わったボディのまま、四機で合体した。

〈〈〈〈合体戦人、パワードナイトゼノン〉〉〉〉

〈よっと〉

腕部を形成するヴィットが、グリッドナイトを危なげなく抱き留めた。

〈よくやったな……グリッドナイト〉

キャリバーが穏やかな声で労い、ボラーも鼻を鳴らしながら苦笑する。

〈世話のやける野郎だぜ〉


グリッドマンは再びビッグゴルドバーンとともにフォーメーションを取ると、ハイパーフィクサービームを周囲に拡散させていった。その優しい光に、世界そのものが包まれていく。

「光が、世界を修復していく……」

サウンドラスのシャッターを上げて顔を出した２代目は、陶酔するようにその光を見つめていた。

大地に横たえられたグリッドナイトも、同じように光を仰いでいる。

〈これがグリッドマンの力……。やはり、敵わないな〉

しかしその清々しい微笑交じりの呟きは、降伏の証ではない。

今は敵わなくとも、いつか必ずグリッドマンを超えてみせる――。

一生の最後にお前を倒すとグリッドマンに宣言したグリッドナイトの、新たな誓いの言葉だった。


戦いが終わり、新世紀中学生の四人はアシストウェポンから人間の姿に戻った。

街が穏やかな夜を取り戻し、東の空がしらじらと明け始めた頃。

「あれは……！」

剣士の眼差しが夜空に見つめるのは、巨大な異形の悪魔だった。

「アレクシス・ケリヴ……」

マックスがその名を口にすると、新世紀中学生の面々に緊張が走る。

全身ボロボロだが、マッドオリジンとともに消滅したはずのその五体は健在だった。

「やっぱり生きてやがった……！　あいつは無限の命を持ってるからな」

ボラーが刃めいた威嚇的な眼光を放つと、アレクシスはまるでそれを察したように悠々と眼下に振り返った。

「でも、様子が変じゃない？」

真っ先に違和感を覚えたのは、ヴィットだった。

〈やはり、限りある命っていうのは……面白いねえ……〉

灰色に褪せた仮面の口許の光が笑みの形に灯った瞬間、額に亀裂が入った。

亀裂は瞬く間に全身に拡がり、腕と言わず足と言わずに崩れ落ちていく。

〈もっと早く気がついていたら……退屈しないで済んだのになあ……〉

最後は仮面の奥の赤い瞳で喜悦を訴えながら、完全に消えていった。

新世紀中学生から離れた場所でも、一人の少女が同じ光景を目にしていた。

「………………」

灰化し、風に任せて消えてゆくアレクシスを、アカネは複雑な面持ちで見送った。


「ア、アレクシスが、消滅した……」

空を仰ぐキャリバーの声に、幾許かの感慨が籠もる。

「そんなわけあるか。あんな奴の言葉を信用するんじゃねえっ」

だがそんな演出された劇的な最期など、ボラーにとっては鼻白むだけのもの。

ヴィットも全く信用しておらず、肩を竦めて否定した。

「アイツが死ぬわけないいか」

今回の戦い、アレクシス・ケリヴの力なくして乗り切ることは不可能だった。

しかし決して、あの黒い悪魔を野放しにするつもりはない。

「必ず見つけ出して、また封印するぞ」

マックスが決意を新たにすると、キャリバー、ボラー、ヴィットが力強く応を返した。

サウンドラスから下艦した六花と内海も、新世紀中学生の決意を目の当たりにしていた。

アレクシス・ケリヴがいつかまた復活するかもしれない。

けれど内海や六花に、不安は全く無かった。

「もしまた、アイツが現れても大丈夫だ。グリッドマンと皆がいる！」

「うん。味方は多いもんね」

そして……宇宙を超えて巡り逢ったその仲間たちとの、別れの時が近づいていた。

■

幻想的な薄明のグラデーションの中で、ナイトは一人の少女の背中を見つめていた。

「久しぶりじゃん。しぶとく生きてんね」

アカネは振り返ることなく、背後の青年に毒づくように語りかける。

「俺たちの世界を救ってくれたこと、感謝する」

「……きみには借りもあるし、負い目もあるしね」

アレクシス・ケリヴによって、アカネが怪獣ゼッガーへと変えられてしまった時。闇の底に沈む彼女を救い上げたのはアンチだった。

ナイトがどんなに貸しだと思っていないと否定しても、アカネはそれを認めないだろう。

「昔はきみのこと、すごい嫌いだったんだ。それできみに、酷いことも沢山しちゃった」

グリッドマンに敗北した後のアンチをぞんざいに扱い、当たり散らし、最後にはアレクシスに殺していいとまで言った。負い目の一言で片付けられる行いではない。

「酷いことなどされてはいない。俺はお前に感謝している」

　過去にそこまでされていて何の憎しみも持たれていないなど、むしろ馬鹿げている。アカネは苛立ち交じりに聞き返した。

「……なんでよ」

　ナイトは左目を隠した長い前髪に手をやった。スーツの袖口から覗く手首には、真の姿のグリッドマンとアクセスフラッシュした時に装着されたアクセプターが見える。

「俺に生命を与えてくれた。その生命があったからこそ、沢山の景色をこの眼で見た」

　そして前髪を掻き上げ、左右異色眼に変わってから秘していた左の赤い目を露わにした。

「――素晴らしい景色を、この眼で」

　アカネは曇り無き眼差しを向けられることに耐えられず、声を震わせた。

「見ないでよ」

　全てを吹っ切り、今回は嬉々として宇宙を飛び回った彼女でも、その目で見られると、あの時の自分が顔を出しそうになる。

　今もまだ、心のどこかにいるツツジ台の新条アカネが。卑怯者で、臆病で、ずるくて、弱虫な、自分の本質が。

　だからナイトは……いつもアカネの言葉を忠実に守り、彼女を護り続けた騎士は、腰を折ることで彼女の背中から視線を逸らした。

「新条(しんじょう)アカネ……。ありがとうございました」

ナイトが深々と頭を下げた瞬間。陽光のきざしが辺りを照らし、二人を輝きの中に包み隠した。

不意にナイトの顔が、和らかな温もりに包まれる。

アカネはナイトの頭をそっと抱き締め、自分の顔を寄せると、彼の銀髪を両手でぐしゃぐしゃに乱し始めた。

感情を託す言葉を探し倦(あぐ)ね、癇癪(かんしゃく)を起こしたように。

ナイトはされるがまま身動(みじろ)ぎもせず、引き結んだ唇に思いを乗せていた。

二人の関係は、一言で言い表せるものではない。

創造主と創造物。母と子。姉と弟。もっと繊細な、呼び名のない結び付きもあったことだろう。

いっときの抱擁は、侵しがたい神聖さに支配され——そして何物にも代えがたい、温かな空気に守られていた。

やがて頭を包んでいた温もりが卒然と消え去っても、ナイトは深いお辞儀の姿勢を固持したまま崩さなかった。

いつまでも……いつまでも。

ナイトとアカネから少し離れた場所。公園から歩道が続く、小高い丘。

裕太と六花、内海は言葉もなく、夢物語に焦がされるような心地で、二人の束の間の再会を見届けた。

その邂逅が儚い終わりを迎えた時。内海は解き放たれたように吐気を落とした。

「六花さんは新条に言いたいこと、何かあったんじゃないの？」

内海は以前自分たちがアカネと別れる時にグリッドマンの裕太に尋ねられたことを、今度は六花に聞いた。

自分では一言でも声をかけられる雰囲気ではなかった。だからあの時は死ぬほどあったアカネに言いたいことも、今はきれいさっぱり朝日に洗い流された気分だった。

けれど六花なら……。

意見をぶつけ合いながらも、台本に込められた六花の想いを誰よりも知っている内海は、尋ねずにはいられなかった。

「……ないよ」

「なにも？」

裕太も気遣うように顔を向けた。

六花はアカネが消えていった場所を見つめたまま、寂しげに眼を細める。

「何か言ったらさ。全部、出ちゃいそうだからさ……」

こんな何でもありの大冒険を終えた後だと、何でもできそうな気がしてしまう。

神さま、たまに逢えそうじゃない？　なんて、ほんの少しだけ頭を過ってしまったから。

不意に背中から差し出された細指が、六花の肩を優しく爪弾いていき——最後に、髪の毛を揺らしていった。

感極まって見張った六花の目が、朝日に照らされる。

そして静かに目を伏せ、どこかへ届くよう願いながら空に告げた。

「うん。何にもないよ——」

力は貸してもらったけれど、一度も言葉を交わさず、視線を合わせることもなかった。

ありがとう、アカネ。大切な約束、守ってくれて——。

『私はアカネと一緒にいたい。どうかこの願いが——ずっと、叶いませんように』

■

▼

蓬と夢芽、暦とちせを乗せたフォートレスモードの怪獣戦艦サウンドラスが、裕太と六花、内海のいる公園へと飛んで来た。

「俺たち、自分の世界に戻ります!!」

地面スレスレで浮いているサウンドラスの艦外から、蓬が裕太たちに声をかける。

「宇宙がピンチの時は、また会いましょうね!!」

「そうそうないと思うけどね!!」

大きく手を振るちせに、内海が応える。

そうそうないとは思うが、二度と無いこともないだろうと内海は確信していた。

この素晴らしい別宇宙の友人たちとは、きっといつかまた逢える気がする。

「またね、蓬!」

「はーい!」

裕太が笑顔で手を振り、蓬も快く返す。

死力を尽くして征(ゆ)く道を切り拓(ひら)き、それに応えた仲。この二人は特に、友情とはまた別の特別な絆で結ばれているような気がした。

「六花さんたちも、お幸せにっ!!」

片手でメガホンを作り、大声で祝福する夢芽。

蓬は目を眇(すが)めて口端(くちは)を吊り上げ、聞こえよがしに夢芽に教えた。

「あれ、まだつき合ってないらしいよ?」

「え、嘘でしょ……なんで?」

仲良くしゃがみ込んだカップルが撃ち放ってくる必殺光線(マウント)が効き過ぎて、裕太は追い払うように手を振った。

「もう！　早く帰ってって！　そういうのいいからー！」

蓬や夢芽はもちろん、ちせも何となくドヤ顔で笑い、ちゃっかり暦も笑っている。学生組三人同士からあぶれたので、とりあえず後方で保護者ポジを務めようと決めた感じで笑っている。思えば、六花や内海は意外と手広く交流したようだが、裕太は蓬以外の人たちとほとんど絡まなかった。

次に会った時ちゃんと話すから、今は早く帰って！　と、裕太は必死に手を振り続ける。だから、自分の後ろで六花がどんな顔をしているか気づけていない。

内海はそんな裕太と六花を見やってにやけながら、空へと浮上していく常盤色の戦艦を見送った。

蓬は最後に微笑みながら一瞥を向け、裕太もそれに応えたのだった。

程なくツツジ台の上空で、怪獣戦艦サウンドラスは快い鳴き声に迎えられる。

2代目も蓬たちのいる艦外に出て、黄金の竜・ビッグゴルドバーンと合流した。

「蓬さんたちは私が送り届けます！」

ビッグゴルドバーンの頭部に立つガウマに、後ろ手に組んだ2代目が笑顔で伝える。

「隊長！　ゴルドバーンのこと、お願いしますね!!」

「任せろ。ちせも元気でな!!」

別れを名残惜しむように、二つの飛翔体は触れ合うような距離でランデブーを続ける。

暦は慎ましく身を乗り出し、

「ガウマさん。俺の仕事見つからなかったら、使ってやってくださいよ」

そんな心にも無い軽口を手向けた。

気の利いた別れの言葉が見つからなくて、何とか絞り出したもの。

また焼き肉食いながら酒呑みましょうとか、一緒に買い物行きましょうとか、何でもいいのだが……とにかく言いたいのは、『また逢いましょう』だ。

「んな使えねえ奴、だれが雇うか。……てめえでがんばれよっ!!」

ガウマもそんな暦の不器用さを慮り、軽く毒づきながらも粋な激励を贈った。

「お、そうだ……これ。蓬の母ちゃんに渡しておいてくれ」

どこに保存していたのか、ガウマは前に北海道物産展で買った蟹の入ったスチロール箱を取り出した。蓋を開けて中身を見せながら、蓬へと手渡す。

「いつかのお返しだ」

「はい」

蓬の母が前にガウマへの土産に持たせてくれた、豊洲港産の蟹煎餅のお返しらしい。

そんな小さな恩も忘れずに覚えている義理堅い兄貴分は、蓬たちを順に見やると、

「また逢う時まで……元気でな」

「ガウマさんもね。……今度は、ちゃんとお別れできますね」

晴れやかな笑みとともに、別れの言葉を紡ぐ蓬。

その声はもう、ガウマと二人で話したあの夜のように震えてはいない。

「ちゃんと、お別れか」

意味深な微笑を浮かべるガウマ。蓬が不思議そうにしているのを見て、誤魔化すように声を弾ませた。

「いや。ああ、本タラバガニの味が落ちるから！　ほら、早く行け！」

「うす」

今度はガウマにも、ちゃんとお別れできなかった人ができてしまったが——もう一度逢えただけで幸せだったと思おう。

だからせめてその人との縁でもある言葉を、この気持ちのいい仲間たちへ最後に贈る。

二機の浮かぶさらに高空に、世界を超えるためのパサルートのゲートが出現。サウンドラスは高度を上げ、そのゲートへと向かう。

ガウマは離れて行く蓬に向かって、親指と人差し指を折った三本指を突きだした。

「いいか蓬！　世の中には、人として守らなきゃいけないものが、三つある。約束と……愛と——」

中指から一つずつ指を折っていき、小指が揺れた瞬間。蓬はガウマの虚を衝くように、最後の言葉を口にした。

「賞味期限、ですよね！　必ず守ります!!」

ガウマは子供のように笑うと、三つ目の指を折った拳を蓬へ手向けた。

サウンドラスが入っていったパサルートのゲートが閉じていき、完全に消えるまで、ガウマはその光を仰ぎ続けた。

訪れた寂寞にガウマが鼻を啜っていると、空から何かが舞い降り、彼の靴先に滑り込んだ。

サウンドラスに乗った蓬たちの中の誰かがうっかり落とした物だろうか。しゃがんで摘まみ上げるガウマ。

しげしげと眺めると、その紙片は物産展で蟹を買った時に書いてもらった領収書だった。

『ガウマ』の宛名と金額……そして、日付が書かれている。

七月三二日。

存在しない、あり得ない日付が。

不思議に思い何となしに裏返すと、白の裏地に置き手紙のように文字が記されていた。

そのよく見知った筆跡で綴られた言葉に、ガウマは声を詰まらせる。

『ガウマ、いつまでひきずってんだよ。バーカ』

ひめの笑顔が去来し、彼女のきれいな声が優しく耳朶に触れていった。

存在しない、あり得ないはずの再会だった。泡沫の夢を見たと思って、明日を生きていけばいい。どんなに素敵な夢も、今日を過ごすうちに儚く消えていくのだから。

だから、ちゃんとしたお別れは必要ない。

これからも引きずりそうだったところを、一言で吹っ切らせてくれた。

本当に——めちゃくちゃいい女だ。

「……っ……」

背後で乾いた音が響き、ガウマは嗚咽を呑み込む。

ナイトが、腰に提げた剣をゴルドバーンにぶつけた音だった。

「泣いているのか……ガウマ」

ガウマにかけるにしては珍しく優しい、労るような声音のナイト。

「…………泣いてねえし。ガウマじゃねえ！」

そう言って鼻を啜りつつも、ガウマは不敵な笑顔で振り返った。

「俺は新世紀中学生の——レックスだ!!」

ガウマは再び新世紀中学生のレックスとなり、これから新たな任務に旅立っていく。

もう一度その名で呼ばれる機会は、しばらくやって来ないだろう。

いつか再び蓬（よもぎ）たちと出逢った時――ともに戦い、そして笑い合う、その日まで。

怪獣戦艦サウンドラスでパサルートを移動中、蓬は受け取った蟹（かに）の箱を大事そうに見下ろしていた。

母には、今でも時たまガウマのことを聞かれる。彼が家にやって来た時の印象が、それだけ強いのだろう。この蟹をガウマからの土産と言って渡したら、きっと喜ぶはずだ。

母は意外とはっきり感想を言うので、蓬がこの蟹を美味いか尋ねても「普通」とか言いそうだな、などと思いつつも。

と、蓬はいつの間にか夢芽（ゆめ）が、箱を横から覗き込んでいることに気づいた。

「気になる？　本タラバガニ」

「うん」

「一緒に食べよっか」

「でもそれって、蓬ん家へのお土産なんでしょ？」

「……だから……一緒に食べようって言ってんの！」

蓬は、彼には珍しいドヤ顔で――一世一代の大胆な言葉に内心結構バクバクだが――そう言い、夢芽の反応を窺った。

ややあってその意味を察し、夢芽の頬（ほお）が一気に紅潮する。

「……うん」

蓬が出逢った頃のミステリアスな雰囲気はもう、面影の欠片すらなく。

熔けそうなほど甘い甘い照れ顔で、夢芽は嬉しそうに頷いた。

■

そして、もう一つの別離の時が訪れていた。

公園の歩道から繋がった、ツツジ台の街並みを一望できる丘の上。

穏やかな朝陽に洗われながら、裕太と六花、内海の三人は、グリッドマンとキャリバー、マックス、ボラー、ヴィットとの別れを名残惜しんでいた。

〈私はこれ以上、裕太たちを戦いに巻きこみたくないと考えていた。君たちの普通の生活を脅かしたくはなかった。しかし、君は――〉

「うん。これからも関わり合おうよ」

また後ろめたそうにしているグリッドマンの言葉を遮って、自分の意思を繋げる裕太。

「遠慮するなよ、グリッドマン。だって俺たち――」

「グリッドマン同盟？」

内海の言葉の先を奪い、六花が冗談めかして微笑んだ。

「言わせろよ！」

しかし、内海は嬉しそうだった。昔は六花に「あんたしか言ってない」と煙たがられたが、今は三人を繋ぐ大切なチーム名だ。

そしてグリッドマンと裕太たちを繋ぐものが、もう一つ残されていた。

〈アクセプターはそのままでいいのか？〉

グリッドマンに尋ねられ、裕太は左手首のアクセプターを優しく撫(な)でさすりながら応えた。

「もちろん。俺たちが必要なら、いつでも呼んでほしいし。俺たちもグリッドマンが必要な時は――必ず呼びかける」

〈そうだな、いつでも頼ってくれ！　私も、君たちに頼ることがあるだろう〉

グリッドマンはもはや一片の負い目も見せず、力強くそう伝えた。

「うん。これからもよろしくね、グリッドマン!!」

「よろしくお願いします」

「またな、グリッドマン!!」

裕太、六花、内海がそれぞれ順に別れの言葉を伝えると、グリッドマンと新世紀中学生の身体が光に包まれた。

〈ありがとう、私の友たち――〉

そして光は、空の彼方へと昇っていく。

新世紀中学生の面々も、今回は以前のように今生(こんじょう)の別れのようにしみじみと言葉を残したりはせず、さっぱりとしたものだった。

明日にでもまた何か不思議な事件が起こり、グリッドマンが生真面目に「君たちに協力を要請する！」などと言って現れるかもしれない。

だから今は、拍子抜けするくらいあっさりとした別れでいい。

光が完全に消え去り、一瞬、電子回路のような幻が浮かんだ空を、裕太(ゆうた)たちは飽きることなくいつまでも見つめていた。

「……やっぱりさ」

「どした？」

空を仰いだまま不意に六花(りっか)が零(こぼ)した呟(つぶや)きに、内海(うつみ)が思わず振り返る。

「もう一回だけ、台本書き直したい」

六花が決意を湛(たた)えた口調で言うと、内海も興奮気味に声を弾ませた。

「俺も思った！」

「いいのが書ける気がするんだよねぇ……」

六花の自信ありげな宣言を聞いて笑顔になりながら、裕太は空を仰ぎ続けた。

彼女の言葉が、グリッドマンに届きますようにと。

■

古ぼけたCRTディスプレイに映っていた映像は、グリッドマンを笑顔で見送る六花たちを最後に、ぷつりと消えた。

ここは裕太たちの住む宇宙とは違う、いずこかの世界。

CRTディスプレイの廃棄された、ごみ捨て場の前。インスタンス・ドミネーションの構えを解いた新条アカネは、小さく吐気を落とした。

そして何事もなかったかのように、傍らに置いていたごみ袋を拾い上げる。中断していた、学校行事の町内清掃を再開した。

「アカネー」

呼び声に振り返るアカネ。同じ学校の制服やジャージを着た三人の級友たちが、同じくごみ袋を手に、草むらの向こうからやって来た。

自分の拾ったごみの方が大きい。一番たくさん拾った人が勝ちのゲームをしよう。

童心に返ったようにはしゃぐ級友たちと一緒に、アカネはごみ拾いを続ける。

歓声に包まれながら、アカネの黒髪が風を含んでそっとなびく。

とある世界の神さまは束の間の旅を終え、再び彼女の日常へと帰っていった――。

# 最終章　二人

戦いが終わり、グリッドマンを見送った後。

おかしくなっていた時間感覚の揺り戻しが来たかのように、日々は瞬く間に過ぎ去っていった。夏休みまでもが流れ星の速さで過去のものとなり、その間思うように六花(りっか)を遊びに誘えなかった裕太(ゆうた)は、さすがに凹(へこ)んだ。

内海(うつみ)は「グリッドマンが帰ってから急に夏が終わった」などと笑っていたが。

あんなに早くから準備を始めていたのに、結局最後の方はバタバタしながら、裕太たちの高校二年の台高祭は当日を迎えたのだった。

今日はその台高祭の二日目、最終日。

黄色いゆるキャラを模した入場門。校庭に並ぶ屋台。校舎にかけられた垂れ幕。

学校を彩るそれら全てに青春の熱が宿り、敷地のどこにいても楽しげな声が聞こえてくる。

今年のスローガンは、『飛躍』。校内放送で、生徒一人一人が飛躍することはもちろん、クラスや学年、学校全体の飛躍が大切であることを呼びかけている。

もちろん大半の生徒はそんな大層な目標など意識せず、普通に祭りを楽しんでいる。

しかし少なくとも一人、今日この日に大きく前に進む決意をしている生徒がいた。

自分のクラス企画の店番ローテーションが終わった後、約束どおり裕太は、六花たちのクラスの演劇を観に訪れていた。

六花と内海は、今回のマッドオリジンが起こした事件とそれに立ち向かった、いわば『グリッドマンユニバース同盟』のドラマを中心にした台本に書き直した。

それに合わせて、演目も『グリッドマンユニバース』が正式タイトルになった。

もちろん六花が一番伝えたかった要素である神さまの少女も、重要な役で登場する。

グリッドマン役は内海だ。しかも衣装……いや内海のこだわり的に言うなら「着ぐるみ」は、ユニバースファイター。

新しい台本に合わせて作った入魂作で、元が段ボールとは思えないクオリティ。内海の熱意の賜(たまもの)だろう。

「グリッドマンを返してもらうぞっ！」

そのグリッドマンと戦うマッドオリジン役の男子も、演技に熱が入っている。

「グリッドマンは誰かのものじゃないっ！」

グリッドマンに裕太（役）が合体している体なので、どこからともなく女子の声で台詞が聞こえてくる。おそらく、白幕で隠した舞台袖からだろう。

自分に相当する役を女子が演じていることに初めは驚いた裕太だが、それを差し引いても嬉しいことがある。

演劇『グリッドマンユニバース』で使われている台詞は、マッドオリジンとの戦いの中で裕太自身が言ったことなのだ。

もちろん新しくなった台本も事前に読ませてもらったが、こうして肉声を耳にするとまた感じ方が違う。その都度「言った言った、そんなこと！」と照れくさくなる。

客席の端では、六花が台本を抱き締めて内海たちの熱演を見守っている。茶道部の出し物を終えた後、着物から着替える間もなく駆けつけたなみこも一緒だ。

「この宇宙も、誰かのものじゃない！　私をお前に渡しはしなあいっ!!」

誰よりも気迫の籠もった熱演とともに、渾身のパンチを放つ内海グリッドマン。段取り通りその当てないパンチでやられる演技をするマッドオリジン役の男子だが――

「ぐわ――――――!!」

予想以上に大きくよろけ、勢い余って背後のセットを盛大に巻き込んで転んでしまった。

どうやらアクシデントらしい。観客は一様にどよめき、それは笑い声に変わっていく。

裕太も笑った。腹を抱えて笑った。

裕太たち2年B組の企画『人間掃除機からの脱出』も、あれが足りないこれが壊れたといった些細なトラブルに見舞われたが、これはやはり演劇ならではのハプニングだ。

内海は一瞬ぎょっと固まったが、すぐにことさら芝居がかった口調で軌道修正を試みた。

「…………おっと、今のはやりすぎてしまったが……あとでフィクサービームを使うので、問題はないっ!!」

たくさんのヒーローショーを観てきて、生公演ならではのハプニングも目撃してきた内海ならではの、おつなアドリブだった。

一方で声に隠しきれない焦りを滲ませながら、相手役の男子を気遣った。

「……おい、大丈夫かおい……」

グリッドマンがマッドオリジンのことを心配するという、シュールな図。

裕太は爆笑せずにはいられなかった。全てが大団円に終わったからこそ、思い切り笑い飛ばせる光景だった。

「……だ、大丈夫、だ……この程度で私は、やられたりしない……!!」

相手役の男子もそれに応え、震える声で役に徹する。大したアクター根性だ。

「そ、そうか。ならば次へ行くぞ……えーと……！」

軌道修正の展開を考えているのか、何度もファイティングポーズを取り直す内海に、裕太は心の中で「頑張れ！」とエールを送るのだった。

■

台高祭は、後夜祭を迎えた。

体育館で行われている演目はクラス別のダンス。場を繋いでいるMCが、3年生も参加しているレアな、特別な学園祭であることを強調している。

裕太と内海はダンスをしっかり観るでもなく、体育館のキャットウォークで寛いでいた。

祭りの終わり。喧騒の中にも滲み始めた、優しい寂寞に身を任せながら。

アクシデントがありつつも無事に演劇を終えた内海だったが、名残惜しさから頭部パーツを外した以外、グリッドマンの着ぐるみを着続けている。

祭りが完全に終わりを迎えるその瞬間まで……何なら今日は、家までこの格好で帰ってもいい気分だ、と笑っていた。

裕太は気がついたらまた、ビー玉を手にして見つめていた。ずっと前からこうするのが当たり前だったように習慣になってしまっている。

もしかしたらグリッドマンも、このガラスの玉を通して同じ景色を見ていたのかもしれない。

演目が一区切りついてMCになったところで、裕太は話を切り出した。

「見たよ、演劇」

「どうだったよ？」

「うーん……すごく奇抜だった」

「だよねえ……」

自分で感想を切り出して言葉に迷っている裕太に、内海は思わず苦笑した。

案内に書かれていたコピー『ラスト1分で全てが覆る』も——そういう大袈裟な冠をかぶせた作品のあるあるだが——どこがそうなのかよくわからず、肩透かしを食った感がある。

このコピーについては、内海も知らない間に書かれていたらしい。

奇抜だった——結局一番最初の台本を読んだ時と同じ感想だが、今回は裕太が自分自身で体験したことがそのまま話になっても尚そう思った。

自分は本当に奇抜な、不思議な体験をしてきたのだ。

「でも笑えた」

「じゃあ、よかったわ」

裕太がそう伝えると、内海は満足げにそう呟いた。

内海の希望はずっと、自分たちが過ごした日々を面白く伝えることだった。完璧ではないにしろ、本懐を遂げられたのだ。

それに慎ましい実現方法とはいえ、グリッドマンになるという望みも一緒に叶えることができたのだから——。

裕太は体育館のフロアの一点に視線を落とすと、ビー玉をそっと握り締めた。

「内海」

「ん？」

もちろん演劇の感想も大事だが、二人でこの場所に来たのはそのためではない。

この決意を後押ししてくれた親友に。

約束どおり最後の最後まで一緒にいてくれた親友に、一言伝えておきたかったのだ。

「行ってくる」

「……行ってこい！」

グリッドマンの衣装を身にまとった内海は、力強い笑みとともにそう言った。

親友とグリッドマンの両方に送り出してもらうようで、頼もしかった。

もちろん、あくまで送り出してもらうだけ。ここからは自分にしかできない、自分がやるべきことだ。

キャットウォークからフロアへの階段を下りながら、裕太は申し訳なさげに左手首に触れた。

「グリッドマン、今だけちょっとごめん」

アクセプターを外してズボンのポケットに仕舞い、大きく深呼吸する。

たくさんの思い出をグリッドマンと共有した。

けれど、これだけは――自分一人だけの思い出でなければならない。

六花は友人のなみこと一緒に、フロアで他学年のダンスを観ていた。

ステージに立つ女子部員たちへ向け、フロアでは黄色い歓声が飛び交っている。

おかげで間近に歩み寄っても気がついてもらえず、裕太は指先で六花の肩を軽く叩いた。

「ちょっと今、いい？」

「今？　……うん」

それまで六花と楽しげに語らっていたなみこが、唐突に明後日の方を向いて知らんぷりする。また何ともわかりやすい気遣いだが、これもまた彼女なりの、友人の送り出し方だった。


体育館を出て、校舎に入るために運動シューズから内履きに履きかえる。

「わ、涼しー」

夜風を受けて嬉しそうにする六花に、裕太も「ね」と心ここにあらずな返事をした。

前を進んで行く裕太の背中がわかりやすく強張っていて、所在なさげに髪をいじっていた六花は思わず苦笑する。

消灯し、非常灯以外ほとんど灯りのない仄暗い校舎の中を、裕太は黙々と歩いていく。

告白の舞台として当たりをつけていた、去年六花と一緒の時間を過ごし、初めて彼女への恋心を自覚した思い出の場所――1年E組の教室は、まだ結構生徒が残っていたので諦めた。

なら渡り廊下の屋上がいいかな。いやあそこも人いそう。自分たちの教室……？　屋上までの踊り場？　いっそプールとか？　思い出の場所を次々に思い浮かべては、歩みを速める。

役目を終えた飾り付けたち。祭りの終わりが醸す情緒も、今の裕太には楽しむゆとりはなく。

焦りと緊張が歩速にありありと現れ、六花を置いてさっさと進んで行ってしまう。

六花は駆け足で追いつき、裕太の隣に並んだ。

「ウチのクラスの演劇、観に来てくれてたね」

「うん。すっごいウケてた」

「私が書きたかったこと……みんなに伝わってる気、しないけどね」

「でも、みんな笑ってたよ」

「じゃあ、やった甲斐はあったか」

裕太が同じことを口にしてしまったせいもあるが、六花の返しも内海とほぼ同じだった。

みんなを笑顔にできれば、伝わっていると思う。

だって六花は大切な神さまとお別れする時、最後まで笑顔で見送ったのだから。


足取りを迷わせ始めた裕太をいつしか六花が追い越し、あたかも彼女に導かれるようにして辿り着いたのは、以前演劇部のチケットを買ったピロティだった。

期せずして周りに生徒の姿も無く、込み入った話をするにはちょうどいい。

六花は足を止め、振り返らずに語り始める。

「私さ、実際にあった出来事を台本に書いてみたらさ……。私自身がわかったんだよね。自分の変化っていうか……」

「どんな？」

「さあ？」

六花ははぐらかすと、裕太から顔を背けたまま、柱に背を預けた。

「……グリッドマンのことも書いてみて……前よりも響くんのこと、わかるようになった気がする」

それきり六花は黙り込み、静けさが辺りを包んだ。

窓から注ぐ月光だけが淡く照らすこの場所は、静寂すらも特別な雰囲気で飾ってしまう。

他に何の音もなく、他に誰もいない、二人だけの宇宙。

自分にとっての輝く月に辿り着いた万感に震えながら、裕太は言葉を絞り出した。

「……俺は今まで、時機を逃し続けてきたのね。まあ、自分のせいなんだけど……」

「時機？」

「でね、時機を逃しても六花との関係は続いたから、それでもいいって思ったりしたけど……今は違くて……」

裕太は顔を上げて一歩踏み出すと、胸の中で大事に大事に育ててきた光を、言葉に託して差し出した。

「——一年の時から、ずっと六花のことが好きでした」

六花は続く裕太の言葉を遮るような機微で、嘆息交じりに呟く。

「遅い、よね」

「――あ」

小さく息を呑む裕太に、念を押すようにもう一度言った。

「うん…………おそい」

裕太は頷くように力無く項垂れた。

「……そっか……うん」

自分でも驚くほど落ち着いているが、これは悔いは無いとか、告白できただけで満足だとか、そんな清々しい理由からではない。単にまだ、実感が湧かないだけだろう。

今もいい雰囲気だったし、きっといける――なんて、勝手に舞い上がっていた。

心の中で、様々な思いが星のように瞬いては消えてゆく。

もし告白しようと決めた日にすぐ行動していたら、結果は違っていたかな。

……同じだっただろうな。その時もう、ピーク過ぎてるって言われていたし。

一六歳にとっての数か月は、早くて長い。六花の言うとおり、遅かったのだ。

内海の前では、あんなにすぐ泣いてしまうのに。今はまだ涙が出てこない。これから少しずつ、色んなものがこみ上げてくるのだろう。

だから、六花の口が「でも」と繋いだ時。

裕太は驚いて、しゃくり上げるように顔を上げていた。

「……でも……時間かかって、よかったよ」

六花もまた、時間をかけて自分の気持ちと向き合っていた。

もし七か月前——グリッドマンに「裕太の君への想いが変わらなかった」と打ち明けられたあの時。

裕太と一緒に過ごした非日常から日常に戻る瞬間に、この想いを認めてしまっていたら。

きっとそのうち、吊り橋効果だとか何とか色々つまらない言葉が頭を過って、自分の気持ちを信じきれなくなっていたかもしれない。

グリッドマンや新条アカネのことを全て忘れた、普通の高校生の裕太と友達として過ごしたこと。

裕太が忘れてしまったその非日常の日々を台本に書き、あらためて向き合ったこと。

そして今度の事件で、戦いに赴く裕太に向ける気持ちが、ただの心配だけではないと理解したこと。

それらがあったから、六花は今度こそ、自分の想いを信じられるようになった。

裕太の想いを、受け止められるようになった。

もう顔を背けたままではいられず、けれどせめてもの抵抗のように軽く握った手で目許を隠しながら、六花は怖々と振り返った。

「私も、裕太を好きになれたから——」


言い訳をするように震える声でしてくれた返事が、あまりにも愛おしくて。

裕太は弾かれたように、先ほど継げなかった願いを口にしていた。

「俺と、つき合ってください!!」

六花は面映ゆそうに前髪を指でいじりながら、消え入るような声でこくりと頷いた。

「…………はい。お願いします」

甘えるような足取りで、六花が裕太へとほんの少し歩み寄る。

同じだけ裕太が近づけば、触れ合えるだけの距離。

裕太は覚悟を決めたように、身を強張らせる。

「〜〜〜〜〜〜〜〜〜〜〜〜〜」

しかし二人は張り詰めていたものが切れたように、自分の身体を掻き抱いた。

そして仲良く、声にならない声で照れ悶えるのだった。

一つの宇宙。創られた世界の、とある街で——これから、新しい物語が始まる。

# KAIJYU DESIGN

GRIDMAN UNIVERSE

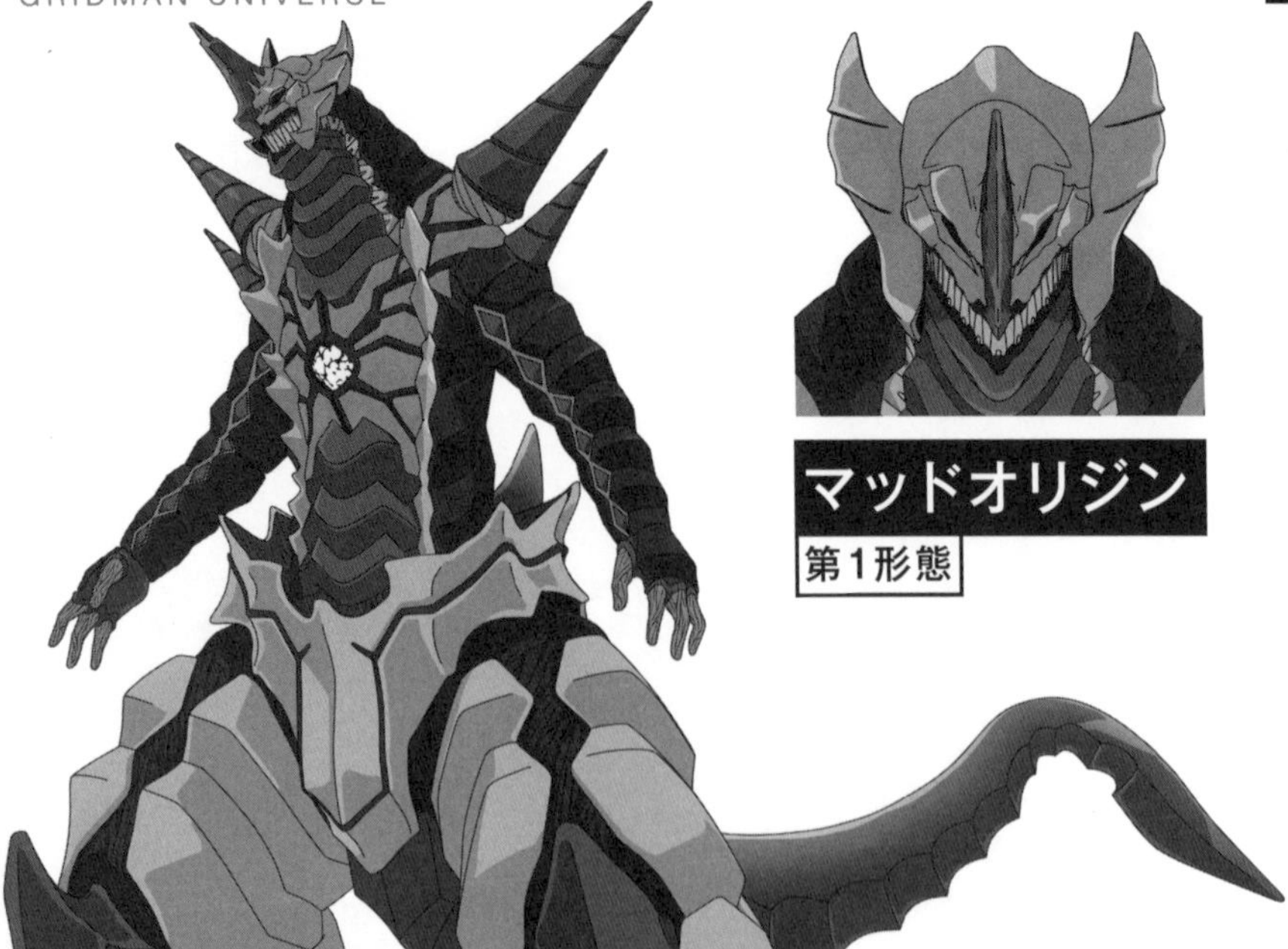

マッドオリジン

第1形態

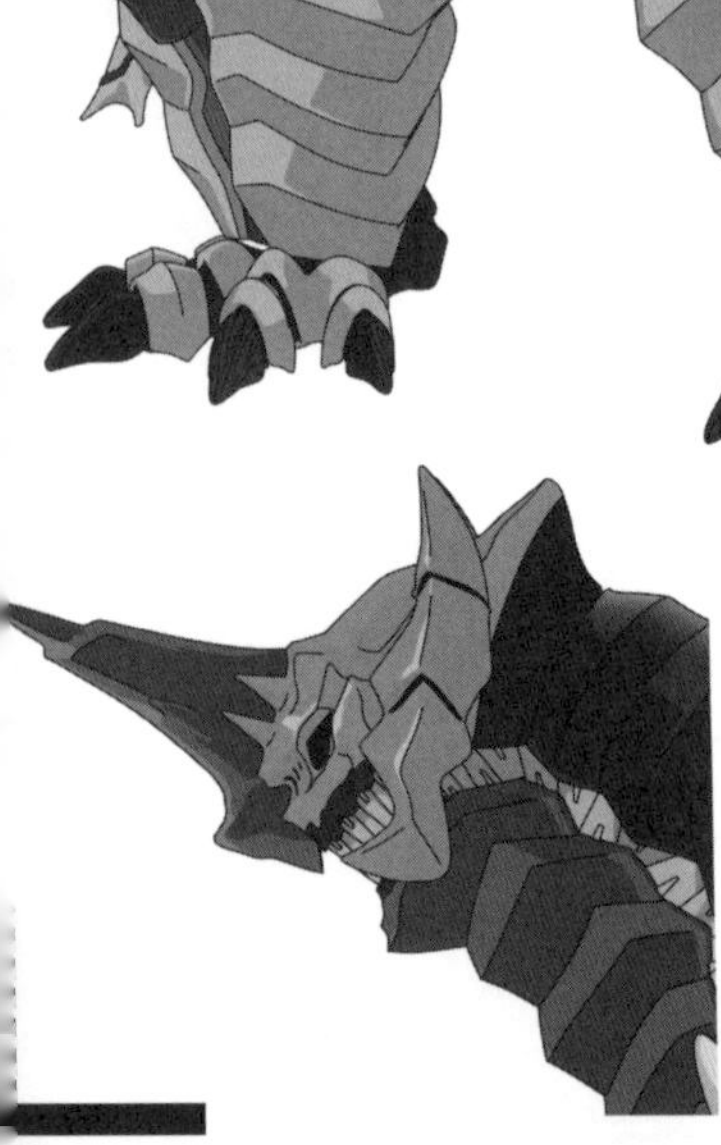

KAIJYU DESIGN
GRIDMAN UNIVERSE
マッドオリジン
第2形態

## グリッドマン ユニバース

**水沢 夢**


| | |
|---|---|
| 発行 | 2023年4月24日　初版第1刷発行<br>2023年9月20日　　　第4刷発行 |
| 発行人 | 鳥光 裕 |
| 編集人 | 星野博規 |
| 編集 | 濱田廣幸 |
| 発行所 | 株式会社小学館<br>〒101-8001 東京都千代田区一ツ橋2-3-1<br>［編集］03-3230-9343 ［販売］03-5281-3556 |
| カバー印刷 | 株式会社美松堂 |
| 印刷 | 図書印刷株式会社 |
| 製本 | 株式会社若林製本工場 |



©YUME MIZUSAWA 2023
©円谷プロ ©2023 TRIGGER・雨宮哲／「劇場版グリッドマンユニバース」製作委員会


Printed in Japan ISBN978-4-09-461165-6



造本には十分注意しておりますが、万一、落丁・乱丁などの不良品がありましたら、「制作局コールセンター」（フリーダイヤル0120-336-340）あてにお送り下さい。送料小社負担にてお取り替えいたします。（電話受付は土・日・祝休日を除く9:30～17:30までになります）
本書の無断での複製、転載、複写（コピー）、スキャン、デジタル化、上演、放送等の二次利用、翻案等は、著作権法上の例外を除き禁じられています。
本書の電子データ化などの無断複製は著作権法上の例外を除き禁じられています。
代行業者等の第三者による本書の電子的複製も認められておりません。



**ガガガ文庫webアンケートにご協力ください**

**毎月5名様 図書カードプレゼント!**

読者アンケートにお答えいただいた方の中から抽選で毎月5名様にガガガ文庫特製図書カード500円分を贈呈いたします。
http://e.sgkm.jp/461165
応募はこちらから▶

（グリッドマン　ユニバース）